De Hollander

Mathijs Deen

De Hollander

Een Waddenthriller

ALFABET UITGEVERS

2022

Omslagontwerp bij Barbara
Omslagbeeld © Julyan Rawlings / Bridgeman Images
Auteursfoto Peter Arno Broer
Typografie binnenwerk CeevanWee, Amsterdam
Kaart Peter Palm, Berlijn

ISBN 978 90 213 4014 2
NUR 305

alfabetuitgevers.nl

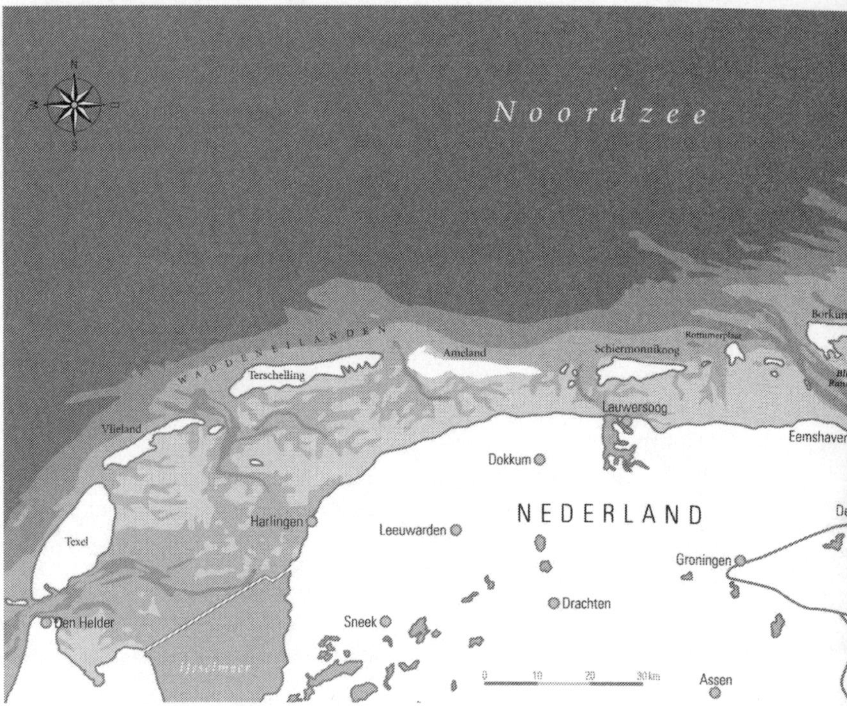
N
S
Noordzee
WADDENEILANDEN
Terschelling
Ameland
Schiermonnikoog
Rottumerplaat
Borkum
Vlieland
Texel
Lauwersoog
Eemshaven
Dokkum
NEDERLAND
Harlingen
Leeuwarden
Groningen
Drachten
Sneek
Den Helder
IJsselmeer
0 10 20 30 km
Assen

Helgoland
Büsum
OOST-FRIESE WADDENEILANDEN
Juist
Norderney
Baltrum
Langeoog
Spiekeroog
Wangerooge
Cuxhaven
Memmert
Neßmersiel
Dornum
Norden
Leysiel
Natuurreservaat Leyhörn
Greetsiel
DUITSLAND
Manslagt
Café Nienhof
Campen
Aurich
Wilhelmshaven
Bremerhaven
Emden
Varel
Leer
Bunde
Oldenburg
Bremen
Papenburg

Proloog

'Maakt u een pelgrimage?'

De predikante houdt op haar weg van het kerkportaal naar haar geparkeerde auto de pas in en kijkt naar Aron, die een lange houten stok met zijn rechterhand omklemt. Het ziet eruit alsof hij erop steunt, als een vermoeide wandelaar. De punt zakt een beetje weg in het gazon voor zijn voeten. Hij heeft haar niet opgemerkt toen ze de kerk uit kwam, hij keek omhoog naar de kerktoren om te zien hoe spaarzame wolken vanuit het zuidoosten over zeilden. Hij antwoordt dan ook niet direct, maar kijkt haar aan alsof hij haar niet begrepen heeft.

'U ziet eruit alsof u op een pelgrimage bent, met die staf. Wilt u de kerk bezichtigen?'

Aron, een stevige veertiger, helderblauwe ogen, baard van een paar dagen, lang tolstojaans hemd, brede riem om zijn middel, schudt zijn hoofd. Hij trekt de stok uit het gras en terwijl hij er een afgemeten trapje tegenaan geeft, zodat het zand van de punt loslaat, zegt hij: 'Als ik al een pelgrim ben, dan is het een pelgrim van de zeebodem.'

'Ach, u bent Duitser?'

Aron kijkt de predikante aan. 'Ik ben een wereldburger.'

De predikante glimlacht. 'Een Duitse wereldburger.' Ze maakt een uitnodigend gebaar naar de ingang. 'Wees welkom,' zegt ze. 'De kerk is al bijna duizend jaar oud. Ik heb de deur van het slot gelaten.'

Maar Aron blijft staan. 'Ik ben niet op zoek naar contact met God,' zegt hij, 'maar naar vaste grond onder mijn voeten en een doorgang naar de overkant. Geldt dat ook als een pelgrimage?'

In de toren begint een klok te slaan, het is elf uur. De predikante glimlacht opnieuw, maar uit haar lichaamstaal valt op te maken dat dit antwoord, dat eigenlijk een pastorale reactie vraagt, haar niet goed uitkomt. Vermoedelijk heeft ze een afspraak ergens, maar wil ze niet onbeleefd zijn. 'Wat brengt u dan naar Lower Halstow?' vraagt ze, terwijl ze op haar autosleutel drukt. De alarmlichten van haar auto, even verderop geparkeerd, knipperen gehoorzaam. De deursloten springen met een tikje open.

Aron draait zich half om en knikt naar het getijdenhaventje dat droog begint te vallen. Daarachter strekken de schorren en slikken van de Medway zich uit. 'De zeebodem,' zegt hij. 'Over twee uur is het laagwater. Ik ga naar de vaargeul lopen.' Hij tilt zijn stok op. 'Het is een peilstok, voor als ik onderweg toch nog water tegenkom.' Nu is het zijn beurt om te glimlachen. 'We kunnen nu eenmaal niet allemaal over het water lopen. Wij zondaars moeten onze weg zoeken door de modder.'

'*Really?*' De predikante kijkt nu bezorgd. 'Weet u wat u doet?'

'Het is niet de eerste keer.'

'Het zou ook niet de eerste keer zijn dat iemand daar achterblijft.'

'Maakt u zich geen zorgen, ik vertrouw niet zozeer op geloof, veel meer op grondige voorbereiding.'

De predikante schudt haar hoofd. 'Ik wens u beide toe,' zegt ze. Ze haalt haar telefoon uit haar tas, kijkt erop, groet en loopt op een drafje naar haar auto.

Aron kantelt zijn peilstok, legt hem over zijn schouder. Hij draait zich om en loopt weg van de kerk, naar het wandelpad dat langs de zeedijk naar de Twinney Saltings voert, het begroeide buitendijkse land. Daar zal hij de zekere grond verlaten om zijn weg te zoeken over de zeebodem. Het tij gaat af, het water trekt zich terug als een laken dat plagerig langzaam van een bed getrokken wordt.

Hij weet precies wat hij doet, hoewel het onmogelijk is alle onzekerheden volledig uit te sluiten. Een wadloper gaat ongebaande, of door de zee uitgewiste paden. Het is een onzekere omgeving, waar de natuur de baas is. Geen wadloper weet helemaal zeker hoe diep een geul is, want de combinatie van wind en stroom kan haar in één nacht hebben uitgediept, verlegd of opgevuld. Daarom draagt hij de peilstok mee. Hij kan bovendien nooit helemaal uitsluiten dat er noodweer opsteekt, of zijn lichaam hem een loer draait. Daarom heeft hij ook pijnstillers en vuurpijlen bij zich. En in dit bijzondere geval: hij weet niet of Peter hem zal bellen of niet, al vermoedt hij van wel. Daarom heeft hij zijn telefoon bij zich.

De wadloper en zijn uitrusting, op alles voorbereid maar toch onveilig. Hij houdt van die spanning; hij houdt ervan langs de rand te lopen, de peilstok in zijn hand te voelen, altijd weer op de plek waar hij hem al bijna twintig jaar vasthoudt. Al liep hij nog zo vaak met anderen over het wad – het meest natuurlijk met Peter en Klaus – toch is niets of niemand zo nabij als zijn peilstok, de vertrouwde vorm in zijn hand, de warmte van het contact. Peilt hij een geul en komt het troebele water niet verder dan zijn hand, dan kan hij samen met zijn stok de geul door. Is het dieper, komt het water tot zijn knokkels of verder, dan gaat het niet.

Kon hij zijn gevoel maar peilen, het duistere geulenstelsel van zijn ziel. Kon hij maar uitmaken of hij wil dat Peter belt, of juist niet.

Hij is halverwege de drooggevallen vlakte van de Medway als zijn telefoon gaat. Aron haalt diep adem en neemt op.

'Dag Peter,' zegt hij.

Peter groet niet terug, maar komt meteen ter zake. Hij klinkt erg opgewonden. 'Het is zover!' Hij schreeuwt het bijna. 'Doodtij, pal oost 4 misschien 5, 1040 hPa. Laagwater 18:00. We gaan!'

Aron is even stil, zegt dan: 'Ik zei: Dag Peter.'

'Wat nou: Dag Peter. Het is zover! Hier hebben we op gewacht, toch?'

'Ik ben op de Medway.'

'Wat... nú?' Peter valt even stil. 'De Medway? In Engeland? Je wist dat het erin zat, toch?'

'Het is hier prachtig, Peter.'

Maar Peter luistert niet. 'Je gaat me niet vertellen dat je het erbij laat zitten,' zegt hij, 'nu het eindelijk zover is?'

'Het is aan jou.'

'Hoezo is het aan mij?' Peter klinkt geïrriteerd. 'Het is aan ons allebei, Aron.'

Aron draait zijn peilstok rond, kijkt over de geul van de Medway naar de raffinaderij aan de overkant.

'Dit is het, Aron, hier ging het al die tijd om. Hoe lang zijn we hier nu al mee bezig? Meer dan tien jaar? Vijftien?'

'Dus je gaat?'

'We gaan,' zegt Peter.

Aron sluit zijn ogen, balt zijn vuist om de peilstok.

'Wisten we alles maar tevoren,' zegt hij. 'Weet je zeker dat je gaat?'

'Morgen, 16 uur in Manslagt, bij Nienhof. Ik reken op je, je laat me niet zitten. Ik ga Klaus bellen.'

Aron volgt zijn voetafdrukken terug, terug over het buitendijkse grasland, terug langs de dijk naar Lower Halstow. Bij de kerk aarzelt hij, blijft staan, kijkt om zich heen. Hij doet zijn schoenen uit en zet zijn staf tegen de kerkdeur, die nog open is. Hij gaat naar binnen, sluit de deur achter zich en luistert even naar de stenen stilte. Dan loopt hij tussen de rijen stoelen door naar het altaar, waar het zonlicht door twee grote gebrandschilderde ramen achter het altaar naar binnen schijnt. Op het linkerraam staat een soldaat, lang geweer in zijn hand, als een staf bijna, de kolf voor zijn voeten op de grond geplant. Hij kijkt op naar het rechterraam, waar de Verlosser baadt in een hemels licht.

Aron haalt een aansteker uit zijn zak, steekt de drie kaarsen aan die voor het altaar staan. 'Hij hoeft niet te gaan,' zegt hij. 'Het hoeft allemaal niet. Ik heb het hem gezegd.' Dan draait hij zich om, verlaat de kerk, en loopt naar The Green Farmhouse, de B&B waar hij en zijn vrouw Maria een aantal dagen verblijven.

Het loopt tegen enen. In de tuin van de B&B zit Maria te lezen, een deken om haar schouders geslagen. Ze kijkt pas op als hij vlak voor haar staat en hij met zijn schaduw de zon wegneemt van haar boek.

'Je bent terug,' zegt ze.

Hij knikt. 'Peter belde,' zegt hij.

Maria kijkt hem aan, pakt dan de boekenlegger en slaat zonder iets te zeggen het boek dicht.

'Ik ga even liggen,' zegt Aron. 'Ik heb geen oog dichtgedaan.'

'Dat is goed, lief,' zegt Maria. 'Probeer jij maar wat te slapen.' Ze slaat de deken van zich af en staat op.

1

Dat Geeske Dobbenga weet dat ze als ze zou willen haar hart zou kunnen luchten bij deze bemanning, is belangrijker dan het ook echt te doen. Ze weet dat ze zouden begrijpen wat ze bedoelt, en die wetenschap maakt het bittere geluksgevoel bij het uitvaren makkelijker te verdragen. Ze voelt zich thuis op het schip, veel meer dan bij de brigade op de wal. Ook al is ze opperwachtmeester en dus in rang de meerdere van de opsporingsambtenaren aan boord, vanaf het moment dat ze de loopplank opstapt en de beweging van het water onder haar glimmende kistjes voelt, waant ze zich als een gelijke opgenomen in die kleine gemeenschap van zielsverwante collega's en zeelieden. Zelfs de nautische sectie, de kapitein, stuurman, machinist en matroos; ze weten allemaal van elkaar wat ze verzwijgen als het schip loskomt van de kade. Het uitvaren gebeurt daarom in stilte. Iedereen voelt dezelfde siddering van de motoren die door het schip voert, iedereen luistert naar het ruisen van het water langszij, het ronken uit de machinekamer.

RV180, *goede vaart,* klinkt het plichtmatig over de duplex van de Verkehrszentrale Ems. Normaal blijft het daarbij maar nu komt er een boodschap achteraan, speciaal voor haar. *En behouden thuisvaart voor de* M&M.

Kennelijk weet zelfs de verkeersleiding dat ze volgende maand afzwaait, en dat dit haar laatste tocht is. De kapitein, Jan Toxopeus, die dit geintje met de Duitse verkeersleider bekokstoofd heeft, kijkt even over zijn schouder om te zien hoe ze het opvat dat hij haar bijnaam aan hem heeft doorgegeven. Ze glimlacht, ze vindt het niet erg. Vanaf de dag dat ze opperwachtmeester werd, heeft ze aan al haar mensen voorgehouden: 'We weten allemaal wat het werk inhoudt, maar als het lastig wordt zijn er wat mij betreft twee extra vuistregels: zoek altijd naar Mogelijkheden en hou het Menselijk. Noem ze van mijn part de twee M's van Geeske.'

Sindsdien heet ze M&M.

De RV180, het schip van de Koninklijke Marechaussee dat op de Waddenzee patrouilleert, volgt op haar gemak de lange dam naar de havenmond van Delfzijl. De windmolens kijken naar waar de zon opkomt, als zonnebloemen. Ze draaien traag. Het loopt tegen achten, een heldere ochtend, een Indian summer.

Aan de trek langs de boeien is te zien dat de vloed opkomt. De RV180 steekt niet diep, ze kan bijna overal varen waar water staat. Ze heeft geen spitse kiel; ze kan droogvallen als het moet, ze is speciaal voor het wad ontworpen. Vaart ze buitenom over open zee boven de eilanden langs, dan is ze onrustig, een kurk op de golven. Maar op het wad is ze alert, sterk, snel, een roofdier dat over de ondiepten sluipt.

Over bakboord nadert het einde van de havendam. Boven op de dijk, aan stuurboord, staat het monument voor het ontmantelde dorp Oterdum, dat is opgeslokt door het groeiende industrieterrein van Delfzijl. De grafzerken die ooit rond de dorpskerk stonden, staan nu op de dijk. In hun midden het beeld dat ze zo goed kent: een hand op een bakstenen sokkel, geopend naar de hemel. Geeske kijkt ernaar, zoals ze altijd doet bij het uitvaren. Het tafereel van de zerken op de dijk heeft ze steeds opnieuw als een vermaning geïnterpreteerd; een deksel op haar geluk. Ze heeft altijd last gehad van een overmaat aan gevoel. En dat is met het voorbijgaan van de jaren alleen maar erger geworden. Ze denkt eraan dat het haar laatste tocht is, dat met haar vertrek ook het schip zal worden afgedankt, dat er een tijdperk eindigt. Ze probeert te doorgronden wat dat voor haar betekent, maar dat is niet eenvoudig. Tijd verstrijkt, je doet er niks tegen, je kan hooguit proberen het niet onopgemerkt te laten passeren, de beker tot op de bodem te drinken. Ze mogen niet naar me kijken, ze mogen me zo niet zien. Ze kijkt strak naar de zerken.

Dan maakt het schip een bocht en vaart de Eems op. De eerste deining, de muil van de open zee. Het werk is begonnen.

'De laatste keer, Opper,' zegt Toxopeus.

Geeske kucht. 'Laten we nu eens met iets thuiskomen, voor de gelegenheid,' zegt ze.

De kapitein knikt. 'Een grote finale,' zegt hij.

De bemanning heeft geen bijzondere opdracht deze keer: eerst de Eemshaven, dan boven Rottumerplaat langs, bij Schiermonnikoog weer naar binnen, op Lauwersoog aan, rustig naar het westen: inspecteren, schepen aanhouden om lading en bemanning te controleren, routineklussen.

De RV180 koerst over de Eems naar het noorden. Over bakboord strekt het drooggevallen wad zich uit. De randen van de zandbank rijzen uit het water op, als een kniehoge klifkust. Maar het water stijgt snel, en de afkalvende klifjes verdrinken zienderogen in de rijzende zee.

De stuurman, Meeuwis Bosscher, zet een tandje bij. Het achterschip zakt een beetje naar beneden, de boeg verheft zich langzaam. Geeske pakt een verrekijker, stelt scherp op het NAM-eiland midden op de zandplaat De Hond, zoekt dan de vuurtoren van Borkum, maar ze blijft steken bij een zwarte vlek. Er ligt een zeehond op de plaat, vlak langs de vloedlijn. Ze tuurt een tijdje. Het is geen zeehond.

Ze draait zich om en geeft de kijker aan een collega die achter haar naar buiten staat te kijken.

'Wat is dat daar? Kan jij dat zien, Rob? Daar op de vloedlijn? Is dat een zeehond?'

Rob neemt de kijker over en zoekt even, stelt scherp. De stuurman pakt nu ook een kijker, neemt gas terug. De boeg zakt weer, een boeggolf haalt het schip in en tilt haar vanachter een beetje op.

'Het is een mens,' zegt Rob.

'Kan je wat bijsturen, Meeuwis?' De kapitein neemt de kijker van de stuurman over en het schip wendt haar boeg naar De Hond. Hij kijkt even en zegt: 'Het lijkt erop dat daar je grote finale ligt, Opper.'

'Een drenkeling,' zegt Rob.

'De vloed komt op, je hebt haast,' zegt de kapitein.

'Zal het toch nog een keer gebeuren,' zegt Geeske, die tijdens haar lange diensttijd nog niet eerder met een lijk van doen heeft gehad. 'We gaan ernaartoe, Rob. Ik ga mee. Kan je de Rhib klaarmaken, Jan?'

'Ik wil me nergens mee bemoeien,' zegt de kapitein. 'Maar ik zou een lijkenzak meenemen ook. Je hebt hoogstens een kwartier, twintig minuten. Dan staat alles onder water.'

Terwijl de kapitein het roer overneemt en de RV180 nog een eindje opstoomt naar de bank, trekken stuurman Bosscher, Geeske en Rob op het achterdek zwemvesten aan. Matroos Gus heeft onder uit het schip een lijkenzak tevoorschijn gehaald en voor in de Rhib gelegd: de snelle sloep die op de helling van het achterdek aan de lieren hangt. De drie klimmen erin en de matroos laat de lieren vieren, zodat de Rhib achterwaarts in zee glijdt. De motor slaat aan, de stuurman wendt de sloep en vaart haar naar de zandbank tot de punt het zand raakt en de harde bodem zich vast vaart op de bank. De paar meeuwen die bij de drenkeling zijn neergestreken gaan op de wieken.

Rob stapt als eerste uit. Zijn glimmende schoenen zakken diep weg in het slik. Hij helpt Geeske uit de Rhib en dan waden ze samen naar het lichaam, dat nog maar een halve meter van de opkruipende vloedlijn ligt. Het is een man, hij ligt op zijn buik. Hij heeft surflaarzen aan, een hardloopbroek, een thermisch hemd en een riem om zijn middel, waaraan een mes is bevestigd. En een lang touw, dat is verstrengeld om zijn benen en waarvan het uiteinde in het water ligt.

'Nog niet zo lang dood, goddank,' zegt Rob.

'Plek veiligstellen is er niet bij,' zegt Geeske. 'Zo meteen staat alles onder. Ik bel de BC, maak jij foto's?'

Terwijl Rob om het lijk heen loopt en het tafereel van alle kanten fotografeert, belt Geeske de mobiel van Henk van de Wal, de brigadecommandant. Het is net negen uur geweest, het begin van de werkdag, en hij neemt niet op.

Terwijl Geeske luistert hoe de telefoon overgaat en overgaat, en ze de voicemail krijgt en ze opnieuw belt en opnieuw wacht, voelt ze in haar nek de ochtendzon in kracht toenemen. Ze loopt om de drenkeling heen en ziet nu voor het eerst zijn gezicht. Een meeuw heeft in een van zijn ogen gepikt, maar het andere is nog helder en open. Hij staart zonder iets te zien tegen de zon in. Het is een verraste blik, zowel olijk als verschrikt, alsof hij tijdens een lach plotseling door iets is overvallen en geen tijd heeft gekregen bang te zijn. Geeske voelt hoe de warmte van de zon zich vanuit haar nek door haar lichaam verspreidt, als een veel te groot, onhandelbaar medelijden. Voor de tweede keer die ochtend worden haar ogen vochtig.

'*Move him into the sun*,' zegt ze. Ze trapt in de modder, als om zichzelf tot de orde te roepen. 'Het is goed dat ik ermee ophoud,' zegt ze hardop. 'Ik ben een dweil.'

'Wie is een dweil?' De commandant Henk van de Wal is aan de telefoon gekomen.

'We hebben een drenkeling op De Hond,' zegt Geeske.

'De bank?'

'Ja.'

'Zaak voor de politie,' zegt Van de Wal.

'Daar is geen tijd voor,' zegt Geeske. 'Hij ligt aan de rand, de vloed komt op, we moeten hem weghalen.'

'Ligt hij aan onze kant?'

'Onze kant...?'

'Ligt hij in Nederland?' verduidelijkt Van de Wal.

'Ligt eraan wie je het vraagt, Henk,' zegt ze. 'Ik zal de coördinaten opnemen, maar ik kan je nu al zeggen dat de Duitsers vinden dat hij in Duitsland ligt.'

'Dat zullen we nog wel eens zien,' zegt Van de Wal.

God, ja, krijgen we dat, denkt Geeske. 'We nemen hem mee,' zegt ze. 'Er zit niks anders op.'

'ID?'

Geeske ziet Rob bij het lijk hurken en geen foto's meer nemen. 'Ben je klaar?' roept ze.

Rob knikt. 'Kijk of hij ID bij zich heeft,' zegt Geeske.

Rob draait het lijk voorzichtig op zijn rug, zoekt in zijn kleren. Hij vindt een paspoort, bladert. 'Nicolaus Josephus Smyrna,' leest hij. 'Duitser, uit Lübeck.'

'Het is een Duitser,' zegt Geeske in de telefoon.

'Neem maar mee,' zegt Van de Wal. En dan: 'Dat was een korte laatste tocht, opperwachtmeester.'

'We moeten hem nu echt weghalen!' roept Rob.

'Ik moet gaan,' zegt Geeske, en ze verbreekt de verbinding.

Even later wordt de Rhib met Geeske, Rob, Bosscher en de drenkeling aan boord van de RV180 getrokken, en zet het schip met zwijgende bemanning koers naar de havenmond van Delfzijl. De lijkenzak ligt op dek, het touw ligt er in een verzegelde plastic zak bovenop. Op de sticker die erop geplakt is staan de coördinaten: 53°24'49" N / 6°55'11" O.

Op het moment dat het patrouilleschip de havenlichten van Delfzijl is gepasseerd zwelt vanuit het oosten het geluid van een helikopter aan. Geeske, die aan dek naar de zerken van Oterdum staat te kijken, draait zich om, tuurt omhoog. 'Ze zijn al naar hem op zoek,' zegt ze tegen Rob.

2

Twee agenten van de eilandpolitie van Borkum staan al op de Tüskendör-Deich te wachten als Peter Lattewitz alleen nog maar een stipje op de horizon is. De aanvankelijke ingeving hem tegemoet te lopen leggen ze al snel naast zich neer. Ze hoeven alleen maar te wachten; hij kan toch nergens heen en de vloed drijft hem naar ze toe.

Bovendien maakte Peter, toen hij een uur geleden vanaf het wad contact zocht met de politie van Borkum, niet de indruk dat hij een gevaar voor zichzelf was. Hij klonk wel geagiteerd, maar, zo redeneerde de eilander politie: als er iemand weet hoe hij heelhuids van het wad moet komen is hij het wel.

Peter staat, net als zijn vrienden Klaus Smyrna en Aron Reinhard, bekend als wadloper van het eerste uur, die baanbrekend werk heeft verricht in het verkennen van routes en het verleggen van grenzen. Samen heeft het wadlooptrio alle eilanden van het Waddengebied, van Denemarken tot Texel, belopen.

Behalve Borkum.

Dat lastig te bereiken eiland, de Mount Everest van de wadlopers, hadden ze nooit te voet weten te bereiken, wat ze maar moeilijk konden verkroppen. Dat een Nederlands duo er in de jaren zeventig als eerste in geslaagd was de oversteek van Manslagt naar Borkum te maken, maakte het er niet beter op. De enige troost was altijd geweest dat het Nederlandse team halverwege vasteland en het eiland hoogwater had doorgebracht in kleine, meegezeulde rubberbootjes, en ze dus het contact met de grond een aantal uren verbroken hadden. Daarmee was hun oversteek in de ogen van Peter, Klaus en Aron ongeldig. Een echte wadloper, vonden ze, brengt hoogwater door in een netje dat aan drie stokken is opgehangen. Omdat die drie stokken in de grond steken, hebben ze het contact met de grond niet verloren, zoals dat wel gebeurt in een dobberend bootje.

Maar nu is Klaus dood en Peter is een langzaam naderende gestalte, zoekend over het wad, staf in zijn hand, zwalkend, als een profeet die de weg kwijt is. Het tij zit hem op de hielen. En de agenten kijken, wachten.

Pauline Islander, verslaggeefster van de *Borkumer Zeitung*, komt over de dijk aanfietsen, stapt af en komt bij hen staan. Ze kennen elkaar, zeggen '*moin*' en kijken dan gedrieën naar de ploeterende wadloper in de verte.

Hoog boven alles is het geluid van de helikopter te horen, die een tijd boven het wad gehangen heeft, maar nu langzaam de loop van de Eems volgt, naar open zee.

'Dat is hem?' vraagt Pauline met een hoofdknik naar Peter.

'Dat is hem,' zegt Jurgen, de hoofdagent.

'Ik hoorde het op de scanner. Zijn compagnon is verdronken? Welke? Klaus of Aron?'

'...'

'En waar is de derde?'

'...'

'Hij belde jullie? Of hoe is het gegaan?'

'We praten eerst met hem,' zegt Jurgen eindelijk. 'Daarna kan jij je vragen stellen.'

'Ik schrijf nog niks op, hoor, wees maar niet bang, ik vroeg het me gewoon af.' Ze doet haar rugzakje af en diept een notitieboekje op. 'Mooie ochtend,' zegt ze. 'Het wad is bijna van goud, zien jullie dat?'

Maar de agenten kijken omhoog, naar de helikopter die overkomt, kennelijk op weg terug naar Cuxhaven. Dan komt er een oproep binnen op de portofoon van Jurgen. Hij gebaart Pauline dat ze afstand moet bewaren, loopt dan zelf een eindje weg, komt even later terug. 'De Nederlanders hebben hem gevonden,' zegt hij.

Pauline kijkt op haar horloge en schrijft iets op.

De laatste honderd meter komt het water Peter al tot boven zijn enkels. Het tij heeft hem ingehaald, een imperfectie die hij onder normale omstandigheden onvergeeflijk zou hebben gevonden. Maar dit zijn geen normale omstandigheden. Hij beklimt de dijk, legt de staf en de stokken voor het overtijen in het gras, doet zijn rugzak af, en gaat zitten om zijn schoenen uit te trekken.

'Ik ben kapot,' zegt hij. Dan legt hij het voorhoofd op zijn knieën, en zijn handen op zijn hoofd. Zo zit hij een tijdje. Zijn benen zitten tot boven zijn knieën onder het slik.

'Wat is er gebeurd?' probeert Pauline. 'Gaat het wel?'

Maar de agenten gebaren dat ze achteruit moet. 'Komt u overeind,' zeggen ze tegen Peter, 'We praten verder op het bureau. U hebt u op verboden terrein begeven.'

Peter kijkt op, hij lijkt even gedesoriënteerd. Dan laat hij zich door de agenten overeind helpen, pakt zijn staf en zijn rugzak en loopt blootsvoets en moeizaam achter Jurgen aan. De andere agent, die Hans heet, heeft de schoenen gepakt. In het voorbijgaan kijkt Peter Pauline een kort moment aan. Zijn ogen zijn vochtig. 'Hij was een broer voor mij,' zegt hij.

'Wilt u doorlopen,' zegt agent Jurgen.

Maar Peter blijft staan en kijkt nog een keer om. 'Helen,' zegt hij. 'Helen, hoe is het in godsnaam mogelijk.'

'Het is Pauline, niet Ellen, we hebben elkaar een paar jaar geleden gesproken,' zegt Pauline. 'Ellen is mijn collega.'

Peter kijkt haar aan, schudt zijn hoofd en draait zich weer om. 'Hij was een broer,' zegt hij. 'Niemand zal me geloven.'

'Als u zich niet verwijdert, zal ik u moeten arresteren,' zegt Jurgen tegen Pauline. Maar ze is al blijven staan. Ze schrijft Peters woorden op, draait zich dan om en kijkt over het wad. Het is niet goud meer, het moment is voorbij. Wat overblijft is een gewone dag aan de zuidkust van Borkum. Zee tot de horizon, een kotter onderweg naar Greetsiel, niets bijzonders.

3

De schouwarts staat op de kade van Delfzijl als de RV180 afmeert. Rechtop, tenger en onbewogen als een wachtende reiger volgt hij de verrichtingen van het aanleggen, koffertje in zijn rechterhand, de linker in zijn jaszak. Pas als de uitgeschoven loopplank over de kade schuurt en aan de reling de matroos een stap terug zet om ruimte te maken, komt hij in beweging. Zijn regelmatige ontmoetingen met de dood hebben een wolk van stilte om hem heen opgetrokken. Mensen gaan voor hem aan de kant als hij nadert; er is altijd ruimte, hij hoeft er niets voor te doen.

Hij klimt aan dek, knielt bij de lijkenzak, doet handschoenen aan. Dan trekt hij, zo behoedzaam dat het lijkt alsof hij de rust van de dode niet wil verstoren, de rits open. De omstanders houden hun adem in en kijken toe hoe hij een klein lantaarntje uit zijn dokterstas haalt, om de drenkeling mee in zijn ongeschonden oog te schijnen.

'Meeuwen,' zegt Geeske.

De arts knikt, tuurt, doet het lampje weer uit en bergt het weg. Hij ritst de lijkenzak iets verder open en duwt zachtjes op de ribbenkast, dan duwt hij iets harder. Een beetje water verschijnt in de mondhoeken. Dan wordt zijn aandacht getrokken door een wond aan het rechteroor. De omgeving van het oor is beurs, alsof de drenkeling daar hard ergens tegenaan is gestoten, of een klap heeft gehad. Hij pakt een bril uit zijn jaszak en bekijkt de beschadigde plek van dichtbij. Zijn blik zwerft van het oor langs de hals omhoog naar de half geopende mond. Hij pakt een spateltje, kijkt voorzichtig naar binnen. Dan komt hij overeind en trekt zijn handschoenen uit.

'De man lijkt door verdrinking overleden,' zegt hij, 'maar ik blijf met vragen zitten. U krijgt hoe dan ook van mij geen handtekening voor een natuurlijke dood.' Hij sluit zijn koffertje. 'U bent hulpofficier?' vraagt hij aan Geeske. En zonder antwoord af te wachten gaat hij door: 'De overledene heeft weinig water in de longen, dat hoeft niets te betekenen, maar het kan geen kwaad het te constateren. De wond aan het oor verdient ook nader onderzoek. U kunt mijn verklaring in de loop van de ochtend tegemoetzien.' Dan is hij kennelijk klaar, want zonder te groeten draait hij zich om, stapt op de loopplank en verlaat het schip. Hij loopt in rechte lijn over de kade het haventerrein af. Meeuwen vliegen voor hem op.

4

Borkumer Zeitung. 28/09/15. 11:00
Wadloper Klaus Smyrna tussen Krummhörn en Borkum verdronken. Peter Lattewitz verhoord door eilandpolitie. Aron Reinhard is er niet bij. Helikopter BPOL zoekt boven het wad. #wadlopen #Borkum #Smyrna @Wattewitz @WattAron

5

Het is een uur voor hoogwater. De lichten van de sluis van Leysiel springen op groen en de GRE42 stoomt langzaam op naar de sluisdeuren die zich traag voor haar openen. Lode Föhrmann, die al jaren niet meer vist maar zijn kotter toch niet heeft verkocht, heeft de eigenaardige gewoonte opgevat om van tijd tot tijd de nacht op het wad door te brengen. Hij laat zijn schip droogvallen op Kopersand, een plaat onder Memmert. Tegen zonsondergang zet hij zijn schildersezel op het achterdek en vanaf het moment dat het lage licht de contouren van de duintjes van het eiland aanzet, begint hij te schilderen.

Hij komt nooit ver, maar daar is het hem ook niet om te doen. De zon gaat onder, het moment is voorbij, het tafereel blijft onvoltooid. Hij bergt zijn spullen weer weg. Dan gaat hij aan dek zitten, luistert, en kijkt omhoog om de sterren te zien verschijnen. Zo zit hij een tijd, heel klein in de nacht, omringd door het zachte geborrel van droogvallende platen en wroetende wadpieren.

Schilderen is kijken, zei hij een paar jaar geleden nog tegen Pauline Islander, die voor de *Borkumer Zeitung* een nacht bij hem was opgestapt. *Als ik niet schilder, heb ik het niet goed gezien. Ik heb al die jaren zomaar wat rondgevaren, altijd maar achter de garnalen aan, nooit eens de rust gehad om te kijken. En vlak voor ik het vissen eraan gaf, begon ik me af te vragen, als je niet goed hebt gekeken, ben je er dan wel geweest? Wanneer ben je ergens echt?*

Het was een reportage geworden die na 1500 woorden abrupt, midden in een zin, ophield. Ze moest dat uitleggen aan haar eindredacteur. 'Begrijp je dat dan niet?' zei ze. 'Föhrmann maakt zijn schilderijen ook nooit af, maar daar gaat het hem juist om. Hij zegt het toch zelf? Dat het leven nooit af is? En dat dat is waar het om gaat?'

Pauline Islander – ondanks haar achternaam import op het eiland – was wel vaker zo origineel dat niet alle lezers begrepen wat ze bedoelde. Geen wonder dat ze goed overweg kon met zo'n idioot van de vaste wal, dacht hij. Maar goed, de lezers wisten het zo langzamerhand ook wel met Pauline. Dus liet hij het maar zo. Leven en laten leven, was zijn eilander devies. En zo verscheen het artikel in de *Borkumer Zeitung*, onaf en met de raadselachtige kop: *Schilderij af? Einde verhaal.* Er kwam zelfs een expositie van een aantal van de schilderijen van Föhrmann in de Borkumer expositieruimte Kulturinsel; vijfentwintig onvoltooide aquarellen, steeds het eiland Memmert in afnemend licht, steeds vanuit dezelfde hoek. Föhrmann zelf kwam niet naar het eiland voor de opening.

Het is niet mijn ding, schreef hij Pauline.

En nu stoomt hij rustig de sluis binnen, maakt door de geopende deur van de stuurhut een handgebaar naar de sluiswachter, die vanuit zijn hoge post neerkijkt op het achterdek, waar een rugzak ligt. En op de camera in de sluis krijgt hij de indruk dat Lode niet alleen staat in de stuurhut. Of dat ook echt zo is kan hij door de spiegeling van de ruitjes niet zien.

Als de GRE42 een half uur later aanmeert in de haven van Greetsiel, komt de havenmeester over de kade op het schip toelopen. Lode komt de stuurhut uit, gooit hem een tros toe. De havenmeester vangt hem op, legt de tros om een bolder en kijkt nieuwsgierig aan boord terwijl Lode de tros aantrekt en vastmaakt.

'De sluis zei dat je een opstapper had,' zegt hij.

Maar Lode antwoordt niet. Hij loopt naar het voorschip en gooit de tweede tros op de wal. Dan loopt hij weer terug naar de stuurhut en schakelt de motor uit. Het scheepje rilt, valt dan stil. De havenmeester blijft staan kijken hoe Lode weer tevoorschijn komt, de stuurhut afsluit en op de wal stapt.

'De sluis zei dat je iemand aan boord had,' zegt hij nog een keer.

'Ik heb je wel gehoord,' zegt Lode.

Samen staan ze een tijdje in stilte naar de afgemeerde kotter te kijken.

'Zie jij een opstapper?' vraagt Lode eindelijk.

'Nee,' zegt de havenmeester.

'Dan is er ook geen opstapper.'

En daarmee is de zaak afgedaan.

6

Een ziekenauto heeft het lichaam van de drenkeling van de haven naar het Delfzicht Ziekenhuis vervoerd, waar hij in het mortuarium is opgebaard in afwachting van de beslissing wie zich over zijn lot zal gaan ontfermen.

Zandplaat De Hond ligt langs de westelijke oever van de vaargeul van de Eems: een gebied waarvan het niet duidelijk is of het tot Nederland of tot Duitsland behoort. Nederland beschouwt alles aan de westelijke kant van de vaargeul Nederlands gebied, maar Duitsland trekt zijn buitengrens vlak langs de Nederlandse zeedijk. In die zienswijze zijn De Hond en De Paap Duits. De kwestie is nooit opgelost, maar sinds 1960 hebben Nederland en Duitsland overeenstemming bereikt over het feit dat ze het oneens zijn, en beheren ze het betwiste gebied gezamenlijk en in goede verstandhouding. Echte problemen, met uitzondering van een enkele schermutseling tussen Groningse en Oost-Friese fuikvissers, zijn uitgebleven. Maar nu ligt Klaus Smyrna in het mortuarium, een Duitse drenkeling door een Nederlandse marechaussee op De Hond gevonden, midden in het betwiste gebied.

Brigadecommandant Henk van de Wal acht de kwestie ingewikkeld genoeg om het openbaar ministerie in Groningen te raadplegen. Hij heeft Geeske in zijn werkkamer ontboden en haar te kennen gegeven dat hij de zaak, vanwege de voorziene gevoeligheden, in de handen van de officier van justitie wil leggen. Van de Wal heeft de baan van brigadecommandant nog niet zo lang. Hij zegt hardop dat hij tevreden is, maar dat is hij niet. Van de Wal wil hogerop.

'Zou je dat wel doen?' probeert Geeske. 'Zou je niet gewoon

het lijk overdragen aan de Duitsers? Een Duitser, gevonden in Duitsland, één telefoontje en klaar.'

'En hoe schrijf je dat dan weg, Opper?' zegt van de Wal. 'Hoe komt dat in de boeken?'

'Gewoon, zoals het is,' zegt Geeske. 'We vinden een lijk van een Duitser in Duitsland, we bergen het omdat de vloed opkomt, we bellen Bundespolizei See in Cuxhaven, die sturen een schip, we overhandigen het lijk, en we zijn klaar.'

'Dat lijk lag in Nederland,' zegt de commandant, 'onze kant.'

'Zo kan je er ook tegenaan kijken,' zegt Geeske, 'maar dan heb je er gratis een probleem bij.'

Van de Wal, een rijzige en onverzettelijke veertiger, stekelhaar, licht brilletje met goud montuur, kijkt Geeske nu geërgerd aan. 'Dat zijn zeker die menselijke mogelijkheden van jou,' zegt hij met lichte verheffing van stem. 'Jij bent import, je hebt geen voeling met dit gebied.'

Van de Wal loopt naar het raam vanwaar het wad niet te zien is, omdat er gebouwen voor staan. De brigadepost ligt een eindje van de zee af. Toch wijst hij naar buiten terwijl hij Geeske blijft aankijken. 'Ik kom uit een familie van Dollardvissers,' zegt hij met zijn vinger naar het uitzicht. 'Ik ben in Termunten onder de dijk opgegroeid. Ik heb hier als kind rondgezworven, met sliksleeën heb ik fuiken geleegd. Dit land is van ons.'

Geeske kijkt waar de brigadecommandant naar wijst: daken van huizen, kranen daarachter, de schoorsteen van een coaster.

'Samenwerken prima, Opper,' zegt hij, 'maar ergens moet je een grens trekken. Dat lijk lag in Nederland, het is aan ons om een onderzoek in te stellen. Misschien is hij daar wel vermoord, weet jij het?'

Geeske antwoordt niet.

'Weet jij het?' dringt Van de Wal aan.

'Nee,' geeft Geeske toe.

'Ik ga bellen met Groningen.'

En hij gebaart haar zijn werkkamer te verlaten.

Op de gang treft Geeske Anne-Baukje van de rechercheafdeling. Ze staat bij de waterautomaat en tapt een bekertje koud water. De automaat borrelt verleidelijk en Geeske tapt zelf ook een bekertje.

'Heb je even?' vraagt Geeske. Ze knikt naar de deur van de commandant. 'Henk gaat Groningen bellen, dat wordt een gebed zonder eind. Zou je, zolang dat nog hangt, niet even mee willen gaan naar het ziekenhuis?'

'Wat wil je doen?'

'Dat je naar die wadloper kijkt, voor ze me de zaak uit handen nemen.'

'Is het een wadloper, denk je?'

'O, zeker.'

Anne-Baukje, een boerendochter uit Noord-Friesland, helderblauwe ogen, het blonde haar kort, verfrommelt het plastic bekertje en gooit het in de prullenbak. 'Moet het niet naar de politie?'

'Dat zou ook nog kunnen,' zegt Geeske. 'Maar ik zie jou nu en ik vind het erg nodig dat we even gaan kijken, jij en ik. Jij kent toch die patholoog daar, hoe heet die? Ik heb hem nooit ontmoet. Nooit nodig geweest.'

'Derk Wortelboer,' zegt Anne-Baukje. 'Onze eigen Shakespeare.' Ze lacht. 'We gaan,' zegt ze.

7

Peter Lattewitz maakt op het bureau een gedesoriënteerde indruk. Hij vraagt of hij zich mag omkleden. Zijn kleren zijn nat, hij ruikt sterk naar eb.

'Ik heb droge kleren bij me,' zegt hij en hij wijst naar zijn rugzak die door Jurgen op een tafel is gezet. 'Haalt u ze er hier maar uit, dan loopt Hans met u mee om uw natte kleren aan te nemen. U kunt u in een cel omkleden.'

'In een cel?'

'Dat is het meest privé,' zegt Jurgen. 'Nergens anders om. Hoezo?'

'Mag het niet even op het toilet?'

'Er is een toilet in de cel.'

Peter staat op en loopt moeizaam achter agent Hans aan.

Even later zit hij met joggingbroek, T-shirt en slippers aan de verhoortafel, de agenten Jurgen en Hans tegenover hem. Hij heeft koffie gekregen en zijn armen op tafel gelegd. Met beide handen omklemt hij het bekertje.

'We moeten de hele geschiedenis met u doorlopen, voor het proces-verbaal,' zegt Jurgen. 'Bent u daartoe in staat?'

Peter kijkt op, knikt en laat zijn ogen dan de kamer rondgaan. Bij de camera, tegenover hem onder het plafond, blijven zijn ogen even steken.

'Het is erg onwerkelijk allemaal,' zegt hij. 'Ik heb een van mijn beste vrienden verloren en nu zit ik hier alsof ik een verdachte ben.'

'Laten we proberen daar wat aan te doen,' zegt Jurgen. 'U bent Peter Lattewitz, geboren 19 januari 1972, in Aurich, waar u nog steeds woont. U bent leraar geografie, weduwnaar, geen kinderen.'

Peter knikt en neemt voorzichtig een slok van zijn koffie. Hij sluit zijn ogen en steunt. 'Koffie,' zegt hij.

'Vertelt u eens wat er zich heeft voorgedaan. Een wadlooptocht naar Borkum, u weet dat dat niet geoorloofd is. Het is natuurgebied.'

'Het was de laatste tocht,' zegt Peter. 'Met Borkum hadden we ze allemaal gehad.'

'Wie zijn we?'

'Aron, Klaus en ik,' zegt Peter.

Jurgen, die het drietal van reputatie kent, stelt voor de volledigheid toch de vraag: 'Aron?'

'Aron Reinhard,' zegt Peter. 'We lopen altijd met ons drieën.'

'Aron was er deze keer niet bij,' zegt Jurgen.

'Aron is in Engeland,' zegt Peter. 'Ik heb hem wel gebeld, maar het was te kort dag... vond hij... zei hij...'

'In Engeland,' zegt Jurgen.

'Aan de Medway,' zegt Peter. 'Bij Chatham.'

'En hij kon niet terugkomen.'

'De omstandigheden moeten precies goed zijn,' zegt Peter, 'anders is er te veel water in de Osterems. Doodtij, hoge druk en een stevige oostenwind die het water de Eems in blaast. Vooral die hoge druk en die oostenwind, dat komt maar weinig samen voor. We hebben er jaren op gewacht. En als het dan gebeurt, moet je niet aarzelen. Klaus kwam ook halsoverkop uit Lübeck.'

'Maar Aron bleef in Engeland.'

Peter gaat weer overeind zitten en kruist zijn armen voor zijn borst, pakt met zijn handen zijn schouders vast. 'Ik belde hem, hij was op de Medway aan het wadlopen. Ik zei hem dat we zouden gaan. Dat we op hem rekenden, om vier uur in Manslagt. Hij was er niet.'

'En jullie gingen toch?'

'Het was niet leuk, maar het was niet anders. Als hij erbij was geweest, wie weet wat we voor Klaus hadden kunnen doen.'

Agent Hans, die tot nu toe niets heeft gezegd en alleen maar dingen heeft genoteerd, kijkt op van zijn laptop. 'Gaat het wel?' vraagt hij.

'Ik ben een beetje duizelig,' zegt Peter. 'Het trekt wel weg.'

'Alleen Klaus en u dus,' zegt Jurgen.

'Gisteren hadden we afgesproken bij Nienhof, u weet wel, dat café bij Manslagt.'

Hans knikt, terwijl hij weer begint te tikken.

'We hadden om vier uur afgesproken, twee uur vóór laagwater. Maar ik was laat; er was een opstopping op de weg net buiten Aurich, ik moest omrijden, kwam even vast te zitten. Klaus zat er al, hij vond het niet leuk, ik was twintig minuten te laat. En hij is nou eenmaal een stukje kleiner dan ik.'

Hans kijkt op. 'Een stukje kleiner, zegt u.'

'Ja,' zegt Peter. 'Hij is 1.78, ik ben 1.86.'

'Waarom is dat relevant?' vraagt Jurgen.

'Omdat je iedere centimeter kunt gebruiken als je door de geul gaat,' zegt Peter schor. Voor het eerst lijkt het erop dat hij zijn emoties niet meer onder controle heeft. 'Ik was laat,' zegt hij. 'Je moet precies op tijd zijn, het tij wacht niet. Maar ik was laat.' In een bruusk gebaar, misschien op zoek naar houvast, grijpt hij in zijn bekertje koffie. 'Ik ben nooit te laat,' zegt hij, 'anders loopt het in het honderd.' Hij knijpt zo hard dat het bekertje scheurt en de hete koffie over zijn hand klotst. Hij vloekt, de koffie stroomt over het tafelblad. Hans tilt zijn laptop op en Jurgen staat op om een doekje te halen.

8

Forensisch patholoog Derk Wortelboer gaat Geeske en Anne-Baukje voor door de gangen van het ziekenhuis. 'Ik heb hem nog niet gezien,' zegt hij. 'Hij is net binnen.' Hij duwt met zijn schouder tegen de deur van het mortuarium. De deur klemt een beetje. Binnenkort wordt het ziekenhuis opgedoekt. Onderhoud is er niet meer bij.

Klaus Smyrna ligt in een duistere hoek van de sectieruimte, onder een laken. Wortelboer stoot in het voorbijgaan tegen een lichtknop en de tl-buizen knipperen aan. Hij loopt naar het lijk, zijn schouders opgetrokken als een bochelaar, blijft dan vlak voor de tafel staan en kijkt plotseling omhoog, alsof hij iets gehoord heeft.

Anne-Baukje en Geeske kijken ook omhoog. Er is niets te zien. Als ze weer naar Wortelboer kijken, blijkt dat hij het laken van het gezicht heeft getrokken en neerkijkt op het bleke, gehavende gezicht.

'*Thou bloodless remnant of that royal blood!*' zegt hij.

Geeske kijkt naar Anne-Baukje, die haar lippen beweegt zonder geluid. *Shakespeare*, begrijpt Geeske.

Wortelboer heeft bij amateurtheatergezelschap De Lelijke Eenden de rol van Richard III gekregen, een rol die veel van zijn dagelijks leven heeft overgenomen. '*Lo!*' zegt hij zachtjes terwijl hij in het gehavende oog kijkt, '*in these windows that let forth thy life, I pour the helpless balm of my poor eyes.*' En hij valt stil.

'Meeuwen,' zegt Geeske.

Wortelboer heft zijn hoofd bruusk op, kijkt Geeske recht aan, zet een stap op haar af. '*I do beweep too many simple gulls,*' zegt hij, '*namely, to...* zijn wij aan elkaar voorgesteld?'

'Geeske Dobbenga,' zegt Geeske. 'Marechaussee.'

'...*Hastings, Derby, Dobbenga...*' zegt Wortelboer. Hij lacht een diepe lach en kijkt weer op de drenkeling neer. 'Die heeft een flinke klap tegen zijn oor gehad.'

'Een klap?' vraagt Anne-Baukje. 'Of is hij ergens tegenaan gestoten?'

'Kan ook.'

'Met doodtij staat er minder stroming in de Eems,' zegt Geeske.

'Maar waar is hij dan tegenaan gestoten?' zegt Wortelboer.

'Een boei?' probeert Geeske.

'Een boot?' oppert Anne-Baukje.

Wortelboer klopt op de dode borstkas, luistert, duwt er een beetje op, loopt dan naar de wastafel om zijn handen te wassen.

'Ik moet er beter naar kijken,' zegt hij, 'een klap laat altijd iets achter. En ik moet in de longen kijken. Hij lijkt me verdronken, maar niet erg gulzig. Kom maar terug met een echt verzoek om lijkschouwing van de officier. Ik moet aan het werk.'

'Dank je wel, Derk,' zegt Anne-Baukje.

Wortelboer droogt zijn handen af en maakt een hoofdknik naar de drenkeling. '*He lives that loves thee better than he could,*' zegt hij.

'Wanneer is de première?' vraagt Anne-Baukje.

Hij zucht. 'Iedere dag opnieuw, my lady. Iedere dag opnieuw.'

Op dat moment gaat de telefoon van Geeske. Ze kijkt op de display, laat hem dan aan Anne-Baukje zien. 'Duitsland,' zegt ze.

9

'We kwamen aan het Blinde Randzelgat,' zegt Peter Lattewitz. 'Er stond veel minder water in de Osterems dan we dachten, maar eigenlijk had Aron dat al voorspeld. Dus dat bleek geen probleem. We dachten dat we het moeilijkste gehad hadden, want bij die priel ben je al over de helft. Je moet er met laagwater doorheen, het stelt veel minder voor dan de Osterems, dachten we. We hadden met hoogwater in onze netjes gehangen, maar we waren minder ver gekomen dan we gepland hadden. Omdat ik laat was, door die verdomde wegopstopping bij Aurich. En het is slap slik, door die rivier natuurlijk, door al die oesters, je zakt erin weg tot hier...' Peter reikt onder tafel, naar waar de agenten het niet kunnen zien. 'Tot halverwege je kuiten,' zegt hij. 'Dat slik is een veel groter probleem dan die Osterems. We schoten niet op.'

Hij kijkt omhoog, staart een tijdje zonder iets te zien naar de camera. 'Jarenlang hebben we het voorbereid,' zegt hij, 'Aron vooral, in afwachting van de juiste omstandigheden. Ik was er ook wel mee bezig, maar Aron... iedere maand, zolang het seizoen duurde, en soms ook daarbuiten, zwierf hij er rond, altijd in zijn eentje, zijn vrouw wil er niets van weten, die heeft een hekel aan de zee, dus heeft hij stukjes gelopen, het terrein verkend, foto's gemaakt, gezocht. Hij heeft de tijd ook aan zichzelf. Ik moet altijd nog lesgeven. We hebben de uitrusting op peil gehouden, voor ons allemaal; die lag bij Nienhof, drie rugzakken en de stokken met de netten, altijd klaar. Je denkt dat je overal rekening mee houdt, dat je alles weet wat er te weten valt, en dan toch: je weet het niet. Ik had de tocht al zo vaak in mijn hoofd gemaakt, en al die jaren zweeg het wad, al die jaren was het mijn vriend, en dan als het eindelijk zover is, dan blijkt dat het je vriend helemaal niet is, dan laat het je in de steek, dan bijt het terug.'

'Bijt het wad terug?' Hans kijkt op van zijn scherm.

'Vertelt u gewoon wat er gebeurde,' zegt Jurgen. De hoofdagent spreidt zijn handen uitnodigend. 'Hier gaat het om, denkt u goed na.'

'Het was nog donker, laagwater was... zes uur? Half zeven? Die diepte, die had daar niet moeten zijn. Er hingen flarden nevel, dat ook nog.'

'Wat voor diepte?' zegt Jurgen.

'Het Blinde Randzelgat. Dat is de laatste jaren alleen maar korter en ondieper geworden dachten we, maar nu leek het alsof het zich van de ene op de andere dag dieper in de plaat had geboord, alsof het de taak van de Osterems had overgenomen. Misschien door die storm van begin september? We waren niet verdwaald... en ik vind dit lastig, je gaat dingen zien die er niet zijn, als het donker is op het wad, en je wil gerustgesteld worden, je wil verklaringen. Maar het was geen zinsbegoocheling...' Peter staart even voor zich uit.

'Zegt u gewoon alles wat u zich herinnert,' zegt Jurgen.

Peter zucht en gaat overeind zitten. 'Klaus struikelde,' zegt hij, 'hij viel opzij, ik hielp hem overeind, we stonden aan de oever van het gat, van de geul die er niet kon zijn. Toch waren we op de goede plek. Op noordnoordwest de haven van Borkum.' Hij schudt zijn hoofd. 'We hadden geen tijd, geen tijd om te kijken wat er aan de hand was, geen tijd om te aarzelen, we moesten erdoorheen. Ik zou eerst gaan: ik ben langer, voor het geval de geul te diep zou zijn voor hem. We gebruikten het touw, knoopten de twee aan elkaar, een was niet lang genoeg. Hij zekerde mij. Als ik aan de overkant was, zou ik hem zekeren. Dat hadden we nog nooit gedaan... ja, met toeristen, om ze gerust te stellen, maar met elkaar? Nee.'

'Vertel het rustig,' zegt Jurgen. 'Neem uw tijd.'

'Het water kwam tot mijn sleutelbeen, het moest kunnen, dacht ik, Klaus moest erdoor kunnen. Maar ik voelde een ebstroom trekken, terwijl het stil had moeten staan. Ik had de lamp op mijn hoofd, de rugzak erbovenop in de linkerhand, peilstok in de andere, ik had de blik op de overkant. Ik weet niet of u zich er iets bij voor kan stellen, maar de wereld wordt een driehoek; de stroom, de overkant en jijzelf. En alle lijnen moet je in balans houden; jij en de stroom, jij en de overkant, maar ook de stroom en de overkant, en dat laatste... dat laatste heb je niet in de hand, maar het is het enige wat je toe mag laten, anders...'

Hans kijkt op, wisselt een blik met Jurgen, die zich een beetje naar Peter toe buigt. 'Wilt u nog iets drinken misschien?' vraagt hij.

Peter schudt zijn hoofd. 'Het was moeilijk, maar het lukte,' zegt hij. 'Ik dacht nog: Als dat maar goed gaat. Het water trok, het water was koud. Misschien was het de eb van de Osterems, die is natuurlijk net iets later, en dat die z'n weg zocht door het gat... misschien was dat het, misschien was dat het... of dat er opgehoopt water wegstroomde...'

'En toen?'

Peter sluit zijn ogen en zwijgt.

'Hier gaat het om,' zegt Jurgen.

Peter opent zijn ogen, en dan begint hij beheerst te vertellen, alsof hij zijn emoties heeft uitgezet. 'Ik waadde uit de geul, draaide me om, maakte het touw los van mijn riem, wikkelde het om mijn hand en zei: Je moet nu, ik heb je, maak je geen zorgen. Het water trekt, het is koud, maar ik heb je... en hij zei toen dat hij eerst een energiereep nam, en dan zou komen.' Peter kijkt Jurgen kort aan. 'Dat deed hij altijd, we hebben allemaal iets... je moet iedereen iets gunnen.'

'Maar hij had haast,' zegt Jurgen.

'Het had doodtij moeten zijn, maar het stroomde als een gek en ik had zelfs het idee dat het water steeg. In het donker valt dat niet uit te maken; er zijn ineens allemaal dingen die je aandacht vragen, de maan was onder, de nevel, je hebt geen referentiepunt. En mensen zijn zoals ze zijn; hij moest en zou zijn reep, om de motor op te starten, zei hij altijd. Eten is veiligheid en hij was altijd bang voor de geul, hij was als de dood voor water. Hij ging door zijn rugzak, op zoek naar die reep, en ik dacht alleen maar aan dat water.'

Peter stokt en staart naar het tafelblad. Hij praat langzaam: 'Hij vindt kennelijk die reep... ik kan het in het donker niet zien, eet, en daar komt hij, niet meer dan een lichtje dat afdaalt in die geul, een schaduw, en achter hem...'

Peter valt stil, alsof hij zich iets realiseert. 'Hebben ze hem gevonden?' vraagt hij.

'Gaat u door met uw verhaal,' zegt Jurgen. 'Achter hem...'

'Nevel, mist, schaduw, ik weet het niet meer precies,' zegt Peter. 'Het enige wat ik zeker weet is dat hij iets riep, maar wat hij riep kon ik niet verstaan. Hij vocht met de stroom, denk ik, hij probeerde om te draaien, terug te gaan, en ik riep dat hij zich moest laten gaan, dat ik hem erdoor zou trekken.' Hij zucht en kreunt een beetje. 'Toen die ruk aan het touw,' zegt hij dan, 'alsof je plotseling beet hebt, bij het vissen, begrijpt u? Ik verwachtte dat niet, het was een hele harde ruk, ik kon hem onmogelijk houden... hij, iets... rukte het touw uit mijn handen, en hij was weg.'

'Een ruk?'

Peter schudt zijn hoofd, zwijgt.

'Hoe laat was dat?'

'Hoe laat?' Peter kijkt om zich heen alsof hij plotseling niet weet waar hij is. 'Hoe laat was wat?' vraagt hij.

'Hoe laat was het toen Klaus verdronk,' zegt Jurgen.

'Verdronk...' zegt Peter.

'U belde ons om half negen,' zegt Jurgen.

'Het begon nog net geen licht te worden,' zegt Peter. 'Alleen de horizon, zo'n streep op de horizon.'

'Toen u belde, was de zon allang op.'

'Laagwater was, half zeven... was het half zeven?' Peter lijkt in verwarring. 'We waren laat, ik ben moe,' zegt hij. 'Ik kan niet goed nadenken, ik heb het ergens.'

'Half zeven, half negen, daar zit twee uur tussen,' zegt Jurgen. 'Wat deed u al die tijd?'

'Ik moest verder,' zegt Peter. 'Het water zou opkomen. Ik heb gebeld zodra ik bereik had.'

'U hebt geen portofoon bij u?'

'Zo'n soort wadloper ben ik niet,' zegt Peter. 'We zijn geen schippers. Dat is nou net het hele punt, verdomme.'

'En u hebt uw vriend niet gezocht?' zegt Hans.

'Of pogingen gedaan hem te redden?' vult Jurgen aan.

Peter valt stil en kijkt de agenten een voor een aan. 'U bent zeker nog nooit op het wad geweest,' zegt hij.

10

Het is de plaatsvervanger die Geeske belt, de tweede man van Cuxhaven. Ze heeft vorig jaar nog, na een gezamenlijke oefening met Duitsers, Denen en Nederlanders, met hem zitten drinken in een kroeg aan de haven van Cuxhaven; Geeske een kopstoot en hij rosé. Hij heet Lothar Henry; hij is niet eens zoveel jonger dan zij, maar ondanks zijn leeftijd en zijn manhaftige snor een hartstochtelijk liefhebber van pretparken, vooral de Efteling. Hij had een vriend, Harmen, waarmee hij zijn leven op de wal deelde, maar die is ervandoor. Daar gingen die gesprekken ook over, vorig jaar in de kroeg.

'Het is niet eens de seks die ik mis,' zei hij toen tegen Geeske. 'Het is vooral het gemopper op elkaar. Daar kon ik echt van genieten. Maar hij was zo jaloers, en telkens als ik van boord kwam was hij eerst een paar dagen volkomen onmogelijk. Ik weet niet wat hij dacht dat daar allemaal op het schip gebeurde. Na de laatste keer, toen we die IJslander hebben opgebracht en de bemanning in de boeien hebben geslagen, is hij vertrokken. Hij kon er niet meer tegen.'

'Had hem een keer meegenomen.'

'O nee, geen sprake van,' zei Lothar. 'Ze zien me aankomen, en bovendien: hij is onmiddellijk zeeziek. Stel je voor hoe dat voor hem geweest was; ik met al die heerlijke kerels op de brug, en hij maar kotsen benedendeks. Nee, dat had de zaak alleen maar erger gemaakt.'

Maar dat was in Cuxhaven, een jaar geleden. Hij belt nu vanwege de drenkeling, vermoedt Geeske. 'Dag Lothar,' zegt ze, 'gaat het weer een beetje?'

Aan de geluiden op de achtergrond (een scheepstoeter, meeuwen) is te horen dat Lothar buiten staat, waarschijnlijk om ongestoord te kunnen bellen. 'Ja hoor, maar waarvoor ik bel: ik hoorde dat je een drenkeling hebt gevonden in de Eems?'

'Dat nieuws gaat snel. Op zandplaat De Hond, weet je wel? De vloed kwam op, we moesten wel.'

'Hij is als vermist opgegeven door zijn makker. Ze waren aan het wadlopen. Die ander zit bij de politie op Borkum. Het lijkt een ongeluk te zijn, tussen Borkum en het vasteland. Zal ik iemand sturen om hem op te halen?'

'Ik loop even naar buiten, Lothar, ik bel je zo terug.' Geeske loopt de gangen door naar de uitgang en heeft zodoende even gelegenheid om na te denken. Zodra ze buiten is, belt ze. 'Ik denk dat Van de Wal zelf wil gaan rechercheren,' zegt ze. 'Niet zozeer om wat er gebeurd is, maar omdat hij op De Hond lag. Hij vindt het kennelijk nodig om juist nu de Nederlandse vlag te planten, God weet waarom.'

'O jee,' zegt Lothar.

'Hij zal door de ambtelijke molen moeten.'

'Die Klaus Smyrna is een bekende Oost-Fries,' zegt Lothar. 'Net als zijn vrienden Peter en Aron. Ze geven veel lezingen langs de kust en op de eilanden. Ze hebben ook met hun drieën een boek geschreven over wadlopen. Ik denk dat er wel wat aandacht voor zal komen hier, ik zeg het maar vast.'

'Mooi is dat,' zegt Geeske. 'Van de Wal komt in de schijnwerpers. Wat een geluk.'

Lothar lacht.

'Wat stel je voor?' zegt Geeske. 'Van de Wal heeft nou zijn dingetje, die breng ik niet op andere gedachten.'

'Ik wil je alleen maar waarschuwen dat het wel zou kunnen opspelen, dat we dit moeilijk stil kunnen houden. Straks hebben we een internationale kwestie, alleen maar om een tragisch ongeluk.'

'Ik weet het niet,' zegt Geeske. 'Ik ben net met een rechercheur bij het lijk gaan kijken.'

'Jij?' zegt Lothar. 'Waarom?'

Geeske begint te lachen. 'Het zou mijn laatste vaart worden, volgens mij hadden ze zelfs taart mee aan boord genomen, en een krat champagne. Wat ze daarmee moesten? Mij dopen?'

'Nederlanders,' zegt Lothar. 'Nul discipline. Heerlijk.'

'Maar nu dit, en dan Van de Wal en dan...' Geeske aarzelt. 'Het gaat al heel gauw niet meer om die man, maar om alles eromheen, je weet wel.'

'Daarom, hij moet zo snel mogelijk naar huis.'

'Dat ben ik misschien toch niet met je eens, Lothar,' zegt Geeske. 'Naar Duitsland: prima, graag zelfs, maar naar huis... ik weet niet. Ik sluit niet uit dat het wel eens geen ongeluk zou kunnen zijn.'

Lothar valt even stil.

'Lothar?'

'Klaus door een van zijn vrienden omgebracht, bedoel je? Dat is moeilijk voorstelbaar... nee, dat kan niet.'

'Wat niet kan, is nog nooit gebeurd.'

'Zal ik de Hollander vragen langs te komen? Om alvast wat rond te vragen?'

'De Hollander?'

'Liewe Cupido van onze recherche, we noemen hem de Hollander.'

'Is hij een Hollander?'

'Nee,' zegt Lothar. 'Maar hij is nu op Texel en komt vandaag terug naar Cuxhaven. Ik kan hem vragen bij jullie langs te rijden.'

'En dan?' vraagt Geeske.

'Gewoon even praten. Kunnen we beter kijken wat we moeten doen,' zegt Lothar. 'Als er tenminste echt wat aan de hand is.'

'De Hollander, dus...' zegt Geeske.

'Ik bel hem wel even, laat hem naar jou vragen.'

'Laat hem naar het schip komen,' zegt Geeske. 'Voor je het weet loopt hij Van de Wal tegen het lijf. Weet hij de weg?'

'De Hollander laat zich niks vertellen, die vindt zijn eigen weg,' zegt Lothar. 'Ik waarschuw maar alvast, hij is geen groot prater. Ontmoet je hem ook eens, zo vlak voor je afzwaaien.'

11

De boot van Texel vaart de veerhaven van Den Helder binnen en de automobilisten dalen af naar het autodek. Als er geen noodgeval aan boord is, legt de veerboot de korte route over het zeegat tergend langzaam af, zodat de badgasten het idee krijgen dat ze een heus zeereisje maken met gelegenheid iets te eten en te drinken, of langs dek te wandelen en met spijt te kijken hoe de vertrouwde kustlijn van het eiland zich terugtrekt op de horizon.

Aan de eilanders is deze slakkengang niet besteed. Zij blijven benedendeks wachten in hun auto, trommelend op het stuur, turend op hun telefoon. Sommigen proberen een hazenslaapje voor ze zo meteen hun weg moeten vinden op de vaste wal, de wereld die zij 'de overkant' noemen. Ook Liewe Cupido blijft in zijn auto zitten. Hij rekent zichzelf nog tot de eilanders, al is hij er al vijfendertig jaar weg.

Toen hij in 1986 Texel verliet om te gaan studeren aan de Akademie Polizei in Hamburg heeft hij voor de verandering wel een keer aan dek gestaan, om met een mengeling van bevrijding en spijt over de achterplecht te kijken hoe hij loskwam van het eiland van zijn jeugd en terugging naar het land waar hij geboren was, het land van zijn moeder. Hij zag de molen en het havenhoofd van Oudeschild. De wereld van zijn vader, Noordzeevisser Jan Cupido, schipper van de TX13, een geboren en getogen Texelaar, gouden ringetje in zijn oor. Dichterbij, vlak naast de veerhaven, zag hij hoe het gebouw van het Nederlands Instituut voor Onderzoek der Zee kleiner en kleiner werd. Dat was het instituut waar zijn moeder werkte, de marien ecologe Anna Uelsen, geboren in Rheinfelden. Anna studeerde mariene biologie in Bremen, promoveerde in Aberdeen en kwam als postdoc naar het NIOZ om micro-organismen te bestuderen die de platen van het wad overgroeien.

Op het eiland in de winkel voor scheepvaartbenodigdheden (ze was op zoek naar een mes om fruitbomen te enten) ontmoette ze Jan Cupido, ze ging met hem wat drinken in het café van het Havenhotel, liet zich door hem rondleiden over de TX13 van het ijs in het ruim tot de warmte van de kapiteinshut, bleek na een maand in verwachting, en trouwde met hem.

Over de zee dachten Jan en Anna heel verschillend – ging het daarover, dan werd het al gauw ongezellig. Wat hen in elkaars armen dreef had niets met woorden en opvattingen te maken, maar met iets dat zich moeilijk benoemen laat omdat het zich ergens diep onder de oppervlakte afspeelt.

Anna bleef op het eiland, ze kreeg de positie van hoofdonderzoeker aan het NIOZ maar werd buiten het instituut nooit volledig onder de eilanders opgenomen, omdat ze 'van buiten' kwam. Ze zweeg derhalve veel, publiceerde over algen die bij eb de zandbanken van het wad paars, bloedrood en fosforescerend groen kleurden. Ze plantte kersenbomen in haar tuin, ging 's avonds op de rand van het bed van Liewe zitten en zong haar zoontje in slaap. *Guten Abend, gute Nacht, von Englein bewacht.*

Liewe luisterde naar haar stem, die hij verder weinig hoorde, en naar de taal waarin ze zong; de taal die hij liefhad maar niet goed leerde spreken, omdat zijn moeder maar zo weinig zei. Toen hij heel klein was, dacht hij zelfs dat je Duits niet kon spreken, enkel zingen. *Schlaf nun selig und süß, schau im Traum's Paradies. Morgen früh, wenn Gott will, wirst du wieder geweckt.*

Had Liewe, die dag in 1986 toen hij Texel de rug toekeerde, een verrekijker gehad, dan had hij vanaf de veerboot de nok van zijn ouderlijk huis nog kunnen ontwaren, aan de Rede halverwege het NIOZ en Oudeschild, met zijn eigen slaapkamerraam dat net boven de Waddendijk uitstak, en vanwaar hij eindeloos over de zee had gekeken, vooral in de nacht, als de groene en rode lichten van de boeien die de weg naar de haven markeren knipperden in het donker. Vader was op zee en zijn zwijgzame moeder had beneden op het terras een klein lichtje ontstoken waaronder ze in stilte las. Hij verzette zich tegen de slaap, wie weet of God wel wilde dat hij weer wakker zou worden? *Morgen früh, wenn Gott will, wirst du wieder geweckt.*

Ze had hem gekregen in Bad Bellingen, waar ze zich had teruggetrokken om vooruitlopend op zijn geboorte vanwege rugklachten nog wat te kuren. De geboorte kwam een maand te vroeg op gang. Jan hoorde op zee dat hij een zoon had gekregen, en dat Anna hem in Bad Bellingen bij de burgerlijke stand alvast had aangegeven, dat ze hem Liewe had genoemd naar Jans vader, dat ze het uit onhandigheid niet goed had gespeld en dat hij zodoende een naam had gekregen die niet bestond. Dat ze hem Tristan als tweede naam had gegeven. Omdat ze dat mooi vond. Liewe Tristan Cupido.

'Een echte eilander ben je niet, jongen,' hield Jan Cupido zijn zoontje Liewe later voor. 'Had je maar op Texel geboren moeten worden.'

Jan Cupido verdronk op zee, Anna is na haar pensioen op Texel blijven wonen, eigenlijk alleen maar vanwege haar kersenbomen die elk voorjaar uitbundig bloeien. Ze is nog niet oud, maar wel de zeventig voorbij en Liewe heeft haar opgezocht. Ze hebben schouder aan schouder over de dijk gewandeld, ze hebben zelfs wat gedronken in het café van het Havenhotel. Door het raam hebben ze twee Texelse vissers zien thuisvaren, vader en zoon Vonk op de TX1 en de TX27. De diepe dreun van de scheepsmotoren trok door het café. Ze keken elkaar aan, zeiden niets over die trawlers, niets over de afwezige, verdronken visser in wiens ogen Liewe geen echte eilander was. Hij bleef overnachten, op zijn oude kamer, maar nu met de gordijnen dicht, en hij heeft zijn moeder vanmorgen bij het afscheid even vastgepakt. Ze schudde haar hoofd, maar liet het toe. Zingen doet ze niet meer.

De veerboot heeft de deuren van het autodek geopend en de eerste auto's rijden de wal op. Terwijl Liewe op zijn beurt wacht, gaat zijn telefoon. Het is Lothar, die hem vertelt wat er gebeurd is.

'Die wadloper?' vraagt Liewe.

'Je hebt toch niets tegen wadlopers?'

'...'

'Liewe?'

'Ze zijn ooit hier van Vlieland naar Texel gelopen,' zegt Liewe. 'In één tij. Ze moesten rennen. Om niet te verzuipen.'

'Dat is nu dus alsnog gebeurd,' zegt Lothar.

'Familie?'

'Hij heeft een vrouw en twee kinderen. Ze zal naar Delfzijl moeten om het lichaam te identificeren.'

'Hoezo?'

'De Nederlanders vinden dat hij in Nederland is gevonden en hebben het lichaam in beslag genomen,' zegt Lothar. 'Dat kan dus een tijdje gaan duren.'

'Aha,' zegt Liewe.

'Dus je gaat erlangs? Je moet op het schip van de marechaussee zijn, de RV180, vragen naar Geeske Dobbenga. Zij heeft het lichaam gevonden.'

Liewe zegt niets en hangt op.

12

Borkumer Zeitung. 28/09/15. 12:01
Verdronken wadloper Klaus Smyrna door Nederlandse politie gevonden. Peter Lattewitz blijft op Borkum. Morgen uitgebreid in ePaper. #wadlopen #Borkum #Smyrna @Wattewitz @WattAron

13

Brigadecommandant Henk van de Wal is persoonlijk afgereisd naar het openbaar ministerie in Groningen om de zaak met de officier van justitie te bespreken. Voor zijn vertrek heeft hij Anne-Baukje gevraagd op zijn bureau te komen omdat de schouwarts de voor de hand liggende conclusie heeft getrokken dat Smyrna geen natuurlijke dood is gestorven. Maar toen ze voor zijn bureau stond, wist hij niet precies wat hij van haar wilde.

'Is er sprake van een ongeluk, of is er meer aan de hand?' zei hij dus maar en hij gaf geen ruimte voor een antwoord. 'De patholoog moet ernaar kijken, maar dat is natuurlijk aan de officier in dit geval. Moet het lichaam naar Groningen? En is de familie op de hoogte? Moeten we iemand laten overkomen voor identificatie? Moeten wij dat regelen?'

Van de Wal voelde dat hij als commandant van de marechaussee in een complexe situatie was beland, waarin hij, als hij niet zorgvuldig zou handelen, wel eens verstrikt zou kunnen raken. De marechaussee heeft wel degelijk een rechercheafdeling, maar die heeft vooral ervaring met smokkelzaken en nauwelijks met dodelijke ongevallen of erger.

'We hoeven het natuurlijk niet zo hoog te spelen,' probeerde Anne-Baukje. 'We kunnen het ook direct met de Duitsers regelen.'

'Dat zei Geeske ook al, wat is het toch met jullie?' zei Van de Wal. Hij schudde zijn hoofd en stond op. 'De man lag op De Hond, een verdachte dood in eigen land. Kan die man tien keer Duits zijn, als hij is omgebracht door een Nederlander is het wel degelijk aan ons. Als in... waar kom je ook alweer vandaan?'

'Morra,' zei Anne-Baukje. 'Boven Dokkum,' verduidelijkte ze.

'Als er in Morra een dode Duitser gevonden wordt, roep je dan ook de Duitse politie om het op te lossen?'

'Wat wilt u dat ik doe, commandant?'

'Vooralsnog niets,' zei Van de Wal en met een blik naar buiten schoot hij zijn regenjas aan, hij hield de deur voor haar open, liep zelf mee naar buiten en deed de deur naar zijn kantoor achter zich op slot.

Zijn officemanager heeft het openbaar ministerie nog niet kunnen bereiken, maar toch is Van de Wal maar vast op weg gegaan, in de verwachting dat dat wel geregeld zal worden in de tijd dat hij onderweg is. Door zijn voorruit ziet hij dat de lucht vanuit het westen begint te betrekken. De wind is gedraaid, er is ander weer op komst.

Vlak voor hij Groningen binnen rijdt begint het te regenen. De ruitenwissers floepen automatisch aan en hij mindert vaart. Hij belt Annelies van Boven, de officemanager, met de vraag of ze het openbaar ministerie al heeft kunnen bereiken.

'Ik wilde u net bellen,' zegt ze. 'De officier kan u ontvangen. Runia heet ze. Ik weet haar voornaam niet.'

'Uitstekend,' zegt Van de Wal en dan raakt hij afgeleid door een Duitse auto die hem met grote snelheid tegemoet komt. Aan het nummerbord kan hij zien dat het een auto uit Cuxhaven is. De man achter het stuur kan hij niet goed ontwaren. Het is maar een ogenblik en dan is het voorbij.

'Heeft Cuxhaven zich gemeld?' vraagt hij.

'Zeker,' zegt Annelies, 'zal ik ze aan de Opper geven als ze weer bellen?'

'Geen sprake van,' zegt Van de Wal. 'Ze zullen even moeten wachten.'

14

Xander Rimbach is nog maar een paar maanden van de politieacademie, en zijn eerste werkplek is op de politiepost Bunde, bij de Nederlandse grens. Hij moet nog wennen aan de plek waar hij terechtgekomen is; niet alleen ruimtelijk maar ook landschappelijk ver verwijderd van zijn geboorteplaats Marbach aan de Neckar, geboorteplaats van Schiller, waar zijn vader een *Weingut* heeft. Het land, de taal, de humor, alles is plat in Bunde. Goddank zijn de omgangsvormen informeler dan hij gewend is, Nederlands bijna, maar iedere dag mist hij de heuvels, de steile wijngaarden en de rivier van zijn jeugd. Het is maar tijdelijk, houdt hij zichzelf voor en zo sleept hij zich erdoorheen. Hij had zich voorgesteld als politieman het een en ander van de wereld te zien en dingen mee te maken, bijvoorbeeld op een post in een grote stad. Maar in het Bundespolizeirevier Bunde gebeurt maar zelden iets en als er iets gebeurt, stelt het niet zo bijster veel voor.

Het zijn dagen vol met langs denderend grensverkeer en als hij avonddienst heeft zijn er de rustig afremmende vrachtwagens die bij het inzetten van de duisternis van de snelweg af komen om zij aan zij te parkeren voor de nacht. Dan gaan in de cabines de lampjes aan, en staan even later de chauffeurs met afgezakte broeken en niet meer dan een hemd aan het bovenlijf ontspannen met elkaar te kletsen. Iedereen is onderweg naar elders, maar hij, Xander Rimbach, zit binnen achter het getinte glas en hij gaat nergens heen.

Het enige wat hem een beetje afleiding bezorgt is het idee dat Nederland aan de andere kant van de snelweg ligt. De landsgrens loopt nog een eindje langs de E22 naar het oosten door, zodat het asfalt over een afstand van een paar kilometers de feitelijke afscheiding tussen de twee landen vormt, alsof het geen snelweg is, maar een grensrivier.

In de lunchpauze, of na het werk, beklimt Xander regelmatig de loopbrug over de weg, om aan de overkant bij het benzinestation de Poort van Groningen iets te kopen. Maakt niet uit wat, een reep, een broodje frikandel, gewoon iets Nederlands. Eenmaal binnen draalt hij, om het Nederlands te horen, om de illusie te voeden dat hij weg is van de plek waar het lot hem heeft neergepoot, om ergens anders te zijn dan in Bunde.

Het is maandag, het is rustig op de weg en hij is de snelweg overgestoken om een broodje kroket te kopen. Hij loopt ermee naar buiten en maakt een rondje over de parkeerplaats om de benen te strekken terwijl hij eet. Het is een wit broodje, zacht als watten, met een half afgekoelde kroket erin. Het is niet erg lekker, maar hij eet het toch maar op. Even staat hij verlegen met het plastic bakje waar het broodje in lag, maar dan hoort hij dat iemand een container dichtslaat, en hij loopt om het gebouwtje heen om te kijken waar het geluid vandaan komt. Daar staat inderdaad een container. De automobilist die zijn afval heeft weggegooid is alweer opgetrokken. Xander kijkt de auto na en opent de container om het plastic bakje weg te gooien. Als hij in de container kijkt ziet hij helemaal bovenop een rugzak liggen. Het is een mooie rugzak: niet helemaal nieuw, maar nauwelijks gebruikt. Xander kijkt nog een keer in de richting waarin de auto verdwenen is, haalt dan de rugzak uit de container. Hij is vol. Hij doet hem op zijn rug, voelt zijn benen op de trap naar de loopbrug over de snelweg, vecht even met een plots verlangen om op reis te gaan, maar legt zich er dan bij neer dat hij terug moet, terug naar de politiepost.

15

Geeske is aan boord van de RV180. Ze staat in haar hut en ruimt haar kast in. Zodra het proces-verbaal klaar en naar de officier is gestuurd, vaart ze alsnog uit. Maar ze heeft de kapitein gevraagd in ieder geval te wachten tot er bezoek voor haar geweest is.

De matroos nadert door de gang, klopt op haar deur. 'Er is iemand voor je,' zegt hij.

'Een Duitser?' vraagt Geeske.

'Lijkt me niet,' zegt hij, 'maar zijn auto is Duits, dat wel. Hij staat onderaan de loopplank.'

'De Hollander,' zegt Geeske.

Ze sluit haar kast en koffer en loopt naar dek, vanwaar ze haar bezoeker op de wal ziet staan. Hij maakt een wat gedrongen indruk. Grote handen steken uit zijn jack. Hij doet Geeske denken aan sommige vissers die ze kent van de havens van Texel en Den Oever. Maar deze man heeft ravenzwart haar, alsof zijn hoofd door een misverstand verwisseld is.

'Komt u verder,' zegt ze in het Duits en hij komt de loopplank op. 'Lothar heeft uw komst aangekondigd.'

Liewe knikt. 'Cupido, recherche,' zegt hij in het Nederlands. Geeske herkent het accent van de eilanden en voelt Liewes blik op haar gericht. Ze kan niet goed uitmaken of hij haar probeert te peilen, of dat hij een binnenpretje heeft.

'Het was mijn laatste reis, gebeurt er dit,' zegt ze, 'maar gelukkig gaan we zo alsnog.' Ze denkt: Waarom zeg ik dat?

Liewe knikt en kijkt om zich heen.

'Komt u mee,' zegt ze dan. En ze gaat hem voor naar het manschappenverblijf, sluit de deur achter zich, schenkt twee koppen koffie in en nodigt hem uit aan tafel te gaan zitten.

Liewe gaat zitten. 'Klaus Smyrna,' zegt hij.

'Ja, Nicolaus Smyrna,' zegt Geeske. 'Op De Hond, hij lag vlak aan de vloedlijn. We hebben hem meegenomen.'

'Het tij,' begrijpt Liewe. Hij kijkt Geeske aan.

'Dat viel niet mee,' zegt ze, 'dat had ik nog niet eerder meegemaakt.' Wat is die man goed, denkt ze.

'Foto's?' vraagt Liewe.

Ze knikt, staat op en laat hem even alleen om Rob te bellen met de vraag of hij haar de foto's wil mailen. Even later zit Liewe de foto's te bekijken, heel rustig, een voor een.

'Ze noemen je de Hollander,' zegt Geeske.

'Ze noemen jou M&M,' zegt Liewe zonder van zijn foto's op te kijken.

'Ja,' zegt Geeske. 'We zullen het ermee moeten doen.'

Liewe kijkt op van de foto's. Hij glimlacht. Dan wijst hij naar de foto: 'Dat touw zit nog vast aan zijn riem. Geen tijd gehad het los te snijden? Hij had dat mes.'

Hij kijkt naar de volgende foto. 'Geen vingers door het zand, niks.'

'Alleen meeuwen,' zegt Geeske.

'Rugzak gevonden? Peilstok?'

'Rugzak?' zegt Geeske. 'Lopen ze met rugzakken?'

Liewe legt de telefoon neer, gaat achterover zitten en kijkt rond.

'Als je aanleiding ziet, kan je er alvast in Duitsland mee aan de slag,' zegt Geeske. 'Lothar is op je hand, maar Van de Wal, de brigadecommandant, wil het hier houden omdat De Hond volgens hem Nederlands is.'

Liewe knikt. 'Een heel bezit,' zegt hij.

Er valt een stilte, die ongemakkelijk lang duurt.

'Ik kan je die foto's wel mailen, die komen toch jouw kant op, uiteindelijk. Mag ik hopen.'

Liewe knikt. 'Kan ik hem zien?'

16

Van de Wal, die had verwacht dat hij zo door kon lopen, moet toch nog even in een wachtruimte op de officier blijven zitten wachten. Er liggen wat tijdschriften en kranten op een tafel, ramen bieden uitzicht over nieuwbouw en een recreatieplas. Van de Wal gaat voor een van de ramen staan en kijkt naar buiten. Hij merkt dat de hele zaak, die hij zo helder voor ogen dacht te hebben in Delfzijl, hem hier begint te ontglippen. Hij probeert zich de lessen in wet en recht weer voor de geest te halen, bij de opleiding. Dat was ver weg van zee, aan de rand van Apeldoorn, overal bos. Hoe zat dat met uitlevering? Was er een verzoek tot aanhouding vanuit het buitenland en had je de persoon opgepakt, en was er een uitleveringsverdrag, dan was er een duidelijke procedure. Maar hoe zit het hiermee? Een overleden buitenlander in Nederland, geen natuurlijke dood, door ons in beslag genomen, misschien op Nederlands grondgebied omgekomen, misschien in het buitenland, misdrijf mogelijk.

De colleges recht waren niet zijn sterke kant, ze gingen ook niet over dit soort dingen. Wel kon hij wetsteksten vrij goed uit zijn hoofd leren. Maar uit het hoofd leren is nog iets anders dan redeneren. Ook nu kan hij er zich maar niet goed op concentreren. Hij wordt afgeleid door de herinnering aan de eerste week van de opleiding, het militaire deel: landmacht, bivak, schiettraining, voor het eerst toegeschreeuwd door de sergeant, de jaargenoten die achter zijn rug lachten, om zijn Gronings accent vooral.

'Meneer Van de Wal?' Hij draait zich om. 'De officier kan u ontvangen.'

Runia komt op hem toe lopen, schudt hem de hand, stelt zich voor met haar voornaam. 'Wilma.'

Ze gaan aan tafel zitten. Wilma Runia heeft een weelderige, enigszins ongedisciplineerde bos donker krullend haar en een blik vol zelfvertrouwen die Van de Wal uit zijn evenwicht brengt. Ze heeft het proces-verbaal en de verklaring van de schouwarts, die haar kennelijk door Annelies zijn toegestuurd, al klaarliggen op tafel.

'Wat kan ik voor u doen?' zegt Runia. 'U vraagt u af wat te doen, en wenst wat begeleiding?'

De commandant is van zijn stuk gebracht. Hij kijkt de officier aan en zoekt even naar woorden. 'Begeleiding,' zegt hij, 'nee... begeleiding, hoezo?'

'Dat krijg ik althans door.' De officier fronst even naar een post-it die op het proces-verbaal geplakt is.

'Ik wil zorgen dat alles in goede banen komt, en dat we de protocollen volgen,' zegt Van de Wal. Annelies tot de orde roepen, denkt hij. Wat denkt ze wel.

'U werkt prima samen met uw Duitse collega's, begrijp ik?' Runia kijkt de commandant nu bemoedigend aan. 'Er is genoeg aanleiding voor een onderzoek, maar het lijkt me dat uw Duitse collega's de aangewezen personen zijn.'

'De Hond is Nederland, ik wil dit volgens het boekje doen.'

'Maar u komt in dat boekje niet voor.' De officier kijkt Van de Wal glimlachend aan, alsof ze wil verzachten wat ze net zei.

'Wij hebben hem gevonden en binnen gebracht,' zegt Van de Wal. 'Iedereen gaat er maar van uit dat hij in Duitsland omgekomen is. Maar waarom eigenlijk? Omdat hij een Duitser is?'

'Daar hebt u natuurlijk gelijk in,' geeft Runia toe.

'Ik ken de Dollard, je spoelt niet zomaar aan op De Hond. Het klopt niet met het tij. Hij zou naar open zee weggedreven moeten zijn.'

'Er is toch een Eems-Dollardverdrag?' zegt Runia, alsof haar iets invalt.

'Dat gaat niet over dit soort zaken.' Het valt Henk van de Wal plotseling op dat de officier net zo praat als zijn lerares Frans vroeger. Hij voelt een lang weggestopte ergernis opkomen. Frans was niet zijn sterkste vak.

'Maar werken de mensen van uw recherche niet met hun Duitse collega's samen?'

'Dit is nog niet eerder gebeurd,' zegt Van de Wal. Hij zit er nog maar net, eigenlijk heeft hij geen idee. Maar hij is niet van plan een duimbreed toe te geven aan die mevrouw met haar Franse tongval en haar zelfvertrouwen.

'U beseft dat als we het zo opschrijven, het een nodeloos ingewikkelde kwestie wordt?'

Henk van de Wal maakt aanstalten op te staan. 'Als u het onderzoek gelast, dan kunt u op ons rekenen. Moet de afwikkeling langs Den Haag, dan moet dat maar. Ik heb die man daar niet neergelegd.' Hij komt overeind, zijn pet onder zijn arm tegen zijn lichaam geklemd, en hij kijkt op het tafelblad neer. De officier is blijven zitten en bladert in haar agenda.

'De Waddenzee is een buitengrens van de EU,' zegt hij met nadruk. 'Het is Schengen van Den Helder tot Nieuw Statenzijl. Dat verliest Den Haag nog wel eens uit het oog. We hebben dagelijks te maken met een lange open buitengrens, die we ternauwernood de baas kunnen. Wat we kunnen doen is: duidelijk zijn. Europa, prima, maar, zoals ik thuis altijd heb geleerd: er zijn grenzen.'

Hij kijkt even strak naar de officier die nu is opgestaan, draait zich dan om, drukt de pet op zijn hoofd en verlaat haar kantoor.

17

Geeske heeft Anne-Baukje gevraagd om Liewe Cupido mee te nemen naar het mortuarium. Zelf is ze met de RV180 de haven van Delfzijl alsnog uit gevaren. Haar laatste vaartocht is nu dan toch echt begonnen.

'Ik ga morgenochtend met hem aan de slag,' heeft patholoog Derk Wortelboer tegen Anne-Baukje gezegd. 'Laat je Duitse collega maar kijken. Nergens aankomen.'

De twee rechercheurs kunnen zonder problemen doorlopen. In de gangen staan verhuisdozen. Smyrna ligt klaar in de sectieruimte en de twee rechercheurs kijken neer op het laken, de vormen van het lichaam, de ademloze stilte. Anne-Baukje slaat voorzichtig het laken weg en Liewe kijkt. Het lijk is waarschijnlijk verplaatst, misschien zelfs even omgedraaid, want het hoofd ligt een beetje scheef. Onder het beschadigde oor is wat water en zand op de tafel terechtgekomen; kennelijk was er zeewater en slik in het oor achtergebleven.

Liewe kijkt zoekend om zich heen, trekt een paar lades van een instrumentenkast open, vindt een plastic zakje en met een spateltje schuift hij het zand in het zakje. Hij sluit het af, spoelt het spateltje schoon en legt het terug. Het plastic zakje verdwijnt in de zak van zijn jack. Dan slaat hij het laken over de benen weg en kijkt een tijdje naar de plek waar ze met het touw verstrengeld zijn geweest. Het stelt niet veel voor, de huid is geschuurd waar het touw strak is getrokken. Er zijn wat schaaf- en snijwonden.

'Eh...' begint Liewe, terwijl hij het laken weer zorgvuldig over de benen trekt. Hij sluit zijn ogen, alsof het moeite kost de woorden te vinden.

'Het mag wel in het Duits, hoor,' zegt Anne-Baukje.

Liewe schudt zijn hoofd.

'Ik ben in geen enkele taal een groot spreker,' zegt hij en hij glimlacht. 'Ik werk het best alleen, maar ik zal nu en dan wat willen vragen.'

'Dat is prima,' zegt Anne-Baukje. En ze geeft hem haar kaartje.

En als ze hem even later in zijn auto van het ziekenhuisterrein af ziet rijden, kan ze een glimlach niet onderdrukken. Het loopt tegen vieren, hij heeft nog drie kwartier om in de Eemshaven de veerboot naar Borkum te halen. Zijn auto is al gauw om de hoek verdwenen. Aan het snel wegstervende motorgeluid is goed te horen dat hij zelf ook in de gaten heeft dat hij maar weinig tijd heeft.

Als Liewe een uur later zonder zijn auto op de boot zit en traag een kom goulashsoep leeg lepelt, die hij heeft gekocht om dat holle gevoel te dempen dat altijd bezit van hem neemt als hij naar een eiland oversteekt, krijgt hij het idee dat hij door een misverstand op dit schip verdwaald is geraakt. Een regenbui trekt over het wad, de veerboot rolt een beetje en de regen die tegen de ruiten slaat vertroebelt het uitzicht tot streperige contouren. Liewe kijkt naar het namiddaglicht dat buiten mindert en voelt de gang van het schip. Niet ver van hier in de ondoordringbare duisternis van de nacht is een wadloper door koud water meegesleurd en omgekomen. Mogelijk heeft hij ook hier, waar hij nu vaart, vlak onder het wateroppervlak van de vaargeul gedobberd en is hij door de boeggolf van ditzelfde onverschillige schip opzijgeduwd, het touw zacht wuivend achter hem aan alsof hij een trage ontsnapte vlieger was.

Maar dat is voorbijgegaan en de drenkeling ligt nu gekoeld onder gedoofde tl-buizen. Liewe is de enige op dit schip, in dit bij elkaar gegooide gezelschap, die van die tragedie afweet. Hij kijkt om zich heen en beschouwt zich, te midden van zoveel ontspanning en voorpret van badgasten onderweg, meer verbonden met de drenkeling en zelfs met Peter Lattewitz, de overlevende die op het eiland in een strandhotel is weggeborgen, dan met deze argeloze passanten die tijdens hun overtocht de illusie koesteren dat alles wat hen in het dagelijks leven aan verantwoordelijkheden en zorgen bedrukt aan de overkant van ze af zal glijden, alsof het een andere wereld is daar, zuiverder, onschuldiger.

Dan krijgt hij een sms. Het is Lothar, die hem het nummer van Aron Reinhard stuurt. Liewe aarzelt even, belt het nummer dan. Aan de wektoon die na een korte stilte overgaat kan hij horen dat Reinhards telefoon zich in Groot-Brittannië bevindt. Al gauw wordt er opgenomen.

'Reinhard...' Hij klinkt bijna als een vraag, alsof hij op antwoorden wacht.

Liewe luistert even, zegt niets, en hangt dan op.

18

Hedda Lutz krijgt het nieuws van de dood van haar man Klaus pas als ze terug is in Lübeck. Ze had de hele dag een cursus gevolgd op haar werk, het Duitse hoofdkantoor van de rederij Scandlines in Hamburg. Toen ze haar telefoon aanzette, zag ze dat er twee keer door een anoniem nummer was gebeld. Ook haar moeder, die voor de duur van Klaus' afwezigheid bij de kinderen was, had haar gebeld maar niet meer ingesproken dan dat ze thuis moest komen omdat er iets aan de hand was. Iets met Klaus.

De kinderen zijn al naar bed als ze de voordeur opent en haar moeder bleek in de gang ziet staan. Een half uur later komt een politieman langs om de spaarzame details te vertellen. Dat er een ongeluk is gebeurd, dat haar man door de stroming is meegesleurd en is verdronken, en dat hij door de Nederlandse marechaussee is gevonden en meegenomen naar Delfzijl. Dat zijn lichaam daar in een ziekenhuis ligt. Hedda Lutz hoort het aan terwijl ze heen en weer loopt, alsof ze iets moet doen, alsof ze zoekt hoe ze het onheil nog af kan wenden.

Ze zegt: 'Ik begrijp het niet.'

Ze slaat met een vuist zachtjes in de palm van haar hand en krijgt het niet voor elkaar om stil te blijven staan. 'En de anderen?' zegt ze dan. 'Ze hadden beloofd op elkaar te letten. Ze zouden nooit iemand achterlaten.'

'Zijn maat heeft het gered, die is nu op Borkum bij de politie.'

'Zijn maat? Hoezo, zijn maat? Ze waren met z'n drieën. Er moet nog iemand zijn. Wie is er op Borkum, Peter of Aron?'

De agent weet het niet. 'Ze waren met z'n tweeën,' zegt hij.

'Dat kan niet,' zegt Hedda. 'Er moet nog iemand zijn. Ze hadden het beloofd.' Ze houdt voor het eerst de pas in en kijkt de agent recht aan. 'Ze hadden beloofd om op elkaar te passen. Om op mijn Klaus te passen.'

De agent verdwijnt naar de gang om met het bureau te bellen. Het duurt even, wel een paar minuten. Dan komt hij terug. 'De man op Borkum heet Lattewitz,' zegt hij. 'Ze waren met z'n tweeën.'

'Maar waar is Aron dan?'

De rechercheur haalt zijn schouders op. 'Het spijt me,' zegt hij.

Hedda gaat zitten en kijkt door het raam naar de tuin. Het is donker. Ze ziet alleen haar spiegelbeeld; een vrouw van veertig alleen aan een eettafel. 'Ik wil naar Klaus toe,' zegt ze. Dan begint ze te huilen. De rechercheur en Hedda's moeder kijken elkaar aan. Zij knikt en hij staat op.

'Ik ga weer naar het bureau,' zegt hij.

Hedda kijkt op, komt dan overeind. Haar stoel schuift naar achteren, kantelt. Ze probeert de leuning te pakken, maar grijpt mis. De stoel valt om.

'Hoe kan hij nou verdrinken,' zegt ze, terwijl ze zonder begrip kijkt hoe de politieman de stoel weer op zijn poten zet. 'Hij is badmeester. Hij heeft de Beltquerung gedaan, voor de rederij, twee keer, eerst van Puttgarden naar Rødby en een paar dagen erna weer terug. Hoe kan hij in 's hemelsnaam verdronken zijn?'

19

Borkumer Zeitung

Wadlooppionier Klaus Smyrna verdronken
Door Pauline Islander

Klaus Smyrna (43) is in de vroege ochtend van maandag 28 september op het wad tussen Krummhörn en Borkum verdronken. Smyrna, die zondagmiddag met zijn vriend en wadloper Peter Lattewitz bij het dorpje Manslagt voor een wadlooptocht naar Borkum vertrok, is naar verluidt bij het doorwaden van een geul door het afgaande tij gegrepen, meegesleurd en verdronken. Een helikopter van de Bundespolizei See is naar hem op zoek gegaan, maar de Nederlandse kustpolitie heeft zijn lichaam op een zandbank gevonden en geborgen. De precieze toedracht van het ongeluk is nog niet bekendgemaakt.

Klaus Smyrna, die samen met Peter Lattewitz en Aron Reinhard het wadlopen in Duitsland populair heeft gemaakt, had de gevaarlijke tocht naar Borkum nog nooit eerder gemaakt. Toen het drietal drie jaar geleden naar aanleiding van de presentatie van hun boek *Wadlopen, van Helsdeur tot Duivels Hoorn* op Borkum een lezing hield in Kulturinsel, verontschuldigden ze zich voor het feit dat ze 'als gewone badgasten' met de boot naar het eiland gekomen waren. 'De volgende keer komen we te voet,' zei Peter Lattewitz toen, tot vermaak van het publiek. Het was Aron Reinhard die die avond met behulp van luchtfoto's, getijdentabellen en weerkaarten tot in detail uitlegde dat de combinatie van omstandigheden waaronder de tocht gemaakt kan worden (doodtij, oostenwind, hoge luchtdruk, zomer of vroege herfst), zich in ideale vorm maar een paar maal in een mensenleven voordoen. Reinhard toonde ook foto's van verkenningstochten die hij de afgelopen tien jaar op het wad tussen Krummhörn en Borkum had gemaakt (www.wattaron.eu). Smyrna, Lattewitz en Reinhard maakten toen duidelijk dat het hun levensdoel was geworden ooit nog eens gezamenlijk de overtocht te maken. 'Ik spreek voor ons drieën als ik zeg dat we er alles voor opzijzetten,' zei Smyrna die avond. De montere pionier, in het dagelijks leven badmeester in Lübeck en dus een ervaren zwemmer, heeft dit voornemen en verlangen afgelopen nacht met de dood moeten bekopen.

Peter Lattewitz heeft zijn woord gehouden, zij het onder omstandigheden die hij niet heeft kunnen of willen voorzien. Wat een triomftocht had moeten worden, eindigde in een nachtmerrie. Hij kwam om kwart over tien aan op Borkum; alleen, een kleine uitgeputte man, zwoegend door de modder die onder de morgenzon goud oplichtte. Twee agenten, die door Lattewitz vanaf het wad telefonisch van het ongeluk op de hoogte waren gebracht, stonden hem op de Tüskendör Deich op te wachten. Ze hebben hem meegenomen naar het bureau.

Peter Lattewitz, die leraar geografie is aan het gymnasium in Aurich, maakte een verslagen en verwarde indruk. 'Hij was mijn broer,' zei hij over zijn verongelukte vriend. Ook noemde hij verschijningen die hij op het wad zou hebben waargenomen. Lezers van het boek *Wadlopen* zal mogelijk de passage over de *waddenkoorts* te binnen schieten, de hallucinaties die zich tijdens zware tochten van een wadloper meester kunnen maken – vooral als hij alleen is –, veroorzaakt door de onoverzichtelijkheid en eentonigheid van het terrein, in combinatie met de uiterste fysieke en mentale inspanningen die de tocht van de wadloper vergt.

De politie heeft laten weten dat ze uitgaat van een ongeluk. Toch heeft Lattewitz de aanwijzing gekregen het eiland voorlopig niet te verlaten. Hij heeft zijn intrek genomen in Strandhotel Nordsee, waar hij de komende dagen kan bijkomen van de ongetwijfeld traumatische gebeurtenissen.

Opvallend is de afwezigheid van Aron Reinhard. Waarom hij niet van de partij was, is nog niet duidelijk.

20

Liewe slaat de krant dicht en staat op van de ontbijttafel van Seehotel Upstalsboom. Hij heeft zijn best gedaan om weerstand te bieden aan de verleiding die uitging van de schalen met roerei, gebakken spek en worstjes, en zich beperkt tot twee zoute haringen met uitjes en een bakje yoghurt. Hij voelt zich zelden op zijn gemak in een hotel, en het kost hem altijd moeite om zich aan het ontbijt te beheersen. Hij weet uit ervaring dat een stevige maaltijd 's ochtends de ongemakkelijke intimiteit van etende vreemden om hem heen op afstand kan houden, maar hij heeft ook zijn gezondheid om rekening mee te houden. Dus dwingt hij zich matig te eten en dempt hij de innerlijke leegte met kop na kop *Milchkaffee*.

Het artikel in de *Borkumer Zeitung* houdt hem bezig. Gisterenavond heeft hij zich na aankomst gemeld bij de eilandpolitie en zowel het proces-verbaal als de transcriptie van het verhoor ingezien. Ook de aantekeningen van agent Hans heeft hij doorgenomen.

'Wat gaat er nu gebeuren?' had hoofdagent Jurgen gevraagd.

'Voorlopig nog niets officieels,' zei Liewe. 'Ik ga bij hem langs, verder weet ik het nog niet.'

Hij stond op, draalde even wat en vroeg toen: 'Die journaliste die erbij was vanmorgen, waar kan ik die vinden?'

'Die weet jou wel te vinden,' zei Jurgen. 'Zeker als je Lattewitz gaat opzoeken.'

Eilanders, dacht hij. Overal hetzelfde.

Liewe stapt het hotel uit en kijkt omhoog naar de vuurtoren die midden in het dorp hoog boven alles uit steekt. De toren is niet meer bemand, maar hij is wel open voor bezichtiging.

Als hij even later hotel Nordsee binnen loopt, komt er een ober op hem af om te vragen of hij misschien wil ontbijten. Hij betaalt met een gevoel van verlies voor het ontbijtbuffet en gaat met een paar broodjes en nog een kan koffie zitten op een plek waar hij de uitgang en de lobby in de gaten kan houden.

Het duurt een half uur voordat Lattewitz de trap af komt. Hij geeft de sleutel af bij de receptie, laat de ontbijtzaal links liggen en loopt naar buiten, de boulevard op. In de lobby is ook een jonge vrouw opgestaan die, een laptop in haar tas wegbergend, achter hem aan draaft. De journaliste, denkt Liewe.

Hij staat op en loopt op zijn gemak naar buiten, waar Lattewitz net door Pauline wordt ingehaald en aangesproken. Het is geen hartelijk gesprek. Lattewitz schudt zijn hoofd en loopt door. Pauline blijft staan, draait zich dan om en loopt tegen Liewe op, die haar tot een paar meter genaderd is.

'Neem me niet kwalijk,' zegt ze.

Liewe schudt zijn hoofd en glimlacht. Hij kijkt Lattewitz na. 'Is dat niet die wadloper?' zegt hij. 'Die van dat ongeluk?'

'Ja, dat is hem,' zegt Pauline. 'Kent u hem?'

'Ik las over hem in de krant vanmorgen.'

'Is hij in Holland ook bekend, dan?' Pauline is duidelijk gestreeld dat iemand haar stuk gelezen heeft, een buitenlander nog wel. 'U komt toch uit Nederland, of heb ik dat niet goed gehoord?'

'Ik heb hem ooit op Texel gezien,' zegt Liewe. 'Hij hield een praatje.'

'Dat is hier ook gebeurd,' zegt Pauline.

'Dat heb ik gelezen.' Liewe kijkt Pauline aan.

'Ik heb dat geschreven,' zegt ze.

'Je citeert ze,' zegt Liewe.

'Ik heb een opname,' zegt Pauline. 'De hele avond is gefilmd.'

'Vandaar,' zegt Liewe. Hij zwijgt.

'Ik moet door,' zegt Pauline. Ze kijkt om zich heen om te zien waar Lattewitz naartoe loopt. Hij is op een bankje gaan zitten en kijkt over zee.

'Hij leek me de geobsedeerde van de drie,' zegt Liewe.

Pauline kijkt hem aan met nieuwe interesse. 'Ik zag ze vooraf, weet ik nog,' zegt ze, 'toen het zaaltje nog leeg was. Ik vond Lattewitz een beetje allenig. Smyrna had zijn vrouw bij zich, maar Reinhard en Lattewitz waren allebei alleen. Bij Reinhard was daar gewoon niks van te merken, gewoon een schrijver die vaker optreedt, een beetje een bullebak. Bij Lattewitz was dat anders. Die, eh... je hebt alleen, en je hebt alléén.' Pauline kijkt opnieuw naar Lattewitz die honderd meter verderop nog steeds op het bankje zit. 'Ze hadden onenigheid, ik denk over wie er wanneer wat zou zeggen. Maar daar was tijdens de lezing niks meer van te merken.'

Liewe knikt. 'Ik ga nu met hem praten. Als je me nu met rust laat, beloof ik je dat ik je later kom opzoeken. Ik wil je nog wat vragen.'

Pauline fronst en zet een stap terug. 'Wat, ben jij een freak of zo?'

'Zoiets,' zegt Liewe. Hij kijkt nu naar Lattewitz, die is opgestaan. 'Ik weet je wel te vinden,' zegt hij en hij loopt achter Lattewitz aan, die om de hoek van de Strandstraat is verdwenen.

21

'Van de Wal.'

'Rademacher, *Leiter* Bundespolizei See, goedemorgen collega. Ik kan u nu toch met recht collega noemen?'

'Goedemorgen Hermann, we hebben elkaar toch ontmoet in Cuxhaven? Ik moest zonet nog denken aan onze gezamenlijke oefening van afgelopen jaar. En jullie plannen voor het mooie grote nieuwe schip. Is ze al in de vaart?'

'Ja, dat zouden we vaker kunnen doen. Volgend jaar wellicht, dan is het nieuwe schip ook klaar. U bent ondertussen bevorderd, heb ik begrepen? We kunnen elkaar nu werkelijk collega's noemen? Alsnog mijn gelukwensen.'

'Ik ben geen leider van de marechaussee zoals jij Hermann, nog niet. Maar toch vriendelijk dank. Het is nog een beetje wennen hier, er gaat veel veranderen. Onze RV180 is net gistermiddag uitgevaren voor haar laatste tocht. We gaan het anders aanpakken. Snelle acties, kleine boten.'

'Dat is net het verschil. Wij gaan groter, jullie gaan kleiner. Maar jullie kustwacht patrouilleert gewoon door, los van jullie, neem ik aan?'

'Natuurlijk, maar het blijft een zeef, Hermann. Erger dan Italië. Maar maak dat Den Haag maar eens duidelijk.'

'Moet u vooral proberen... Maar laat ik ter zake komen, collega Van de Wal, ik bel eigenlijk vanwege de drenkeling in de Eems. Ik begrijp dat jullie hem naar binnen hebben gehaald?'

'Klopt. Opper Dobbenga heeft hem aangetroffen en meegenomen. De vloed kwam op. Er was geen tijd om het anders te doen. Het was een kwestie van minuten.'

'We waren een uur boven Borkum, te ver weg. Hoe dan ook,

we hadden de helikopter in de lucht. Hebt u geprobeerd met hen contact te leggen?'

'Die had dan in Nederland moeten landen. Het lag voor de hand dat wij het lichaam zouden bergen. De Opper heeft juist gehandeld.'

'Waar lag het lichaam precies, collega?'

'Op De Hond, in Nederland.'

'U hebt de coördinaten?'

'Vanzelfsprekend.'

'Ik zou graag de coördinaten ontvangen.'

'Natuurlijk krijg je, als je daar prijs op stelt, inzage in het onderzoeksrapport zodra wij dat hebben afgerond.'

'Hebt u de identiteit kunnen vaststellen? Het is een Duits staatsburger, daar bent u van doordrongen?'

'Zeker, hij had een ID bij zich. Het signalement komt overeen. Het is... even kijken of ik het goed zeg... Nicolaus Josephus Smyrna, uit Lübeck.'

'Ik zou graag een team sturen om hem te zien en op te halen.'

'We zijn een onderzoek gestart, Hermann. Mogelijk rolt dat jullie kant op als we het hebben afgerond, maar hij is in Nederland gevonden, mogelijk hier omgebracht ook, wie weet door een Nederlander. Ik wil eerst eens zien hoe hij daar terechtgekomen kan zijn. Het tij...'

'Collega, ik denk dat we de zaak dienen als we hier duidelijk over zijn. De banken buiten jullie dijken zijn Duits grondgebied. Ik wil daar geen nummer van maken nu, maar laten we man en paard noemen. Dat maakt alles een stuk eenvoudiger.'

'De Hond is...'

'U hebt een Duits staatsburger op Duits grondgebied aangetroffen, die in Duitsland een onnatuurlijke dood is gestorven, en die meegenomen naar Nederland. Ik begrijp waarom u dat gedaan hebt, ik had dat in uw geval ook gedaan. Als dat zorgvuldig gebeurd is heeft het het onderzoek wellicht gediend, en de volgende stap lijkt me om mijn landgenoot weer aan ons over te dragen, samen met alle documentatie en bewijsmateriaal die u op De Hond hebt aangetroffen.'

'Collega...'

'We kunnen in een uur in Delfzijl zijn, de drenkeling van u overnemen en u dan in alle collegialiteit van deze zaak verlossen.'

'De Hond is Nederlands.'

'Ach, mijn hemel, Van de Wal, doe jezelf en ons een plezier.'

'Er zijn nu eenmaal grenzen en...'

'Kijk eens, je bent nieuw hier, je bent jezelf in de nesten aan het werken. Je kan die zandbank wel Nederlands noemen, maar je hebt binnenkort niet eens een fatsoenlijk schip meer om erlangs te patrouilleren. Je kunt met je sloepjes jouw deel van Schengen nauwelijks in de gaten houden, Henk, je bent opperhoofd van een zeef, je zegt het zelf. Wees blij dat de Eems en zijn oevers ons territorium zijn, dan ben je in ieder geval aan die kant gedekt. En als je wil dat we in de toekomst nog verder soepel samenwerken en we weer fijn samen een oefening gaan doen in Cuxhaven, waar je weer fijn dronken mag worden zoals vorig jaar, dan zou ik, als ik jou was, gewoon meewerken op het moment dat het erop aankomt, zoals nu. Ons schip komt de Eems op en blijft daar net zo lang liggen patrouilleren tot Smyrna naar huis kan.'

'...'

'Ben ik duidelijk, commandant?'

'Ik heb de zaak overgedragen aan de officier in Groningen. Wil je Smyrna zien, dan... dan bel je je ambassadeur maar op.'

'Heb jij überhaupt wel eens een schip vanbinnen gezien, Henk?'

'Ik kom uit een familie van vissers, hier in de Dollard. We hebben jouw vissers nog wel op hun bek geslagen omdat ze met hun poten niet van onze fuiken konden afblijven. We hebben ze met hun *kraites* meegesleurd naar de wal.'

'Kraites?'

'Sliksleeën.'

'Sliksleeën?'

'Een slee die je voortduwt over het wad, als een step.'

'Juist, sleetjerijden in de modder, dus daar kom je vandaan. Niet veel vooruitgang in je leven, hè? Eens een slijkhapper, altijd een slijkhapper, Van de Wal. Goeie dag verder.'

22

Peter Lattewitz heeft een kaartje voor de vuurtoren gekocht en de driehonderdvijftien treden naar boven beklommen. Liewe is rustig achter hem aan gelopen. Het dubbele ontbijt, de vele koppen koffie, de tocht naar boven.. het valt hem zwaar. Het is duidelijk dat Lattewitz een beduidend betere conditie heeft, zelfs na een zware wadlooptocht van bijna twintig uur. Boven gekomen treft Liewe hem turend over het wad aan. Hij heeft een verrekijker meegenomen en daarmee speurt hij de zee af tussen Borkum en het vasteland. Liewe komt naast hem staan, neemt hem kort van opzij op en kijkt dan ook over de drooggevallen platen naar het zuiden. De Eems ligt stil onder de grijze hemel. De veerboot vaart naar Emden, de windmolens bij de Eemshaven steken boven de ochtendnevel uit.

'Bijna hoogwater,' zegt hij, als Lattewitz zijn verrekijker laat zakken.

Lattewitz zegt niets. Liewe kijkt hem even aan, wendt dan zijn blik weer over zee. Lattewitz ziet er doodmoe uit, wallen onder zijn ogen. Het is duidelijk dat hij weinig slaap heeft gehad.

'Mag ik?' Liewe maakt een gebaar naar de verrekijker die Lattewitz onwillekeurig overhandigt, als in een trage reflex. Terwijl Liewe hem aanneemt ziet hij weerzin in Lattewitz' blik, alsof hij spijt heeft dat hij aan het verzoek gehoor heeft gegeven. Hij zal nu moeten blijven staan. Deze vreemde heeft immers zijn kijker.

Liewe kijkt nu ook. Het wad ligt dof onder de dichtgetrokken hemel. In het oosten reikt de Osterems door het zeegat tussen Borkum en Juist, alsof de Noordzee haar tentakels tussen de eilanden door in een chaotisch patroon over het wad heeft uitgerold. In het westen ligt de getemde Eems, recht als een liniaal tussen de boeien. Een paar kleine geulen takken van de rivier af, naar het oosten het wantij op, alsof ze proberen zich zo ver uit te rekken dat ze de uitlopers van de Osterems kunnen raken. De vloed heeft bijna alle banken met zeewater bedekt.

'Het wad, nooit hetzelfde,' zegt Liewe.

Lattewitz schudt zijn hoofd. 'Nee,' zegt hij. Hij kan zijn ongeduld niet goed verbergen.

Liewe laat de kijker zakken, wijst en somt op: 'Osterems, Evermansgat en is dat daar het Blinde Randzelgat?'

'Geen idee,' zegt Lattewitz. 'Ik wil nu graag mijn kijker terug.'

'Natuurlijk.' Liewe glimlacht en geeft de kijker. 'Ik kreeg de indruk dat u iets zocht, toen u over het wad keek.'

Lattewitz neemt de kijker over en terwijl hij hem in zijn jaszak stopt zegt hij: 'Ik zoek niks. Wat je daar kwijtraakt, ben je voor altijd kwijt.'

Liewe kijkt over het wad en dan naar Lattewitz. 'Wat kwijt is, is ook ergens,' zegt hij.

Lattewitz houdt de pas in. Hij zoekt naar iets te zeggen maar kan niet besluiten wat, loopt dan weer door en voordat hij in het trapgat naar beneden verdwijnt, kijkt hij nog een keer naar het uitzicht, maar nu over het zeegat naar open zee.

23

'Reinhard.'

'Aron, met Peter.'

'Peter, ik zag het op Twitter, godallemachtig man.'

'Klaus is weg, ik... wat zag je op Twitter?'

'De *Borkumer Zeitung*, we waren getagd, jij ook, een of andere journalist op Borkum, hoe is het gegaan?'

'Ik kwam er net door, maar Klaus...'

'Ach mijn God, wat is hij toch een achterlijke opdonder, waarom heb je het laten gebeuren, kluns?'

'Waarom ben je niet gekomen? Waarom heb je ons alleen laten gaan?'

'Ik ben in Engeland.'

'Je had kunnen komen, je had tijd genoeg door de Kanaaltunnel.'

'En Maria alleen laten? Ze voelde zich niet goed en zou ik dan weggaan?'

'We hadden een afspraak. Het had niet zo hoeven gaan.'

'Dat kon ik niet weten, ik koos voor Maria, jij bent niet de enige met wie ik afspraken heb.'

'Aron, we hadden al jaren een afspraak.'

'Ik weet dat het geen probleem voor jou is je vrouw alleen te laten, Peter. We weten allemaal hoe dat is afgelopen.'

'Wat bedoel je daarmee, klootzak, waarom zeg je dat?'

'Ik bedoel dat Maria me nodig had en ik haar niet alleen heb gelaten, zoals sommigen van ons zouden hebben gedaan.'

'...'

'Zoals jij hebt gedaan.'

'Klaus is dood, schoft, en jij begint daarover?!'

'Ik zeg alleen maar dat ik voor mijn vrouw heb gekozen, omdat dat het juiste ding is om te doen. En dat jij, juist jij, dat zou moeten begrijpen.'

'Heb je dan helemaal geen, geen... om dat erbij te halen? Wat ben je toch een ongelooflijke hufter!'

'Jij suggereert dat dit allemaal zo gebeurd is door mijn afwezigheid. Alsof dat zo fijngevoelig is. Je had niet hoeven gaan.'

'Ik heb haar gezien...'

'Wie heb je gezien?'

'Helen.'

'Wat bedoel je?'

'Helen, ik zag Helen, bij de priel, bij het Randzelgat.'

'Helen is dood, Peter.'

'Ja... ik zag haar... ze stond aan de overkant, Klaus was al weg... ik weet het niet, Aron.'

'...'

'Het was donker, ze was daar, ze riep... misschien lette ik niet op... hoe is het met Maria?'

'Wat bedoel je: Ik zag Helen?'

'Laat maar, ik zag haar, ik weet het niet precies, godverdomme Aron.'

'Wat zag je dan?'

'Ik ben moe... Hoe is het met Maria?'

'Beter, opgeknapt... en wat ga je nu doen?'

'Ik kan het niet bevatten, Aron, ik zit hier op dat eiland, en ik weet niet wat ik met mezelf aan moet, ik denk dat...'

'Heb je je medicijnen?'

'Alleen nog voor vandaag.'

'Waarom ga je niet naar huis?'

'Ik moet zeker tot morgen hier blijven, geloof ik, heeft de politie gezegd.'

'Je kan altijd bij de eilandapotheek een noodrecept krijgen. Je hebt toch een herhaalrecept, dat automatisch wordt verlengd?'

'Ja, dat... hoe weet jij dat?'

'Dat heb je me zelf verteld, weet je dat niet meer?'

'Nee.'

'Volgens mij kan jouw eigen apotheek je recept doorsturen naar Borkum. Ik heb dat ook wel eens bij de hand gehad, voor Maria.'

'Ik kan het proberen.'

'Doe dat maar, je ziet nu al dingen die er niet zijn, je moet je pillen hebben, man. Anders krijg je dat er ook nog bij.'

'Ja... je bent een schoft dat je niet gekomen bent.'

'Alles voor Maria, Peter, alles voor Maria. Wees nou maar blij dat je het er zelf levend van afgebracht hebt.'

'Voorlopig kan ik het woord blij niet verdragen. Groet Maria van mij, als ze het wil horen tenminste.'

'Je bent in haar gedachten, Peter, dag en nacht.'

24

De redactie van de *Borkumer Zeitung* is ondergebracht in een gedrongen, rood bakstenen pand aan de Neue Straße, midden in het dorp. De deur staat open. Liewe loopt naar binnen maar de bureaus zijn verlaten en in het redactielokaal is geen leven te bespeuren.

Het geluid van de Inselradio klinkt: het ochtendprogramma. Een luisteraar belt, de presentatrice kent hem, het gesprek verloopt vlot al gaat het nergens over.

Liewe krijgt een bericht op zijn telefoon en hij loopt naar buiten om te kijken wat het is. Het komt van Lothar; twee bestanden met biografische gegevens, een over Lattewitz, het andere over Smyrna. Hij opent het bestand over Lattewitz.

Zo treft Pauline hem aan, verdiept in zijn telefoon. 'Laat me raden,' zegt ze, terwijl ze haar fiets op slot zet. 'Journalist op vakantie.'

Liewe stopt zijn telefoon in de binnenzak van zijn jas en knikt.

'Pauline Islander?'

'En u bent?'

'Liewe Cupido.'

'Welke krant?'

'Bundespolizei.'

'Oeps, verkeerd geraden,' zegt Pauline. Ze lacht. 'Bent u hier vanwege de verdronken wadloper?'

'Er is nog geen onderzoek.'

'Goed,' zegt Pauline. 'Hoezo niet, eigenlijk?'

'U zei dat u een opname had van het praatje destijds.'

'Dat klopt.'

'Dat er wat wrijving was vooraf.'

'Ja, maar dat stelde niet veel voor, hoor.'
'Staat dat ook op de opname?'
Pauline denkt na. 'Dat zou ik moeten nagaan, ik weet het niet zeker. Ellen heeft die opnames gemaakt, ik zou moeten kijken.'
'Ellen...'
'Een collega van de Inselradio, die de opname gemaakt heeft.'
'Wanneer was dat?'
'Drie jaar geleden,' zegt Pauline. 'Ik weet nog, het was de dag voor mijn verjaardag, de negende.'
'Oktober?'
'Oktober, ja.'
Liewe knikt. 'Waar is Ellen?'
'Ze is van het eiland af, een badgast achterna. Ze woont nu in Dresden. Maar ik heb de bandjes thuis, dus ik zou moeten kijken of de camera al liep. Het zijn twee bandjes.'
'Ik wil ze wel zien, als dat kan,' zegt Liewe.
Pauline aarzelt. 'Ik heb zo een afspraak en dan een deadline.'
Liewe knikt.
'Hoe komt een Hollander bij de Bundespolizei?' vraagt Pauline.
'Zet ze anders op Vimeo met een privélink,' zegt Liewe. 'Het hoeft niet meteen.'
'Bent u wel echt van de Bundespolizei?'
Liewe diept zijn ID op uit zijn binnenzak, laat haar aan Pauline zien, bergt haar weer weg en zegt: 'Nog dingen die je zag, die hij zei of deed die niet in je artikel stonden?'
Ze haalt haar schouders op.
'Ik zag de kotter van Föhrmann op het wad, op weg naar de sluis van Greetsiel. Verder niks.'
'De schilderende visser.'
Pauline knikt.
'En Lattewitz zelf?'
'Hij kwam aan lopen, uitgeput, niks van over. Hij ging zitten, hoofd in z'n handen. Ik vroeg hem of het ging, maar de agenten

duwden me weg. Hij stond op, hij zei: Hij was een broer voor me, hij zei ook: Niemand zal me geloven.'

'Waarom zei hij dat?'

'Weet ik niet, ik kon hem niks vragen, hij leek me verdwaasd.'

'Juist,' zegt Liewe. Hij pakt een kaartje uit zijn jas en geeft dat aan Pauline. 'Mijn e-mail. Ik zou het fijn vinden.'

'Hij zei Ellen tegen me,' zegt Pauline nu. 'Maar ik zei toen: Ik ben Pauline, Ellen was mijn collega die de opname maakte.'

'Ellen?'

'Ja, dat is toch wel bijzonder, dat hij dat nog wist. Hij vond het toen vervelend dat we hem filmden. Kennelijk heeft hij de naam Ellen onthouden.'

'Hij zei Ellen tegen jou?'

'Hij liep al achter de politie aan, maar hij stopte en ik liep achter hem. Hij keek me aan en hij zei: Ellen.'

Liewe denkt na.

'Ik zei: Ellen was mijn collega, ik ben Pauline.'

'Stel dat hij niet naar jou keek, waar keek hij dan naar?'

Pauline fronst. 'Ik begrijp niet wat u bedoelt.'

'Keek hij het wad op?'

Pauline schudt haar hoofd.

'Stond je met je rug naar het wad?'

'Ja,' zegt Pauline. 'Hij zei: Ellen, hoe is het mogelijk. En hij zei: Niemand zal me geloven.'

Liewe glimlacht. 'Hij zei geen Ellen, hij zei Helen,' zegt hij. 'Helen was zijn vrouw.'

25

Ook al heeft Pauline gezegd dat ze dringend aan haar artikel moest werken, zodra de rechercheur zijn hielen heeft gelicht gaat ze op zoek naar het ongeluk waarbij Helen Ziegler, de vrouw van Peter Lattewitz, is omgekomen. Dat Lattewitz weduwnaar was wist ze, maar het verhaal over hoe zijn vrouw Helen Ziegler was verongelukt kende ze nog niet. Liewe had gezegd dat hij van Cuxhaven had begrepen dat Lattewitz' vrouw in 2005 vermist was geraakt bij een ongeluk bij Baltrum. Details ontbraken natuurlijk, maar daar is Pauline nu naar op zoek. Het eerste bericht vindt ze in de *Emder Zeitung*, een bericht van 5 mei 2005.

Zeiljacht zinkt boven Baltrum
Vrouw vermist, kat gered

Rond vijf uur in de middag is in de Wichter Ee, het zeegat tussen Norderney en Baltrum, een zeiljacht in moeilijkheden geraakt en gezonken. De enige opvarende, de 35-jarige Helen Ziegler uit Aurich, is naar alle waarschijnlijkheid verdronken.

Badgasten die het drama vanaf het observatieplatform op de punt van Baltrum hadden gezien, hebben het reddingsstation gewaarschuwd, waarop Baltrums reddingsboot, de Elli Hoffman-Röser, is uitgevaren. Een zoektocht boven de eilanden, waaraan ook de reddingsboten van Norderney en Langeoog hebben deelgenomen, heeft niets opgeleverd. Wel heeft de Elli Hoffman-Röser een kat, meer dood dan levend, uit zee weten te redden.

Helen Ziegler was naar verluidt geen bijzonder ervaren zeezeiler. De stromingen in het zeegat, gevoegd bij de grillige zeegang ter plekke, hebben haar waarschijnlijk verrast. Haar jacht is op de Othelloplate, de ondiepte boven het zeegat, lekgeslagen en snel gezonken. Een helikopter van de kustwacht heeft tot de nacht viel vergeefs naar de opvarende gezocht. Ook een zoektocht op de oostpunt van Norderney heeft niets opgeleverd.

Vissers uit Greetsiel hebben toegezegd in konvooi naar haar stoffelijk overschot te zullen zoeken.

Helen Ziegler was lerares drama op het gymnasium van Aurich. Haar kat, een siamees, maakt het naar omstandigheden goed.

26

Op weg terug naar het hotel ziet Liewe hoe in de Hindenburgstraße Lattewitz met een plastic tas de Insel-Apotheke uit komt. Hij volgt hem naar het plein van de vuurtoren, waar hij op een bankje gaat zitten, een flesje water en een pillendoosje uit de plastic zak haalt en een pil neemt, die hij wegspoelt met een lange slok van zijn mineraalwater. Hij sluit zijn ogen en lijkt zich een beetje te ontspannen. Het is fris op het plein, er hangt regen in de lucht en aan de voet van de toren neemt een windvlaag een niet helemaal leeggegeten frietbakje mee over het gras. Een paar meeuwen duiken erop neer.

Liewe gaat naast Lattewitz zitten en kijkt hoe de meeuwen in de lucht met elkaar vechten. Zodra Lattewitz zijn ogen opent, glimlacht hij naar hem.

'Daar ben ik weer,' zegt hij.

Lattewitz fronst, is even in verwarring.

Liewe knikt naar boven, naar de vuurtoren. Lattewitz kijkt omhoog.

'De verrekijker,' zegt Liewe.

Lattewitz zucht. 'Wat moet u van me?' zegt hij vermoeid.

'Cupido, recherche,' zegt Liewe. 'Ik heb uw vriend gezien, in Delfzijl.'

'Wie, Aron?'

Liewe kijkt hem aan. 'Nee, Klaus,' zegt hij, 'in het mortuarium.'

Lattewitz sluit zijn ogen even, opent ze dan, kijkt van Liewe weg. 'Ik heb gisteren al met de politie gepraat,' zegt hij. 'Vanmiddag willen ze me weer zien. Ik moet iets tekenen. Dan kan ik hier hoop ik weg.'

‘Medicatie gehaald?’

Lattewitz bergt het doosje dat hij nog in zijn hand had weg. *Lithiumcarbonat*, leest Liewe.

’Ik had erop gerekend nu thuis te zijn,’ zegt Lattewitz. ‘Ik zat zonder.’

Beide mannen kijken even zwijgend voor zich uit.

‘Ik hoef niet met u te praten, toch?’ zegt Lattewitz dan.

‘Nog niet,’ zegt Liewe.

Lattewitz maakt aanstalten op te staan. Het is duidelijk dat hij spierpijn heeft.

‘Als ik vragen mag: U dacht uw vrouw te zien op het wad?’

Lattewitz schrikt en valt weer terug op de bank.

‘Wat hebt u gezien?’

Lattewitz schudt zijn hoofd, zegt niets.

Liewe gaat achterover zitten en kijkt naar de mensen die voor het bankje langs lopen, stoppen, poseren, foto’s maken van de vuurtoren. ‘Ik dacht ooit dat ik mijn vader zag,’ zegt hij, ‘in een dorpje midden in Frankrijk. Hij liep over het dorpsplein, twee jongemannen aan weerszijden. Dat kon helemaal niet, want mijn vader was dood. Ik dacht dat mijn moeder misschien iets overkomen was. Ik belde naar huis. Er was niets aan de hand.’

‘Hoe weet u dat van mijn vrouw?’

‘U noemde haar naam, op de dijk.’

‘...’

‘De journaliste...’

‘Helen is dood,’ zegt Lattewitz. ‘Waarom praat iedereen opeens over haar? Is dit nog niet erg genoeg?’

‘Iedereen?’

‘Aron begon er ook al over, aan de telefoon.’ Lattewitz staat bruusk op en beent zonder te groeten weg. Liewe staat ook op, haalt hem in. ‘Ik neem de boot van tien over half zes naar de Eemshaven,’ zegt hij terwijl hij naast hem komt lopen. ‘Vandaar rijd ik naar Cuxhaven. Ik kan u een lift geven en in Aurich afzetten als u dat wil.’

Lattewitz blijft staan en kijkt Liewe aan. 'Denkt u dat ze me laten gaan?'

'Dat denk ik, ja,' zegt Liewe.

27

Het is vijf uur in de middag geweest als de BP25 Bayreuth, Einsatzschiff van de Bundespolizei, traag de havenmond van Delfzijl voorbij vaart en op de Oterdumer Reede, de ankerplaats boven het Oosterhoofd van de haven van Delfzijl, haar anker laat vallen. Het tij gaat af, de ebstroom uit de Dollard keert het schip met haar achtersteven naar de ingang van de haven.

De BP25 rapporteert aan de Verkehrszentrale Ems dat ze voor anker gaat om routinecontroles uit te voeren op grensverkeer. Het is een uitzonderlijke manoeuvre en de verkeersleider, enigszins in verwarring gebracht, informeert of de Bayreuth verwacht gezelschap te krijgen van Nederlandse collega's. Maar dat is dus niet het geval.

'We blijven in dit kwadrant zolang als nodig is,' krijgt hij te horen en de verkeersleider blijft niets anders over dan de toestemming te verlenen die ze niet eens nodig hebben. De Oterdumer Reede is aangewezen als ankergebied. In theorie valt er niets op aan te merken.

Op de dijk bij het iets oostelijker gelegen Termunterzijl houden wandelaars de pas in en kijken naar het ongebruikelijke tafereel van het blinkend onderhouden patrouilleschip op de ankerplaats voor de havenmonding. De blauwe romp, de helderwitte opbouw, de rode daklijst boven op de brug, de schuine Duitse driekleur langs de boeg, het steekt allemaal fris af tegen het modderige water van de Eems waarop het schip tot rust is gekomen. Op de Eems stoomt de veerboot tussen Emden en Borkum voorbij. Boven wieken meeuwen traag over. Verder is alles rustig. Er is niemand aan dek.

28

Bremen Eins, 'Die Rundschau am Nachmittag':

'In de nacht van zondag op maandag is op het wad tussen Krummhörn en Borkum de bekende wadloopgids Klaus Smyrna omgekomen. De eilandpolitie van Borkum heeft bekendgemaakt dat Smyrna in de vroege ochtend door een ebstroom in de geul het Blinde Randzelgat is gegrepen en meegevoerd. Het stoffelijk overschot is een paar uur later door de Nederlandse kustwacht op een zandbank in de Eems aangetroffen en meegenomen naar Delfzijl.

Zondagmiddag is Klaus Smyrna, samen met zijn kompaan Peter Lattewitz, vanuit café Nienhof in Manslagt vertrokken om de levensgevaarlijke tocht naar Borkum te maken. Deze overtocht, die alleen onder heel speciale omstandigheden gelopen kan worden en die vanwege zijn zwaarte bekendstaat als de Mount Everest onder de wadlooptochten, is nog maar door een handjevol wadlopers volbracht, voornamelijk Nederlanders.

Smyrna, die badmeester was in Lübeck, maakte deel uit van het drietal wadlopers van het eerste uur Reinhard, Lattewitz en Smyrna, die vele liefhebbers van de Waddenzee vertrouwd hebben gemaakt met de wondere wereld van de zeebodem. Reinhard ontbrak bij de overtocht, omdat hij op vakantie is in Engeland.

In een interview dat Bremen Zwei vijf jaar geleden met de geboren Bremenaar Smyrna had, sprak hij uitgebreid over de schoonheid en de gevaren van de ogenschijnlijk zo vredige Waddenzee. U hoort nu een fragment uit dat interview. Gevraagd naar wat hem aan het wad aantrok zei hij:

Het is de wereld achter de dijk, waar alles anders is dan aan deze kant, hier op het land waar we alles onder controle denken te hebben. Op het wad is de natuur de baas en die natuur... je bent er als mens te gast en je wordt er klein, heel klein, en ook heel bescheiden. En dat is iets waar een geboren stadsmens, zeker een jongen uit Bremen als ik ben, heel erg aan heeft moeten wennen, ook al ben ik van nature al niet de langste... hahaha.

– Maar waarom zoekt u het dan toch op?

Ja, juist daarom. Het wad is een van de weinige plekken in Europa waar je nog echt kan ervaren hoe het is om deel uit te maken van de wildernis. En dat is niet alleen gevaarlijk, het is ook... eh... heilzaam.

– Hoe bedoelt u dat?

Ja, hoe leg ik dat uit... u weet misschien dat Helen Ziegler, de vrouw van mijn eh... vriend en medewadloper Peter Lattewitz, met een zeiljacht is verongelukt op het wad? Dat is alweer enige jaren terug, dus ik kan het nu rustig vertellen. Kijk: zoiets kan van het ene op het andere moment gebeuren, een plotse stroming, een windvlaag, een grondzee... en dat zijn de grillen van de natuur waarvoor je niet anders kan dan het hoofd buigen en accepteren, het is de oerkracht van de wildernis, er is geen schuld, er is enkel willekeur... de zee maakt geen onderscheid tussen de ene mens en de andere. Maar tegelijkertijd, en daar gaat het om... Aron en ik hebben Peter de jaren daarna steeds weer meegetroond naar het wad, en daar heeft hij de hele tragedie ook weer kunnen verwerken, juist door te ervaren hoe nietig je bent als mens, en hoe groot en ontfermend de natuur. Het wad relativeert je bestaan, het zet jou als sterveling in een eeuwig perspectief. En dat perspectief is overweldigend.

Klaus Smyrna is 43 jaar geworden. Hij laat een vrouw en twee kinderen achter.'

29

Liewe zit in het treintje van het dorp naar de veerhaven als rechercheur Anne-Baukje Visser hem belt. Tegenover hem zit Peter Lattewitz, die inderdaad van de eilandpolitie toestemming heeft gekregen het eiland te verlaten. Hij heeft zijn rugzak op schoot, de peilstok in zijn hand en kijkt zwijgend naar buiten terwijl de trein met een schokje in beweging komt en het dorp uit rijdt naar de haven.

'Het rapport van de patholoog is er nog niet,' zegt Anne-Baukje, 'maar ik wil je toch even laten weten dat ik Derk Wortelboer aan de telefoon heb gehad.'

'Ja,' zegt Liewe. Hij kijkt naar Lattewitz, tegenover hem.

'De patholoog, je weet wel.'

'Vertel,' zegt Liewe, in het Duits.

'Kan je vrijuit spreken?'

'Nee, maar vertel,' zegt Liewe.

'Wortelboer zei me dat er sporen van hout zijn gevonden in de wond aan zijn oor, splinters, alsof hij met een stomp houten voorwerp geslagen is.'

'Ja,' zegt Liewe.

Anne-Baukje zwijgt.

'Ik ben onderweg naar de boot,' zegt Liewe. 'Ik rij zo over Aurich naar Cuxhaven.'

'Is hij bij jou, nu?'

'Ja,' zegt Liewe.

'Oké...'

'Maar dat was het?'

'Er is nog iets. Kan hij me horen?'

'Nee, nee.'

'Wortelboer denkt dat Smyrna niet verdronken is, maar gestikt, al zat er wel wat water in zijn longen. Maar te weinig om van te verdrinken, alsof hij al geen adem meer haalde toen hij door het water werd meegenomen.'

'Juist,' zegt Liewe.

'Rijdt hij zo met jou mee?'

'Dat klopt,' zegt Liewe.

'Kijk maar uit,' zegt Anne-Baukje.

Tijdens de overtocht staat Lattewitz op het bovendek en kijkt, met de dalende zon in zijn rug, over de drooggevallen wadplaten. Liewe, die hem op een afstandje is gevolgd, is in de luwte van de brug gaan staan en heeft de wadloper een tijd geobserveerd. Maar als de monding van het Blinde Randzelgat aan bakboord langs schuift, komt hij naast hem staan. 'Het ziet er vreedzaam uit, zo,' zegt hij.

Lattewitz schudt zijn hoofd, zegt niets terug.

'Ik weet nog dat jullie van Vlieland naar Texel renden,' gaat Liewe door. 'Jullie wilden het in één tij redden. Jullie waren tegen overtijen, zei u in het praatje de dag erna. U maakte daar een grapje over, dat weet ik nog. Dat u niet in een net boven de zee wilde hangen, als een gefuikte makreel bij eb.'

'Dan ben je geen wadloper meer,' zegt Lattewitz. Hij kijkt om zich heen of andere passagiers hebben meegeluisterd. Maar niemand let op hem. Het bovendek is gevuld met badgasten op weg naar de wal, een groep waaruit de gezamenlijkheid van het eiland is weggeëbd. Ieder is met de gedachten alweer aan de overkant.

'Dan verlies je contact met de grond,' zegt Lattewitz.

'Daar dachten jullie alle drie hetzelfde over?'

Lattewitz haalt zijn schouders op. 'We waren broers,' zegt hij.

Liewe knikt, hij steekt zijn handen in zijn zakken. Het is een kille avond. 'Veel ruzie dus,' zegt hij.

Het Blinde Randzelgat verdwijnt uit zicht. Even verderop

komt de geul van de Osterems dichterbij. Lattewitz pakt zijn peilstok die tegen de reling staat en draait zich om. 'Ik ga naar beneden,' zegt hij. 'Blijft u gerust nog even staan.'

'Even nog,' zegt Liewe. 'Waar hebben jullie hoogwater doorgebracht? Daar?'

Hij knikt naar het drooggevallen deel tussen Osterems en het Randzelgat.

'U kan dat van hier niet zien,' zegt Lattewitz en hij loopt van de reling weg naar de deur die toegang geeft tot de trap die naar de salon beneden voert. Zijn peilstok tikt op het bovendek.

Even later in de auto rijden Cupido en Lattewitz de schemer tegemoet. Het eerste half uur door Nederland zitten ze zwijgend naast elkaar, maar zodra ze de grens naderen, het verkeer vaart mindert en ze moeten afremmen, verbreekt Peter Lattewitz de stilte.

'Net als vroeger,' zegt hij, 'afremmen voor de grens.'

'Zenuwachtig?' vraagt Liewe.

'Je dacht altijd dat je iets gedaan had,' zegt Lattewitz. 'Ook al was daar geen reden toe.'

'Juist,' zegt Liewe. Hij stopt, trekt op, stopt. Er zijn controles.

'Ik heb geen paspoort bij me,' zegt Lattewitz.

'Je hebt mij bij je,' zegt Liewe. 'Ontspan.'

De politieman die de auto uiteindelijk aanhoudt, is jong. Hij buigt zich naar het raampje en groet beleefd.

'Wat is er aan de hand?' vraagt Liewe.

'We controleren vanwege het staatsbezoek van de Amerikaanse president,' zegt de politieman. 'Mag ik uw paspoorten zien? Waar gaat de reis naartoe?'

'Mijn passagier heeft geen paspoort bij zich,' zegt Liewe terwijl hij zijn politie-ID overhandigt.

Deze situatie is nieuw voor de jongeman. Hij kijkt even naar de ID, onderdrukt de impuls om in de houding te gaan staan, maar denkt dan na over wat hij nu moet doen. Hij tuurt door het geopende raam naar Lattewitz, die donker terugkijkt.

'Je mag ons gewoon doorlaten,' zegt Liewe.

Een oudere politieman, die de aarzeling van zijn jonge collega opmerkt, komt erbij staan. Als hij hoort wat er aan de hand is, gebaart hij naar rechts, waar ruimte is voor auto's om te parkeren voor nadere inspectie. Liewe knikt en rijdt de rij uit. Lattewitz vloekt binnensmonds, schuift even in zijn stoel en laat een scheet. 'Excuus,' zegt hij en hij doet ook zijn portierraampje open.

De jonge politieman kijkt ondertussen in het voorbijgaan in de auto. Hij ziet de rugzak op de achterbank, fronst, kijkt naar het kenteken, buigt zich dan naar de volgende auto.

Liewe stapt uit, overlegt even met de politieman. De situatie is snel uitgelegd en tien minuten later rijden ze Duitsland in. Lattewitz ontspant, gaat een beetje onderuit in zijn stoel zitten. Hij wrijft zijn handen over zijn broek.

'Wat hebt u ze gezegd,' vraagt hij.

'Gewoon, zoals het is,' zegt Liewe.

'Natuurlijk,' zegt Lattewitz.

Ze zwijgen. Liewe geeft flink gas. Terug in het moederland. Na een tijdje pakt hij zijn telefoon uit zijn jaszak, kijkt er even op, legt hem dan met de achterkant naar boven tussen hem en Lattewitz in.

'Nu we toch aan het praten zijn,' zegt hij, 'hoe gaat dat precies, dat overtijen?'

Lattewitz zucht, komt weer een beetje overeind zitten en kijkt naar buiten. 'We hebben drie stokken, die we opzetten als een tipi, en daar hangen we een net aan, en daar kruipen we in.'

Liewe knikt, haalt een auto in, kijkt opzij. Lattewitz, die de blik op zich gevestigd voelt, zegt: 'Rugzak aan een haakje en dan wachten. Midden op het wantij, waar het minste water staat.'

'Maar u was laat, door die omleiding, dus waren jullie wel op de goede plek?'

'Jaja,' zegt Lattewitz, 'maakt u zich daar maar geen zorgen over. Dat wantij strekt zich over kilometers uit.'

'Hoe laat was dat?'

'Rond middernacht was het hoog, dus twee uur daarvoor en twee uur daarna, van tien tot twee. Maar het duurde allemaal langer dan we dachten, misschien door het doodtij, dus pas tegen drie uur konden we weer vooruit.'

'Dus daar hingen jullie in je netje, als makrelen.'

Lattewitz kijkt Liewe bruusk aan, ziet dan dat hij glimlacht en ontspant weer. 'Ach natuurlijk,' zegt hij. 'Texel.'

'Als kind vond ik de zee angstaanjagend in het donker,' zegt Liewe.

'Er was een halvemaan,' zegt Lattewitz, 'tenminste het eerste uur. Toen trok het dicht.'

'Donker, zeker?'

'Licht van Borkum, licht van de Eemshaven, het licht van Campen, kermis.'

'Maar om je heen duisternis,' zegt Liewe.

'Ver zie je alles, dichtbij zie je niks,' zegt Lattewitz. Ze zwijgen een tijdje. 'Zoals altijd,' voegt hij eraan toe. Hij wrijft over zijn voorhoofd, laat zijn hand even op zijn ogen liggen. 'Neem me niet kwalijk,' zegt hij.

'Waar spraken jullie over?' zegt Liewe.

Lattewitz denkt na, kijkt naar buiten. 'We zeiden niet veel,' zei hij. 'We wachtten.'

'Vier uur lang zwijgen?' zegt Liewe.

'Klaus zat ongemakkelijk,' zegt Lattewitz na een paar minuten van Liewe weg uit het portierraam gekeken te hebben. 'Hij had weinig adem, dat werkte op m'n zenuwen.'

'Juist,' zegt Liewe.

'Ik keek vooral naar de sterren. En naar Borkum, het leek zo dichtbij.'

Lattewitz glimlacht, alsof hem iets te binnen schiet. 'Ik weet nog dat hij zei... hoe was het ook alweer?... Dat hij in zijn leven van alles geprobeerd had, maar dat hij nooit het gevoel had dat het genoeg was... Hij was een marathonzwemmer, weet u? Hij zwom van Duitsland naar Denemarken en terug.'

'De Belt,' zegt Liewe.

'Ik zei tegen hem: We zitten hier in hetzelfde schuitje, Klaus, er is niets aan te doen.' Lattewitz buigt een beetje voorover om omhoog te kijken naar de hemel, of er een maan is. Er is geen maan. 'Er is niets aan te doen... en er waren dat eerste uur zoveel sterren, vooral als je naar het oosten keek, het wad was net een enorm zwart gat, een poort naar de onderwereld... je bent wel erg klein daar in de nacht, in je eentje in dat net, met het water dat omhoogkomt. De sterren boven, en dan de wolken die voor de maan schuiven, als een gordijn dat dichtgaat. En dat water dat steeds dichterbij komt en onder je door stroomt; je denkt dat dat geen geluid maakt, maar dat is wel zo.'

'Hebben jullie geslapen?'

'Hij wel. Hij schrok wakker, hij zei: Heb ik lang geslapen? Ik zei: Ik weet het niet, Klaus, ik weet het niet.'

'Zonder Reinhard praat je toch anders.'

Lattewitz sist. 'Aron,' zegt hij. Hij gaat weer achterover zitten en kijkt Liewe van opzij aan. 'Het was ook maar goed voor Smyrna dat hij er niet bij was, want...' Hij valt stil. 'Nee, dat heb ik niet gezegd,' zegt hij dan. 'Vergeet het.'

Liewe remt af voor een vrachtwagen, die hij niet kan inhalen omdat een auto in vliegende vaart op de linkerrijbaan achterop komt. Liewes auto wordt door luchtverplaatsing even opzijgeduwd.

'En Smyrna maar piepen daar in dat net.' Lattewitz denkt na. 'Ik had me altijd ingehouden, omdat Aron er altijd bij was. Maar nu denk ik: Waarom? Je weet niet of iets je laatste avond is, je kan alles voorbereiden, maar je weet uiteindelijk niks.'

'Wat was er anders dan, als Reinhard erbij was?'

'Ik moest Klaus altijd in bescherming nemen,' zegt Lattewitz. 'Maar Aron denkt daar vast anders over. Aron denkt altijd dat hij het beter weet. Zelfde gebeurtenissen, verschillende verhalen. Altijd hetzelfde liedje. Wie moeten we geloven? Ik geef les, meneer Cupido, ik weet het: verdomde onwetende apen zijn het.'

Liewe fronst. 'Wie?' vraagt hij dan.

Lattewitz zucht en zwijgt. Liewe slaat van de snelweg af, richting Aurich, en ze belanden op een provinciale weg.

'Hebben jullie nog lang gewacht op Reinhard?'

Lattewitz schudt zijn hoofd. 'Ik was al laat, we hadden eigenlijk geen tijd te verliezen. We hebben onze rugzakken gepakt en die van Aron achtergelaten. Ik heb nog wel een keer over mijn schouder gekeken toen we op het wad waren, misschien hoopte ik dat hij alsnog op de dijk zou verschijnen. Dat hij ook die wegopstopping gehad had.'

'Wat was het laatste wat hij zei?'

'Wie, Aron?'

Liewe schudt zijn hoofd.

'O, Klaus... Hij schreeuwde, ik weet het niet.'

'Toen was hij al in het water.'

'Ja.' Lattewitz wrijft over zijn voorhoofd. 'Ja,' zegt hij nog een keer.

'Laatste woorden...'

Lattewitz kijkt lange tijd door de voorruit zonder iets te zeggen. Dan glimlacht hij. 'Ik weet het weer. We stonden samen voor de geul, we maakten ons aan elkaar vast, ik stond op het punt het water in te gaan, en hij legde zijn hand nog even op mijn schouder en hij zei: *Wat doen we hier eigenlijk*? En toen moest hij lachen. En ik ook. *Dat is de vraag*, zei ik. En ik ging het water in, en hij bleef achter.'

'Mooie woorden,' zegt Liewe. 'Goede vraag ook.'

'Ja,' zegt Lattewitz. '*Wat doen we hier eigenlijk*? Ik ging met mijn mijnwerkerslampje de geul in, hij bleef achter. We waren twee lichtjes geworden in de nacht.'

30

Het is half negen als ze in Aurich aankomen. Lattewitz woont in een vrijstaand roodstenen huis met een puntdak. Hij maakt geen aanstalten om Liewe uit te nodigen binnen te komen.

'Mag ik misschien even van het toilet gebruikmaken?' vraagt Liewe.

Lattewitz ziet ook wel in dat het onmogelijk is de rechercheur toegang tot zijn wc te weigeren. Dus gaat hij hem voor naar de voordeur, waar hij een tijdje staat te rommelen voor hij de sleutel vindt en de deur van het slot krijgt. Hij bukt, pakt de post op, zet zijn peilstok en zijn rugzak neer en doet de lichten in de hal aan. Hij wijst Liewe de wc naast de trap en beent zelf naar boven.

Liewe staat nog even met de wc-deur in zijn hand, en als hij hoort dat Lattewitz boven de badkamerdeur achter zich in het slot draait, loopt hij de huiskamer binnen en doet het licht aan. Het ziet eruit als een kamer die halsoverkop verlaten is: een zeekaart van het Borkumer wad ligt nog opengevouwen op tafel. Er staat een koffiemok op, met een restje opgedroogde koffie onderin. Op de schoorsteenmantel liggen schelpen en wat fossiele botten, een stapel geopende enveloppen, een toegangskaartje voor het Thalia Theater in Hamburg, een paar aangesproken energiebars en er staat een ingelijste foto waarop Lattewitz met zijn vrienden Klaus en Aron poseert op een zandplaat. Ze hebben de armen, als drie Griekse dansers, over elkaars schouders geslagen. In de achtergrond staat een reddingshuisje op palen. Een houten beeldje staat op de schoorsteenmantel, waarschijnlijk Afrikaans, ongeveer twintig centimeter hoog. Liewe kijkt om zich heen. Nergens een foto van Helen, Lattewitz' vermiste vrouw.

Liewe maakt een foto van de dingen die op de schoorsteenmantel liggen, en van het interieur rondom. Dan hoort hij dat boven de wc wordt doorgetrokken. Hij doet het licht weer uit, loopt terug naar het halletje, wast zijn handen bij het kraantje in de wc.

Lattewitz komt de trap af lopen. Hij heeft zich omgekleed. Liewe wrijft in zijn handen en maakt aanstalten om de buitendeur open te maken.

'Hartelijk dank,' zegt hij, 'ik ga direct door.'

Maar eenmaal buiten draait hij zich om alsof hem wat te binnen schiet. Hij haalt zijn kaartje uit de binnenzak van zijn jack en overhandigt het aan Lattewitz die nog in de deuropening staat.

'Mocht u nog iets te binnen schieten,' zegt hij, 'wat ons helpt om het einde van uw vriend beter in beeld te krijgen: hier kunt u me bereiken.'

Lattewitz neemt het kaartje aan zonder erop te kijken.

'U hebt er niet naar gevraagd,' zegt Liewe, 'maar Klaus Smyrna is gevonden op zandplaat De Hond, bij Delfzijl. U hebt verstand van het wad, misschien kunt u mij, of anders de Nederlandse recherche, helpen te begrijpen hoe uw vriend met afgaand tij vanuit het Randzelgat tegen de stroom in boven de hoogwaterlijn terechtgekomen kan zijn. Hij is dus niet alleen een kilometer of tien tegen het tij in gedreven, maar ook nog bij laagwater opgetild en op de zandplaat neergelegd.'

Hij kijkt hoe Lattewitz deze informatie opneemt, draait zich dan om en loopt zonder iets te zeggen naar zijn auto. Hij rijdt niet meteen weg maar kijkt door het gordijnloze raam hoe Lattewitz het licht in de huiskamer aandoet, naar de tafel loopt en op de zeekaart kijkt. Dan draait hij zich om en kijkt naar het raam. Liewe start de auto en rijdt rustig weg.

Hij belt Lothar als hij Aurich uit rijdt om te horen of er al schot in de zaak is, maar dat blijkt niet zo te zijn.

'Rademacher heeft de Bayreuth voor de haven van Delfzijl gelegd,' zegt hij.

'Nee...' zegt Liewe.

'Geen idee hoe de Nederlanders daarop reageren,' zegt Lothar. 'Waar ben jij nu?'

'Aurich uit,' zegt Liewe.

'Heb je Lattewitz naar huis gebracht?'

'Ja.'

'Wat is je indruk?'

'Hij is in de war, hij verzwijgt dingen.' Liewe ziet in de verte de afslag naar de snelweg naderen. 'Kan je me nog een dag missen?'

'Zeker,' zegt Lothar. 'Rademacher zal morgen wel naar je vragen, wat ga je doen?'

'Delfzijl,' zegt Liewe.

'Prima,' zegt Lothar. Hij wil ophangen, maar bedenkt zich. 'O ja,' zegt hij, 'voor je ophangt... er kwam een telefoontje voor je binnen, van de grenspost Bunde. Een collega die jou wilde spreken, hij liet geen boodschap achter, wilde jou persoonlijk hebben, even kijken... Xander Rimbach heet hij.'

'Rimbach,' herhaalt Liewe.

'Rimbach,' bevestigt Lothar.

Bij de grenspost aarzelt Liewe even maar rijdt toch door.

Een uur later staat hij voor het raam van een kamer in het Eemshotel, een gebouw als een kartonnen doos dat buiten de zeedijk van Delfzijl op hoge palen in de modder van het wad staat. Liewes kamer is aan de zijkant van het hotel en biedt uitzicht op het noorden, zodat hij in de verte iedere twaalf seconden het vuurtorenlicht van Borkum twee keer langs de nachthemel kan zien oplichten. Dichterbij, in de duisternis die boven de Eems hangt, gaan op de navigatieboeien rode en groene lichten aan en uit. Liewe schuift de gordijnen dicht om het niet te hoeven zien. Hij luistert het gesprek met Lattewitz af dat hij heimelijk heeft opgenomen op zijn telefoon, kijkt onderwijl de foto's door die hij in zijn huis gemaakt heeft.

Voor hij naar bed gaat schuift hij toch het gordijn nog even open. Het regent op de Eems. Het licht van de vuurtoren van Borkum flitst tegen de hemel, alsof er onweer op komst is.

31

Borkumer Zeitung. 30/09/15. 07:00
Lattewitz met rechercheur BPOL naar Eemshaven vertrokken. Eilandpolitie: verdrinking was ongeluk. Lichaam Smyrna nog altijd in Nederland. In Memoriam Smyrna in Epaper en OZ. #wadlopen #Borkum #Smyrna @Wattewitz @WattAron

32

Het is de laatste dag van september en de dageraad laat op zich wachten in Termunterzijl. Voor Henk van de Wal zijn uniform aantrekt om naar de brigadepost te gaan maakt hij met zijn hond zijn dagelijkse tocht door het dorp naar de zeedijk. Het is een jonge enthousiaste rottweiler, een sterke hond die hij iedere ochtend in alle vroegte aan de riem meevoert tot hij hem op de dijk bevrijdt en laat loslopen terwijl hijzelf over de Dollard kijkt en de krachtige geur die van het estuarium afslaat diep opsnuift.

Van de Wal heeft een onrustige nacht achter de rug, waarin hij om de haverklap wakker schrok en lag te luisteren in het donker, maar nu hij de pittige kou van het najaar voelt en het in het oosten begint te dagen, kalmeert hij enigszins. En als hij de hond blij de dijk op ziet stormen, is het alsof de knoop in zijn maag losschiet en een nieuwe energie zich door zijn lichaam verspreidt.

'Ja!' zegt hij. Met twee treden tegelijk beent hij de brede betonnen trap op naar de rug van de deltadijk. En op het moment dat hij bovenkomt, en het wijde uitzicht over de Dollard zich voor hem ontvouwt, moet hij zijn ogen sluiten tegen de opkomende zon die hem in het gezicht schijnt. Hij snuift nogmaals de geur van het wad op, wendt zijn gezicht af van de zonsopgang, doet zijn ogen open en kijkt naar het zuiden, waar juist een dichte troep kanoeten zich losmaakt van het buitendijkse land van de Punt van Reide. Van de Wal kijkt een tijdje naar de wisselende vormen die de zwerm aanneemt tegen de ochtendhemel. Hij herkent iets van zichzelf in het zoekende gedwarrel van die vogels, onrustig als ze zijn door het naderend moment dat ze de trek zullen ondernemen langs de kust naar het zuiden van Europa. De vlucht vogels stijgt hoog op, daalt dan plotseling tot vlak boven zee en krijgt richting, alsof een van hen heeft besloten welke kant op te vliegen en alle andere vogels achter hem aan gaan.

Van de Wal volgt de zwerm die voor hem langs onderaan de dijk voorbij komt, op weg naar de zandplaten tussen Delfzijl en de Eemshaven, de plek waar het lijk van de Duitse wadloper is gevonden. En dan blijft zijn blik steken. Want daar, pontificaal op de Oterdumer Reede, nog geen honderd meter van de dijk, ligt de BP25, het kustwachtschip van de Bundespolizei. Het lage najaarslicht van de zonsopgang begint het schip kennelijk op te warmen want een gouden damp slaat van haar boeg en opbouw af, als van een groot wachtend dier in het eerste licht van de dag. De ebstroom heeft het schip weer met de boeg stroomop naar de Eems gedraaid zodat ze haar achterwerk naar de haveningang van Delfzijl gekeerd heeft.

'Wel godverdomme,' fluistert Van de Wal. 'Het zal toch niet waar zijn? Het zal toch godverdomme niet waar zijn?' Hij pakt zijn telefoon, maar weet niet wie te bellen, maakt dan maar een foto van het schip, schudt zijn hoofd en zegt: 'Het zal toch niet...'

Dan roept hij zijn hond, die met gespitste oren aan komt rennen, maakt hem resoluut vast aan de lijn en sleurt hem mee de dijk af naar beneden. Terug naar zijn huis, naar zijn uniform, naar zijn auto, naar de brigadepost.

33

Ostfriesen-Zeitung

In Memoriam Klaus Smyrna
door: Pauline Islander

Wie het leven van Klaus Smyrna in één beeld wil samenballen, ziet een kortademige, astmatische jongen in gevecht met het water als Don Quichotte met de molens; als duiker, als langeafstandzwemmer, maar ook gewoon als badmeester in zijn woonplaats Lübeck. In de nacht van 27 op 28 september heeft hij dit gevecht voor het eerst, en daarmee gelijk ook voor altijd, verloren. Het gebeurde op het wad, de zee die hij tegelijk vreesde en liefhad. Smyrna is daar door zijn grote tegenstrever overwonnen en meegenomen.

De eerste kennismaking van Klaus Smyrna met water was een paar dagen na zijn geboorte, in 1972, toen hij in de Dom van Bremen als Nicolaus Josephus Smyrna gedoopt werd. Al gauw werd duidelijk dat de kleine Klaus last had van kortademigheid en allergieën. Twee keer moest hij halsoverkop naar het ziekenhuis vervoerd worden om weer op adem te komen – de eerste keer als klein kind toen hij een pinda had opgegeten, en de tweede keer toen hij op een kinderfeestje in een hooibaal terecht was gekomen. Regelmatig moest hij school onderbreken om te gaan kuren, wat hij deed op het Waddeneiland Juist of in het hooggebergte van Zwitserland.

De jonge Smyrna, die door deze omstandigheden in een isolement opgroeide, ging niet bij de pakken neerzitten, maar zocht een uitweg in sport, voornamelijk als zwemmer. *Voor mij werd het water het symbool van alles waar ik mee te kampen had*, zei hij ooit in een interview met de *Weser Kurier*. *Het water viel samen met mijn ademnood, en het zwemmen was mijn manier om die vijand, die me op elk moment kon belagen en insluiten, het hoofd te bieden. Het werd een obsessie, ik dacht alleen nog maar aan zwemmen, alles moest ervoor wijken, vooral de school, al die droge lessen die zich afspeelden in die benauwde stoffige lokalen.*

Een wedstrijdzwemmer zou hij nooit worden, hij bleef te kortademig om in de top mee te kunnen doen. Maar vreemd genoeg bleek zijn astma een groot voordeel te zijn toen hij, als jongvolwassene, leerde scubaduiken. *Ik kon met heel weinig zuurstof toe*, zei hij in hetzelfde interview met de *Weser Kurier*. *De instructeur kon het vaak niet geloven hoe weinig ik gebruikt had als ik mijn fles inleverde. Het was natuurlijk een sliepuit naar mijn astma, dat ik gewoon kon duiken zonder dat ik in ademnood kwam.*

Smyrna werd een bedreven duiker, die regelmatig boven de eilanden op wrakken dook.

Maar zijn grootste ambitie was toch de Beltquerung te zwemmen, zonder hulpmiddelen, alleen, op eigen kracht. Het werd een levensdoel waar hij bijna alles voor opzijzette. Daar, op de oever van de zeestraat tussen Duitsland en Denemarken, ontmoette hij op een van zijn trainingsweekenden zijn latere vrouw Hedda Lutz, die werkt bij Scandlines, de rederij die de veerdienst op de Belt onderhoudt. Gesteund door sponsoring van de rederij slaagde Smyrna er uiteindelijk in zijn droom waar te maken. Hij volbracht de Beltquerung, op eigen kracht, niet alleen van Duitsland naar Denemarken, maar een dag later ook weer terug; een bijzondere prestatie.

Klaus en Hedda trouwden en ze kregen twee kinderen. Klaus werd badmeester in Lübeck.

Reinhard en Lattewitz leerde hij kennen doordat zijn vrouw een jeugdvriendin was van de echtgenotes van beide wadlopers. *Alles van het wadlopen strookt met hoe ik in elkaar steek*, betoogde Smyrna in zijn voorwoord van *Wadlopen, van Helsdeur tot Duivels Hoorn*, het boek dat hij met Reinhard en Lattewitz schreef. *De bevrijdende afwezigheid van water, al is het maar voor de duur van één tij, en in die korte tijdspanne daar dan je weg te vinden: dat is mijn leven in een notendop.*

In Klaus Smyrna verliest Duitsland niet alleen een wadlooppionier, maar ook een karaktervolle optimist die laat zien dat een handicap een succesvol leven niet in de weg hoeft te staan.

34

'Hoever ben je?' Van de Wal valt met de deur in huis als hij Anne-Baukje bij de waterkoeler aantreft. Ze schiet in de lach. Ze kan er niets aan doen.

'Heb je niet gezien wat er aan de hand is?' valt hij beledigd uit. 'Ze hebben een patrouilleschip voor de haven gelegd.'

Anne-Baukje schudt haar hoofd. 'Ik weet niet waar je het over hebt, ik heb echt geen idee.'

Van de Wal maakt een gebiedende hoofdknik naar zijn kamerdeur en gaat haar voor naar binnen. Hij houdt zijn regenjas aan, gooit zijn pet op tafel en dan vertelt hij ijsberend over de Bayreuth op de Oterdumer Reede. Hij laat haar zelfs de foto zien die hij van het schip gemaakt heeft.

'Dus vandaar mijn vraag,' zegt hij, 'hoever zijn we?'

'Met het onderzoek naar Smyrna...?'

'Ja. Hoe is hij daar terechtgekomen? Was hij aan het wadlopen op De Hond, om maar wat te noemen? Iedereen gaat er maar klakkeloos van uit dat hij is aangespoeld, omdat de Duitsers dat zeggen.'

'We zijn nog nergens,' zegt Anne-Baukje. 'Wortelboer komt vanmorgen met zijn rapport, en dan zal de politie er wel een team op zetten en die zullen dan toch echt naar Duitsland moeten.'

'Ik wil dat jij betrokken blijft,' zegt Van de Wal. Hij houdt de pas in en blijft roerloos staan, blik naar het uitzicht. 'Let op mijn woorden: tot er een bevredigend antwoord is hoe hij op De Hond beland is, gaat meneer Smyrna nergens heen.'

Anne-Baukje wil iets zeggen, maar slikt het in. 'De echtgenote van Smyrna komt zo naar het ziekenhuis,' zegt ze dan.

‘Waarom?’ De brigadecommandant kijkt Anne-Baukje geschrokken aan, maar ontspant als hij zich realiseert dat het haar om haar man te doen is. ‘Ach natuurlijk,’ zegt hij. ‘Vang jij haar op? Je kan haar koffie geven, eventueel iets te eten. Kan je gewoon declareren.’

Anne-Baukje is onderweg naar het ziekenhuis als Liewe belt. Hij zegt dat hij weer in Delfzijl is en Wortelboer graag zou spreken. ‘Ik ben net naar hem onderweg,’ zegt ze. ‘Smyrna’s vrouw komt zo langs. Misschien kan je erbij zijn, mijn Duits is niet bijzonder. Maar laat maar achterwege dat je van de Duitse politie bent.’

Hedda Lutz is nog niet gearriveerd als de twee rechercheurs elkaar bij de ingang van het ziekenhuis treffen en samen op zoek gaan naar de patholoog. ‘Wortelboer is een toneelspeler,’ zegt Anne-Baukje, ‘ik waarschuw je maar alvast. Er is soms geen zinnig woord met hem te wisselen.’

Maar Wortelboer heeft weinig tekst vandaag. Hij zit achter zijn computer en tikt de laatste regels van zijn rapport.

‘Dit proza...’ gromt hij.

‘Zijn vrouw komt zo,’ zegt Anne-Baukje, ‘kunnen we voor die tijd...’

‘*Give me some breath, woman*,’ zegt hij, ‘*some little pause*.’ Hij tikt wat in en gaat dan achterover zitten. ‘*Breath*,’ zegt hij en hij zet zijn bril af. ‘Je hebt geen idee hoe vaak Shakespeare dat woord gebruikt. *Clarence still breathes... cannot be quiet scarce eh... cannot be... eh breath...*’ Hij zwijgt geïrriteerd, tikt de laatste woorden in, klikt met zijn muis, staat op en loopt naar de printer die begint te zoemen.

‘Geef even voor mijn collega en mij jouw reconstructie, nu je het toch over adem hebt,’ zegt Anne-Baukje. ‘Dit is Liewe, een eh... collega.’

‘Liewe... Anne-Baukje... wat, hebben de Friezen de marechaussee overgenomen?' zegt Derk. Hij pakt het rapport uit de printer, tekent de verschillende exemplaren en overhandigt er een aan Anne-Baukje.

'Loop maar even mee,' zegt hij en hij gaat ze voor naar het mortuarium waar Smyrna als een kleine gedrongen welving onder zijn laken ligt. 'We hebben hem al een beetje toonbaar gemaakt. Maar kijk...' Wortelboer slaat het laken weg tot aan de sleutelbeenderen, 'hij is niet verdronken. Ik denk dat hij al in ademnood was voor hij in het water terechtkwam. Maar geen verwurging of iets dergelijks: geen sporen op de hals, niks mis met het strottenhoofd. Ook niks in de keel gevonden. Geen hartaanval.'

'Hij was een astmaticus,' zegt Liewe.

'Juist,' knikt de patholoog. 'Maar ook dan zal er toch iets geweest moeten zijn wat een aanval op gang heeft gebracht.'

Smyrna ligt er vredig bij nu, het goede oog gesloten, het beschadigde oog afgedekt met een piratenlapje.

'Zijn makker zei dat hij schreeuwde voor hij verdronk,' zegt Liewe.

'Dat zal hijzelf dan wel geweest zijn,' zegt Derk. 'Smyrna had geen adem genoeg, die schreeuwde niet meer. Hier, dat oor, we hebben het nu een beetje toegedekt, maar daar is een fikse onderhuidse bloeding, daar is een harde klap tegenaan gegeven, de splinters zaten er nog in.'

'Wadlopers hebben een peilstok,' zegt Liewe. 'U hebt de splinters nog?'

Derk kijkt Liewe een tijdje recht aan. Liewe kijkt rustig terug. Zo staan ze even.

'Deze was hier nooit eerder, wel?' zegt Wortelboer terwijl hij Liewe blijft aankijken. 'Je haalt hier allemaal vreemd volk over de vloer, Anne-Baukje. Allemaal Friezen, eerst die Geeske, nu deze Liewe.'

'Iedereen wil jou zien, Derk,' zegt Anne-Baukje. 'Tol van de roem. En meneer Cupido is geen Fries. Hij is een eilander.'

'Natuurlijk heb ik die splinters nog,' zegt Wortelboer tegen Liewe. 'Maar of die klap hem de das heeft omgedaan... ik denk het niet.'

'Hoe laat is hij overleden?'

'Kan ik niet zeggen,' zegt Wortelboer terwijl hij het laken weer over het gezicht drapeert. 'Ergens in die nacht.'

'Speelde u ooit in *Wachten op Godot?*'

Wortelboer recht verrast zijn rug. 'Zeker,' zegt hij. 'Ik was Vladimir. Heb je dat gezien, dan?'

Liewe glimlacht. 'U was groots,' zegt hij.

Wortelboer, die begrijpt dat hij zich heeft blootgegeven, gromt goedmoedig.

'Wat wil je weten?' zegt hij.

'Komt er iets in voor over onwetende apen?'

De patholoog begint te lachen. Hij buigt zich naar Liewe toe, tot hun neuzen elkaar bijna raken. '*People are bloody ignorant apes*,' fluistert hij.

'*Er is niets aan te doen*,' citeert Liewe, die onbewogen terug kijkt.

'*Nothing to be done*,' beaamt Derk. '*All my life I've tried to put it from me, saying Vladimir, be reasonable, you haven't yet tried everything, and I resumed... eh... I resumed... with the struggle...?*'

'Juist,' zegt Liewe. Hij kijkt neer op het laken.

'*Heb ik lang geslapen?*' zegt hij.

'*Ik weet het niet*,' zegt Wortelboer.

Liewe knikt. Hij denkt na. '*Wat doen we hier?*' zegt hij dan.

'*Dat is de vraag*,' valt Wortelboer in. Hij lacht, en Liewe glimlacht mee. 'Ik moet eigenlijk even bellen,' zegt hij dan.

Wortelboer schudt zijn hoofd, in verwarring gebracht.

'Nee, nee,' zegt Liewe, 'geen Beckett meer, echt bellen.'

'Zijn jullie zover?' vraagt Anne-Baukje, die niets van dit gesprek begrepen heeft. 'Volgens mij hoor ik zijn vrouw komen.' Ze kijkt naar de deur van de sectieruimte, die wordt opengeduwd. Een brancardier stapt binnen en houdt de deur open voor een kleine, tengere vrouw met kort rood haar en een groen leren jack. Ze blijft staan als voor een waterkant, kijkt roerloos naar de rechercheurs en de patholoog en dan naar de tafel waar haar man is teruggebracht tot een paar contouren in een wit laken, contouren die ze als geen ander kent.

'Hij is het,' zegt ze.

35

'Lothar, je spreekt met Liewe. Zijn we al wat verder?'

'Nee, Rademacher heeft wel naar je gevraagd, er is iets gevonden op zee, maar daar weet ik het fijne niet van. Een jacht vol hasj, heeft hier niks mee te maken. Zal ik zeggen dat je vanmiddag terug bent?'

'Morgenochtend, vanavond misschien.'

'Rademacher zal het wel overgeven aan Brock.'

'De officier in Aurich?'

'Ja, het is zijn gebied.'

'Dan zijn wij er klaar mee.'

'Toch maar even doorgaan, Liewe. Brock zal eerst proberen Smyrna hier te krijgen, maar dat gaat natuurlijk niet lukken. En dan zal hij wel een arts naar Delfzijl sturen.'

'We zijn een week verder voor de boel op gang komt, dus.'

'Hoe is Delfzijl?'

'De weduwe is er. Ze wil hem desnoods zelf meenemen naar huis, ze ziet ook wel dat het niks wordt hier. Ze zei dat ze in Delfzijl blijft tot het zover is.'

'Hoe was het met haar in het mortuarium?'

'Zoals die dingen gaan.'

'En nu?'

'Ze doet communicatie bij Scandlines, kent veel journalisten. Die gaat niet weg tot heel Duitsland weet wat er aan de hand is.'

'Weet ze wie je bent?'

'Een Hollander.'

'Goed zo. En Lattewitz?'

'Lattewitz spreekt de waarheid niet. Zijn reconstructie van de gesprekken op het wad kwam rechtstreeks uit een toneelstuk dat hij net gezien had.'

'Hoe bedoel je?'

'Hij had *Wachten op Godot* gezien in Hamburg, het kaartje lag nog op zijn schoorsteenmantel. Dat verhaal over Smyrna en wat hij allemaal zei: rechtstreeks van de planken. Ik heb het opgenomen, in de auto onderweg naar Aurich. Goed geheugen die man, angstig. Hij slikt lithium.'

'Wat denk je? Heeft hij het gedaan?'

'Ik weet het niet. Alles loopt door elkaar in dat hoofd. Ik denk dat hij niet eens weet dat het niet klopt wat hij zegt. De weduwe noemde Smyrna's noten- en pinda-allergie, dat hij iets verkeerds gegeten kan hebben. Maar het leek haar onwaarschijnlijk. Lattewitz had het wel over een energiereep in het verhoor op Borkum, herinner ik me nu.'

'En?'

'Smyrna controleerde alles wat hij at, dus dat lijkt me ook onwaarschijnlijk.'

'En waar is de weduwe nu?'

'Ze wilde het mortuarium niet uit, wilde bij hem blijven zitten. Uiteindelijk ging ze toch, om te bellen. Ik denk dat we nog wel meer gaan horen.'

'En wie doet het onderzoek daar?'

'Ik praat hier met iemand, maar haar chef is...'

'Van de Wal.'

'Ken je die?'

'Jaja, hol vat, blaaskaak, onbenul.'

'Wat ga je nu doen?'

'Eerst die jongen aan de grens, dan Greetsiel. De journaliste had een visser gezien die op het wad was toen het zich allemaal afspeelde. Daar wil ik langs.'

'Je kan de zaak ook gewoon aan Aurich overlaten.'

'Ik laat die Lattewitz in de tussentijd liever niet z'n gang gaan.'

'Waarom?'

'Ik zie iets over het hoofd.'

'Ben je bang dat er meer ongelukken gebeuren?'

'Mogelijk.'

36

Tegen het middaguur verlaat Van de Wal de brigadepost om naar de haven te gaan. De eerste van de nieuwe patrouillevaartuigen kan ieder moment binnen varen. Het is een gewichtig moment, maar Van de Wal heeft moeite zijn gedachten los te maken van het tafereel van de Bayreuth op de Oterdumer Reede dat hem sinds de ochtend is blijven achtervolgen.

'Het begin van een nieuw tijdperk, Annelies,' zegt hij tegen zijn officemanager die met hem meeloopt naar de haven, in een poging om de aanwezigheid van de Duitse collega's voor de havenmond uit zijn hoofd te zetten.

'Ik denk dat iedereen het oude schip wel zal missen,' zegt Annelies. 'Zoiets hoor ik de mensen zeggen, tenminste.'

'We moeten niet in het verleden blijven hangen, Annelies. Dit ding kan 80 kilometer per uur. De mariniers hebben hem ook. Binnenkort zijn we de snelste op het wad.'

De nieuwe boot is al binnen gelopen als ze het haventerrein op komen. Waar gisterochtend nog de RV180 boven de omliggende jachten uittorende, dobbert nu, klein en onopvallend, het begin van het nieuwe tijdperk. Meer dan een opgetuigde Rhib is het niet: een speedboot met een stuurhutje erop, vijf stoelen erin, een plek om koffie te zetten, een open achterdekje, een luchtkussen rondom, dat was het wel. De leverancier staat er op de kade bij te glimmen. Hij geeft de brigadecommandant een hand.

'Dit is haar dan,' zegt hij. 'Mag ik u gelukwensen?'

Van de Wal, die het vaartuig alleen nog gezien had in brochures, waarin ze zeer voordelig was gefotografeerd, kan zijn teleurstelling maar moeilijk verbergen. 'Ik dacht dat ze wat groter zou zijn,' zegt hij.

'Het is het begin van een nieuw tijdperk,' zegt de leverancier. 'We zijn ermee van Den Helder gekomen vanmorgen, we hebben haar eens flink laten blazen en het is een monster, hoor. De mariniers zijn er ook heel wijs mee. Maar die hebben die stuurhut er niet op. Die schrikken nergens voor terug, weer of geen weer.'

Van de Wal knikt. Hij haalt diep adem en recht zijn rug.

'Laten we een stukje varen,' stelt hij voor. Hij stapt aan boord en neemt plaats naast de schipper. De stoel veert een beetje, alsof ze al op zee zijn. Hij laat zijn blik over de meters en beeldschermen gaan. Dan slaat de motor aan en voert er een donkere siddering door het scheepje.

Van de Wal knikt. 'Lekker,' zegt hij.

Kort gehouden door de snelheidsbeperking in het smalle Zeehavenkanaal vaart het patrouillevaartuig naar de havenmond. De eerste vijfhonderd meter praat de leverancier nog honderduit, maar dan is hij door zijn stof heen en luistert iedereen aan boord in stilte naar het gegrom dat ergens onder hen uit het kleine vaartuig opstijgt. Met elk klein stootje gas dat de schipper geeft worden de opvarenden in hun stoelen gedrukt. En als ze aan het eind van het kanaal aan de bocht naar de Eems begint, en het Oosterhoofd dat het zicht op de Oterdumer Reede ontnam langzaam van rechtuit naar stuurboord verschuift, komt de Bayreuth in beeld. Ze ligt helder in de najaarszon, met haar boeg naar de havenmond.

'De collega's,' zegt de schipper. 'Geen idee wat ze daar doen.'

'Gas!' zegt Van de Wal, en terwijl de motor begint te loeien, de boeg zich verheft en hij in zijn stoel wordt gedrukt, kijkt hij opzij om te zien hoe het Duitse schip kleiner en kleiner wordt.

Het gaat erg hard, de klappen van de golven tegen de bodem laat de stoelen deinen. Niet iedereen vindt het even prettig maar als na tien minuten de pieren van de Eemshaven in zicht komen is het alweer bijna voorbij.

'Laten we omkeren,' zegt Van de Wal. En dan, alsof hij een besluit neemt: 'Ik zou graag zelf eens een stukje varen, schipper. Vind je dat goed?'

De schipper aarzelt.

'Ik heb mijn Vaarbewijs II,' zegt Van de Wal, en, als hij ziet dat de schipper zich nog geen raad weet met deze hoogst ongebruikelijke schending van protocol: 'Ik kom uit een familie van vissers. Ik ken dit water beter dan wie ook.'

Even later heeft Van de Wal aan het roer plaatsgenomen en zit de schipper gespannen naast hem. Hij vaart de geul uit en volgt met een blik op de dieptemeter de oever van de zandbank De Hond, die met het opkomend tij langzaam onderstroomt. De bodem loopt op naar anderhalve meter diepte, maar Van de Wal, die het gebied inderdaad erg goed lijkt te kennen, houdt voldoende afstand tot de ondiepte.

'Maak je geen zorgen, schipper,' zegt hij. 'Altijd een handbreedte onder de kiel. Kijk...' Hij knikt naar stuurboord. 'Hier is die wadloper gevonden.'

Het gezelschap kijkt opzij, naar waar de grijze modder van de bank zich uitstrekt tot vlak onder de zeedijk. Niets herinnert aan de tragedie die zich hier een paar dagen geleden heeft voltrokken, het tij heeft alle sporen uitgewist. Van de Wal neemt gas terug en tuurt. Het grijze vloedwater dat van open zee binnen stroomt, rimpelt en schuimt over het slib, kraaien scharrelen rond tussen de mosselbanken. Dan geeft hij gas en koerst van de zandbank weg, terug naar de geul. Het vaartuig verheft zich uit het water, duwt aan beide kanten boegwater op dat zich in een kortstondige branding op De Hond stort en dan weer tot rust komt. Van de Wal ziet het gebeuren in de achteruitkijkspiegel buiten de stuurhut, knikt en kijkt voor zich.

'Ik vaar naar de rede als je het goed vindt, schipper,' zegt hij, 'dan vaar jij haar naar binnen.'

De schipper, die heeft gezien dat Van de Wal inderdaad goed vertrouwd is op de Eems, ontspant enigszins en knikt. Nu ze het tij meehebben vaart het rustiger, het scheepje zweeft bijna boven het wateroppervlak. De motoren grommen goedmoedig, de lage zon zet de zee in een zilverachtig licht. Dan doemt in de verte de Bayreuth op. Van de Wal sombert in, staart zwijgend over de boeg, geeft wat meer gas.

'Verdomme,' zegt hij.

'Waarom liggen ze daar?' zegt de schipper. 'Oefening? Iets gezamenlijks?'

Van de Wal schudt zijn hoofd.

'Ik ga het hier weer van je overnemen,' gaat de schipper door, 'je kan hier afsnijden naar de PS2, die boei daarginds, zie je wel?'

Maar Van de Wal mindert geen vaart en snijdt niet af. Hij koerst recht op de Duitse kustwacht af.

'Henk, je moet stoppen,' zegt de schipper, nu met verheffing van stem.

'Ze liggen in Nederland,' zegt Van de Wal. 'Ik heb alle recht, ik heb de plicht om...'

'Henk, stoppen, nu!' De schipper pakt de gashendel en trekt hem terug. De motor verstomt, de boeg daalt, maar Van de Wal stoot de gashendel weer naar voren en het scheepje springt vooruit, recht op de boeg van de Bayreuth aan. De brigadecommandant, verrast door de kracht waarmee ze weer op gang gekomen is, draait hard aan het stuur om de Bayreuth te ontwijken, maar het is te laat. Vervaarlijk naar bakboord kapseizend knalt het scheepje met volle vaart zijdelings tegen de boeg van het Duitse patrouilleschip op. De opvarenden tuimelen schreeuwend uit hun stoelen en met een diepe flapperende zucht ontsnapt aan stuurboord de lucht uit de luchtband.

Een ogenblik blijven de opvarenden, die kriskras door de stuurhut verspreid zijn geraakt, in stilte liggen. Maar zodra duidelijk is dat het scheepje zich weer stabiliseert en er niet nog een klap volgt, krabbelt iedereen overeind. Van de Wal wankelt naar het open achterdek. Hij heeft zijn hoofd gestoten, en er stroomt bloed langs de zijkant van zijn gezicht. Hij zoekt met zijn rechterhand steun bij de stuurhut en buigt zich overboord, in een impuls om over te geven. Maar als een duizeling hem bevangt en hij over de leeggelopen band overboord dreigt te vallen, komt hij weer overeind. Pas dan dringt het tot hem door dat zijn patrouillescheepje tegen de Bayreuth aan ligt. De blauwe romp van het grote schip rijst steil en ongeschonden naar de blinkend witte brug. Met zijn hoofd in de nek ziet Van de Wal hoog boven zich een rij Duitse kustwachten in uniform langs de reling, die zwijgend op hem neerkijken.

37

Van: Liewe Cupido
Aan: Jan-Arend Stoet
30/09/15 11:30

Onderwerp: dringend verzoek

Geachte heer dr. Stoet, beste Jan-Arend,

Misschien herinnert u zich mij, ik ben de zoon van uw gepensioneerde collega dr. Anna Cupido Uelsen, we hebben elkaar bij haar afscheid aan het NIOZ gesproken. Ik ben de Duitse politieagent.
Ik herinner me dat u als marien geoloog onderzoek doet naar stof-, klei- en zanddeeltjes op de zeebodem. U vertelde dat alle korreltjes, hoe klein ook, de eigenschappen dragen van hun herkomst, een handtekening als het ware, een vingerafdruk. Als ik het me goed herinner hebt u me ook verteld dat de geologische handtekening van de kleideeltjes die van nature op het wad voorkomen na jarenlang onderzoek in het gebied weinig geheimen meer voor u heeft.
Om redenen die ik u graag bij gelegenheid uit de doeken zal doen ben ik langs deze informele weg dringend op zoek naar de herkomst van een klein sample klei- en zandkorreltjes. Het sample is afkomstig uit het oor van een overleden wadloper die is aangetroffen op een zandbank in de Eemsmonding. Ik heb het sample met een koerier naar u toe gestuurd, met de uitdrukkelijke opdracht dit u persoonlijk te overhandigen.
U zou me een bijzonder groot plezier doen als u bereid zou zijn dit sample met spoed te bekijken. Ik ben erg benieuwd of het homogeen

Eemsmondingsediment is, of dat er andere herkomsten in te ontdekken zijn.
Weest u ervan overtuigd dat ik reikhalzend uitkijk naar de uitkomst van uw onderzoek.

Recht hartelijk groet u,
met de meeste hoogachting,
Liewe Cupido Uelsen

Van: Jan-Arend Stoet
Aan: Liewe Cupido
30/09/15 13:04

Onderwerp: Re: dringend verzoek

Ha Liewe,

Natuurlijk herinner ik me jou. We hebben nog een hele tijd gepraat over de nieuwe methodes uit mijn vakgebied die de forensische opsporing kan gebruiken.
Ik kom je moeder nu en dan tegen in de supermarkt. Zwijgzaam maar minzaam als altijd. Als de kersen bloeien maken veel eilanders een omweg langs haar tuin, wist je dat? Heel bijzonder.
Ik heb het monster dat je me gestuurd hebt nog niet gekregen, maar dat zal ongetwijfeld vanmiddag aankomen. Het is een macaber maar tegelijk ook intrigerend verzoek dat je me doet, Liewe. Om eerlijk te zijn popel ik om je te helpen. Er is vanavond toevallig wat lab-tijd vrij, dus ik ga er na werktijd mee aan de slag. Vandaag nog.
Mocht er sediment tussen zitten uit een andere geologische 'provincie' dan de pleistocene Eridanos die in het noorden van ons beider landen wordt aangetroffen, dan zal ik dat zeker (alleen al aan de kleur) kunnen constateren.

Naast mineralogie kun je op basis van iets ingewikkelder metingen van bijvoorbeeld radiogene isotopen (Sr, Nd, Hf) nadere verschillen zien tussen de verschillende systemen in Noordwest-Europa. Mocht ik iets aantreffen waarvan ik de herkomst niet kan bepalen, dan kan ik altijd hulp inroepen van een collega in Engeland die naast zijn universitaire werk een Crime Scene Investigation-bedrijfje is begonnen.

Ik meld me meteen als ik meer weet.

Hartelijke groet,
Jan-Arend

38

Met een bezwaard hart rijdt Liewe Delfzijl uit. Hij had Hedda Lutz nog verder willen spreken, kijken waar ze mee gekomen zou zijn als hij haar zou hebben gevraagd naar haar man voordat hij het wad op ging, hoe ze uit elkaar gegaan waren. Maar ze zou al snel hebben doorgehad dat hij niet de Hollander was zoals hij zich voordeed. Dus dat moest wachten, als het er al ooit van kwam.

Onderweg speelt hij nogmaals het gesprek af dat hij met Lattewitz had. Hij luistert naar waar hij aarzelt, probeert zich te concentreren op wat hij niet zegt. Niets meer over de verschijning van zijn vrouw, de aarzeling als hij vraagt naar Smyrna's laatste woorden. Er zijn een paar vragen waar hij geen antwoord op geeft, net als in het verhoor op Borkum, net als op de vuurtoren, net als op het schip.

'Zoek de stiltes,' zei Mathilde Wachter bij het eerste onderzoek waaraan hij na zijn opleiding als assistent meewerkte. 'Daar vind je de patronen.'

'Ik weet alles van stilte,' had hij geantwoord, maar pas na een tijdje.

Ze was zijn mentor; een kleine babbelzieke vrouw van de Hunsrück, schor van het roken, waxcoat om haar kleine schouders, nergens bang voor, tientallen jaren lang rechercheur in Trier. Toen ze vlak voor haar pensioen aan longkanker overleed, vorig jaar, hadden ze hem goddank niet gevraagd iets te zeggen bij de uitvaart.

Aan de grens, waar de controles weer zijn opgeheven, zet hij de auto aan de kant en vraagt naar Xander Rimbach. Rimbach is binnen, Liewe kan doorlopen.

De jonge politieagent zit aan zijn bureau en ziet er ongelukkig uit. Als Liewe bij hem komt staan, kijkt hij op alsof hij uit een droom ontwaakt. Hij staat op.

'Ik zag u met die man, die wadloper in de auto,' zegt hij op gedempte toon, 'en ik zag zijn rugzak, en eh... kunnen we misschien even naar buiten?' Hij kijkt op de klok die boven de deur hangt.

Liewe knikt. 'Ik heb uw man even nodig,' zegt hij tegen de bureauchef en met een vaderlijke hand op zijn schouder dirigeert hij hem naar buiten.

Eenmaal buiten leeft Rimbach op. 'Ik wil u wat laten zien,' zegt hij en hij versnelt zijn pas naar de parkeerplaats. 'Hier tegenover, op het Nederlandse pompstation, heb ik in de container een rugzak gevonden die er precies zo uitzag als die van die man die u in de auto had. Ik heb gehoord van die zaak en ik dacht: Misschien hebt u hier iets aan.' Hij aarzelt. 'Maar misschien ook niet...'

Hij opent de achterklep van een klein autootje, schuift twee laarzen opzij en daar staat de rugzak die hij daags tevoren tijdens zijn lunchpauze over de snelweg heeft meegenomen en in zijn auto heeft weggeborgen. 'Ik heb het niet aan mijn chef gemeld, ik wist niet goed hoe hij het op zou nemen dat ik tijdens lunchpauzes afvalbakken aan het afschuimen ben.'

'Heb je gezien wie hem in de container heeft achtergelaten?'

'Er reed een kleine witte auto de snelweg op, maar die was te ver weg om het goed te kunnen zien.'

'Duits kenteken?'

Xander Rimbach haalt zijn schouders op. 'Het spijt me,' zegt hij.

'Kentekenplaat geel of wit?'

'Wit.'

'Type auto?'

Rimbach kijkt ongelukkig. 'Niet zeker,' zegt hij. 'Ford misschien. Polo. Kia. Ik weet het niet.'

Liewe kijkt naar de rugzak, dan naar Rimbach.

'Als dit de rugzak is van een verdronken wadloper,' zegt Liewe, 'wat valt je dan op?'

'Hij is droog,' zegt Rimbach meteen. Kennelijk heeft hij er al over nagedacht.

'Heb je hem al opengemaakt?'

'Nee.'

'Goed werk,' zegt Liewe.

Xander glimlacht ongemakkelijk. 'Ik verveel me hier,' zegt hij.

'Ik ga je chef vragen of ik je even lenen kan,' zegt Liewe en als hij Rimbachs aarzeling ziet: 'Of heb je soms wat beters te doen?'

39

Die ochtend had, een uur voor de schoolbel ging, de rector van het gymnasium Lattewitz opgebeld. Om te informeren hoe het met hem ging en als hij daar aanleiding toe voelde hem aan te raden een week vrijaf te nemen om bij te komen.

Die aanleiding voelde hij. De leraar aardrijkskunde maakte een onsamenhangende indruk. De rector, Günther Kluntje, kon er niet precies de vinger op leggen wat het precies was dat hem verontrustte, maar Lattewitz was zichzelf niet.

'U kunt gerust een week vrij nemen van de last van het werk,' zei Kluntje. 'Even de rust om tot uzelf te komen.'

'Ik moet de boel inderdaad weer op een rijtje krijgen voor ik de leerlingen weer onder ogen kom,' zei Lattewitz. 'Het heeft me wel aan het denken gezet, allemaal.'

'Dat kan ik me voorstellen,' zei Kluntje.

'Is dat zo?' vroeg Lattewitz. Hij klonk verbaasd.

'Misschien ook niet,' gaf Kluntje toe. 'Neem me niet kwalijk.'

'Het is een beetje alsof je na tientallen jaren terugkeert in het huis van je jeugd,' zei Lattewitz, 'of op de lagere school van vroeger. Of het kan alleen een geur zijn die je terugzet, in het huis van je grootouders bijvoorbeeld. Dan komt het verleden opeens langszij, alsof er geen tijd verstreken is.'

Günther Kluntje wist niet meteen hoe op deze ontboezeming te reageren. 'Het gaat je vast niet in de koude kleren zitten, Peter,' zei hij. 'Heb je wel kunnen slapen?'

'Het geheugen is eerder thematisch dan chronologisch georganiseerd,' ging Lattewitz door. 'Tijdschalen kunnen schuiven, een beetje zoals bij de rekenliniaal van vroeger, weet je nog? Ik wist dat natuurlijk wel, maar dat het zo sterk zou kunnen zijn, dat toen Smyrna ging Helen opeens langskwam, begrijp je? Ik moet misschien het lesprogramma omgooien, maar daar hebben we het nog wel over.'

'Is er iemand bij je?' vroeg de rector, maar Lattewitz had al opgehangen.

Ruim twee uur heeft hij in de bus gezeten van Aurich naar Manslagt, zwijgend aan het raam, blik op de horizon. Eerst Emden en vandaar naar Manslagt, waar hij uitstapte. De laatste kilometers naar Nienhof heeft hij moeten lopen, het dorp uit, om hem heen de kale akkers van oktober, de lege weilanden. Links in de verte rees de vuurtoren van Campen boven het omliggende vlakke land uit. Hij zette de kraag van zijn jas op en liep stevig door.

Op het erf van Nienhof zag hij de waardin Gundula met een emmer uit de stal komen. Ze bleef staan toen ze hem zag. Hij ontweek haar blik, schudde zijn hoofd, ontgrendelde zijn auto, en stapte in. De bocht de weg op nam hij iets te hard, zijn banden slipten in de berm.

En nu rijdt Lattewitz naar Nessmersiel, naar het buitendijkse haventje waar Helen en hij vroeger hun zeiljacht hadden liggen.

'Je moet het niet doen,' had hij die ochtend tegen haar gezegd. Ze stonden in de keuken. 'Het gaat waaien, dat gat is gevaarlijk, je loopt op het zand of op de strekdammen, dat red je niet in je eentje.'

'Ga met me mee,' zei ze.

'Ik ga wadlopen,' zei hij. 'Je weet dat ik een afspraak heb.'

Smyrna zat in zijn auto voor de deur. Hij toeterde. Het tij wachtte niet.

'Peter, luister naar me. We moeten iets doen, samen. Ik moet weer weten dat we samen iets kunnen doen, je moet me nu niet alleen laten. Je vraagt van alles van mij, dit vraag ik nu van jou.'

Smyrna toeterde opnieuw.

'Het weer is niet goed, een andere keer, binnenkort, ik beloof het.'

‘Als je nu gaat, als hij je nu weer meeneemt, dan...’

‘Dan wat, Helen, dan wat?’

‘Dan heeft hij alles kapotgemaakt.’

Ze leunde tegen het aanrecht. De poes streek, met de staart omhoog, langs haar benen. Helen had tranen in haar ogen. Toen maaide ze een melkfles van de ontbijttafel. De fles viel op de tegels aan scherven.

‘Stel je niet aan,’ zei Lattewitz. ‘Ik heb een afspraak, met Klaus ja, met Klaus. En dus even niet met jou.’

‘Wat doe ik hier eigenlijk?’ riep ze hem na terwijl hij het huis uit liep. ‘Wat doe ik hier in dit afgrijselijke huis!’

Dat was het laatste.

Lattewitz rijdt over het weggetje onder langs de zeedijk naar het oosten. Hij houdt zijn blik strak op de weg die bobbelig is van de modder en de schapenkeutels. Links van hem het talud van de dijk, rechts op regelmatige afstand van elkaar de boerderijen, de vakantiehuisjes. In de verte voor hem een dicht woud van windmolens.

Bij Nessmersiel rijdt hij de dijk over naar de steiger vanwaar de boot naar Baltrum vertrekt. In de kunstmatige geul die van de getijdensluis naar het wad voert liggen plezierjachtjes, zij aan zij. Op de plek waar vroeger hun platbodem lag, ligt nu de Argo, een morsig kruisertje, scheve gordijntjes, een baard van algen op de waterlijn. Lattewitz rijdt er stapvoets langs, speurt de andere scheepjes af, zet dan zijn auto weg op de parkeerplaats. Het seizoen is voorbij, het veer naar Baltrum is vertrokken, er is niemand. Hij stapt uit en loopt naar het uiteinde van de pier, met de blik op het zeegat tussen Baltrum en Norderney, de plek waar Helen schipbreuk leed. Het is hoogwater, de strekdam staat onder, alleen de dukdalven, in een rechte lijn langs de geul, komen boven het water uit.

‘Ik had een afspraak,’ zegt hij tegen de horizon, ‘we zouden gaan lopen, Klaus en ik. Dat wist je toch? En ik had gezegd dat je niet moest gaan, dat je het niet kon in je eentje. Waarom ben je toch gegaan, vond je het zo erg met mij?'

Hij legt zijn hand tegen een dukdalf en de andere op zijn hoofd. Zo staat hij een tijdje. 'Klaus is er niet meer,' zegt hij dan, 'en ik was bang als een kind daar in het donker, ben je nu tevreden?' Hij schudt zijn hoofd. Een windvlaag rilt aan over het water. 'Denk maar niet dat ik je niet mis,' gaat hij door, 'want... wat moet ik nou?'

Zijn telefoon gaat, het is Aron. Hij aarzelt, maar neemt toch op. 'Nu niet Aron,' zegt hij. 'Ik ben aan het praten.'

'Met wie?' zegt Aron, en als Lattewitz niet reageert vraagt hij het opnieuw.

'Met Helen,' zegt Lattewitz.

Aron valt stil, zegt dan: 'Ben je weer in Nessmersiel?'

'Ja.' Lattewitz denkt een vrouwenstem te horen. 'Maria?' zegt hij. De vrouwenstem valt stil.

'We zijn onderweg naar huis,' zegt Aron. 'We waren benieuwd hoe het met je gaat.'

'Beroerd,' zegt Lattewitz. 'Geagiteerd, angstig, de hele zooi. Helder, dat wel.'

'Je hebt de medicijnen gehad op Borkum?'

'Ja... ja,' zegt Lattewitz. 'Ik ben steeds weer op het wad, als ik m'n ogen dichtdoe... vannacht...'

'...hallo?' zegt Aron. 'Peter?'

Weer die vrouwenstem. 'Ik ben er nog,' zegt Lattewitz en dan: 'Is Helen bij je? Is Helen misschien bij jou?'

'Niet zo achterdochtig, Peter, je zit er weer helemaal doorheen, hoor ik al. Dit is Maria, je staat op handsfree. Wat was er vannacht?'

Lattewitz kijkt naar de horizon. 'Weet je wel hoe angstaanjagend het is om in het donker daar in het net te hangen en te horen hoe de zee je besluipt?'

'Zeker,' zegt Aron.

'Je houdt je vast aan het geruis van de branding, ver op de achtergrond,' gaat Lattewitz door, 'maar dan komt het water, en je ziet niets, en je begrijpt geen afstanden, en dan kruipt dat water uit het niets de zandbank op en dat lispelt, Aron, het is een enorme troep beestjes die je in de nacht over de grond besluipen, duizenden, duizenden, Aron, duizenden kleine kruipende lispelende beestjes, het is een nachtmerrie, en dan, waar je ook kijkt, overal die vuurtorens, Schiermonnikoog, Borkum, Norderney, Campen. Maar weet je wat je denkt? Dat het geen vuurtorens zijn, maar mannen die op zoek zijn over het wad, met zwiepende lantaarns in hun hand, dat denk je tenminste, en Klaus, met zijn eeuwige angst voor dat verdomde water naast je... en alsof alles door elkaar liep en langszij kwam, was daar Helen... en...' Lattewitz stokt alsof hem iets te binnen schiet.

'Is Helen bij jullie?' vraagt hij.

40

Halverwege Manslagt krijgt Liewe spijt dat hij zich over Xander Rimbach ontfermd heeft. De jongeman is zo opgetogen dat de rechercheur hem uit Bunde heeft meegenomen dat hij honderduit praat. De rugzak ligt in een gesealde plastic zak op de achterbank.

Op de rondweg van Emden roept Liewe hem zonder woorden te gebruiken tot de orde. Hij mindert vaart, stuurt de vluchtstrook op en remt. Dan draait hij zich naar de jongen toe, kijkt hem aan tot hij stil is en zegt dan: 'Als je dit werk wil doen, moet je leren je mond te houden. Kijken kan je al, dat heb je laten zien, nu nog luisteren.'

'Ik...'

'Sst,' onderbreekt Liewe. Hij trekt zijn wenkbrauwen op en zegt: 'Luister...'

Xander kijkt naar buiten, maar er komt niets aan. Verkeer komt hard voorbij. 'Zo is het goed,' zegt Liewe. En hij trekt weer op.

'Neem me niet kwalijk,' zegt Xander en hij haalt adem om nog meer te zeggen, bedenkt zich dan en zwijgt.

'Hoe minder je zegt, hoe meer de ander vertelt,' zegt Liewe. 'Ongemak onthult.'

De afslag naar Krummhörn nadert, Liewe gaat de snelweg af en even later rijden ze tussen de akkers en weilanden.

'Let op,' zegt Liewe. 'Dit is wat er aan de hand is. Er ligt een dode wadloper op een zandplaat naast de Eems, pal ten westen van de vuurtoren van Campen. Het is vroeg in de ochtend. Hij ligt vlak aan de waterlijn, de vloed hoeft maar een beetje op te komen en hij wordt meegenomen, het is doodtij... ben je vertrouwd met de zee?'

‘Ik ben aan de Neckar opgegroeid, ik...’

Liewe laat hem niet uitspreken. ‘Het verschil tussen hoog- en laagwater is niet erg groot,’ zegt hij, ‘als hij met vloed in de Eems gedobberd heeft kan hij met afgaand tij zijn drooggevallen, als een platbodem die uit de geul geraakt is. Op het eerste oog lijkt het daar ook op, zoals hij daar lag, touw aan zijn riem, verstrikt om zijn been, hoofd naar het noorden... hoofd naar het noorden...’ Liewe denkt even na voor hij verdergaat. ‘Maar dan komt zijn maat op Borkum, die verklaart tegen de eilandpolitie dat hij een heel stuk noordelijker onder Borkum met de ebstroom is meegenomen en de Eems in is gesleurd. Dat zou betekenen dat Smyrna – hij heet Nicolaus Smyrna – tegen het tij in de Eems op is gedreven, en uit zichzelf op de plaat is gekropen.’

Liewe kijkt Xander even aan. ‘Alsof je een drenkeling in de Neckar gooit, die je dan een halve dag later ergens stroomop op de oever terugvindt.’

‘Dat kan dus niet,’ zegt Xander.

‘De arts die hem onderzoekt, constateert dat hij waarschijnlijk niet verdronken is, omdat hij weinig water in de longen heeft gevonden. Maar wel een beetje, alsof hij maar heel weinig lucht kreeg. Dat zou erop kunnen wijzen dat hij in ademnood was. Hij was bij leven een geoefend zwemmer. Was hij misschien nog in leven toen hij te water raakte, heeft hij gezwommen en De Hond bereikt en is hij zelf de kant op gekropen en daar overleden?’

‘Ik weet niet...’ zegt Xander. ‘Zou dat kunnen?’

‘Er waren geen kruipsporen op het zand, en hij lag met de stroom mee... de Nederlanders hebben foto’s gemaakt. En we hebben de getuigenis van Lattewitz. Hij zegt dat het midden in de nacht gebeurd is, tegen laagwater, tussen zes en half zeven, in het donker dus, en dat Smyrna een geul in was gelopen, in paniek raakte en probeerde uit het water te komen. Dat hij schreeuwde en is meegenomen door de stroom, dat het touw waarmee Lattewitz hem gezekerd had hem uit de handen werd gerukt. En hij heeft gezegd dat hij zijn vrouw op het wad heeft gezien, mevrouw Lattewitz dus, op de plek van het ongeluk, aan de andere kant van de geul. Maar zijn vrouw is verdronken, tien jaar terug. Alleen haar lichaam is nooit gevonden. Heeft hij haar echt gezien?'

'Ik weet niet...'

'Natuurlijk niet. Het was donker. Wadlopers die 's nachts op het wad zijn, zien soms dingen die er niet zijn. Onze drie wadlopers hebben dat in hun boek nogal omstandig beschreven, een boek over wadlopen.'

'Misschien was het iemand anders.'

'Nu zeg je iets verstandigs. Want ja, dat zou natuurlijk kunnen. Maar misschien ook niet. Ze liepen altijd met hun drieën, alleen: de derde wadloper was in Engeland, zei Lattewitz. Dat klopt overigens, die was inderdaad in Engeland.'

'Hoe weet u dat?'

'Ik heb hem gebeld.'

'Mag ik wat zeggen?'

'Nee,' zegt Liewe, 'juist als het moeilijk wordt om je mond te houden, moet je toch luisteren.'

'Goed, eh...'

'Lattewitz spreekt de waarheid niet, maar het kan zijn dat hij niet met opzet liegt. Hij haalt werkelijkheid en fictie door elkaar, hij, eh... we gaan nu naar...' Liewe kijkt naar een verkeersbord dat nadert. Hij aarzelt.

'Naar Manslagt is hier rechts,' zegt Xander. 'Ik rijd hier vaak wat rond, in het weekend, ik...'

'We gaan naar het café waar Lattewitz zegt dat ze afgesproken hadden voor ze vertrokken,' onderbreekt Liewe hem.

'Nienhof zeker,' zegt Xander. 'Ik ontbijt daar wel eens.'

'O?' Liewe is even afgeleid.

Nienhof ligt een eindje buiten het terpdorp Manslagt, in het zicht van de zeedijk. Het is niet druk. Een paar fietsers, de fietshelm nog op, zitten appeltaart te eten, de waardin vult papieren in achter de bar. Als Liewe zich aan haar voorstelt, wijst ze met een vriendelijke maar besliste hoofdknik naar een van de tafeltjes. 'Ik kom zo bij u,' zegt ze.

'De appeltaart is hier heel lekker,' zegt Xander. Hij staart in de glazen vitrine naast de bar.

Maar Liewe maakt geen aanstalten iets te bestellen of te gaan zitten. Hij blijft onbewogen midden in het café staan wachten tot de waardin weer opkijkt.

'Kunt u het niet vinden?' vraagt ze.

'Ik wil u een paar vragen stellen,' zegt hij. 'Over de wadlopers.'

'Peter en Klaus,' zegt ze. Ze legt haar pen neer, zucht en kijkt even door de kleine raampjes naar buiten. 'Klaus' auto staat nog hier,' zegt ze. 'Peter heeft de zijne vanmorgen opgehaald. Hij zei geen boe of bah.'

'Lattewitz?'

'Hij kwam het erf op gelopen. Ik kwam net van de paarden, op weg terug naar de bijkeuken, ik bleef staan, daar kwam hij, stamp stamp stamp, maar hij keek me niet eens aan, liep recht op zijn auto af, stapte in en reed weg. Meestal komt hij wel even een praatje maken. Het was een beetje raar, anders dan anders. Ik dacht: Hij heeft ook wat meegemaakt, eerst zijn vrouw en nu dit.'

'Lattewitz en Smyrna hebben voor hun vertrek hier nog even binnen gezeten?'

De waardin kijkt rond.

'Heel even,' zegt ze. 'Ze moesten hun rugzakken hebben natuurlijk, en die stokken waar ze onder gingen hangen met hoogwater, die stonden hier in de schuur. Jaren eigenlijk al. Nu en dan kwamen Aron en Maria om te kijken of ze er nog stonden, of om dingen te verversen misschien ook wel. Het moest altijd klaarstaan om te vertrekken, zei Aron dan.'

'Maria?'

'De vrouw van Aron Reinhard, u weet wel. Arons rugzak

staat hier nog, denk ik tenminste. Ze waren hier vorige week nog.'

'Zullen we er even bij gaan zitten?' stelt Liewe voor. De waardin knikt en gaat hem voor naar een tafeltje naast de bar.

'Gundula,' zegt ze, terwijl ze gaan zitten. 'Ik had me nog niet voorgesteld. Ik moest die dingen invullen, dan staat mijn hoofd er niet naar. Excuus.'

Liewe glimlacht. 'Dus u kent het drietal goed,' zegt hij en hij neemt tegenover haar plaats.

'Nou goed, goed... zo vaak kwamen ze niet samen hiernaartoe. Ze kwamen wel afzonderlijk, dan keken ze even bij de rugzakken en gingen ze een eindje wadlopen. Aron het meest... met zijn staf en zijn riem en zijn hemd. Een beetje een vertoning hoor, Aron. Een poseur.'

'En Maria?'

'God nee, Maria niet. Die moest er niets van hebben, van het wad, sinds eh...' Gundula valt stil en schudt haar hoofd. 'Aron deed best gevaarlijke dingen,' gaat ze door, 'en zij zei tegen mij: Ik wil het gewoon niet weten, wat hij nu weer van plan is. Maar als hij hier komt lopen, dan kom ik mee, lekker appeltaart eten en kijken of alles in orde is met de rugzakken. Dat het niet aan mij ligt als ze wat overkomt. De mensen komen hier graag vanwege de appeltaart.'

'Als ze wat overkomt... zei ze dat zo?'

'Ja, dat heeft ze meerdere keren zo gezegd: Als hun daar wat overkomt ligt het in ieder geval niet aan mij.'

'Dat hield haar dus wel bezig.'

'Dat lijkt me nogal wiedes,' zegt Gundula. 'Maar zelf bleef ze weg bij de zee. Als Aron ging lopen bleef zij nog een tijdje zitten lezen, of we kletsten wat, of ze ging bij de paarden kijken. En uiteindelijk ging ze weg, ik denk naar Greetsiel. Daar komt ze vandaan, of nou ja, daar is ze opgegroeid. Ik weet het ook niet precies, ik ben ook maar import, net als zij overigens. Ze kwam hier als tiener, toen haar vader hier die praktijk begon.'

'Waar zaten ze?' Liewe kijkt om zich heen.

'Aron en Maria? Daar.' Ze knikt naar waar de fietsers zaten, een tafeltje onder een stalraam.

'Smyrna en Lattewitz bedoel ik.'

'O,' zegt Gundula. Ze denkt even na. 'Het was wat drukker,' zegt ze. 'Maar ze zaten volgens mij ook aan die tafel... denk ik... nu weet ik het even niet meer. Het was druk.'

'Kwamen ze samen binnen?'

'Nee,' zegt Gundula. 'Klaus zat hier al een tijdje, dat weet ik nog wel. Hij vroeg of ik Peter of Aron al gezien had. Of ze misschien in de schuur waren. Hij liep even het café uit, kwam weer terug. Hij was een beetje opgewonden. Vandaar dat ik niet meer weet waar ze zaten. Hij liep in en uit.'

'Opgewonden...'

'Blij, bedoel ik, hij had er zin in. Hij zei: Het is zover, we gaan het doen.'

'En toen kwam Lattewitz.'

'Ja, maar Aron kwam niet, en daar hadden ze het wel over, geloof ik. Het leek zelfs of ze het er niet over eens waren.'

'Gingen ze weg met ruzie?'

'Nou, gezellig was het niet. Maar dat was het nooit tussen die mannen hoor.'

'Hoezo?'

'Ik weet het niet... ze hadden elkaar nodig natuurlijk, maar ze waren ook elkaars concurrenten. Toen ze het erf af liepen met hun rugzakken en die lange stokken leek het wel weer bijgelegd te zijn.'

'Hoe laat was dat?'

Gundula haalt haar schouders op. 'Halverwege de middag, ergens,' zegt ze.

Liewe glimlacht, kijkt Xander aan die er zwijgend bij gezeten heeft. 'Wil jij nog wat vragen?'

Xander schraapt zijn keel en schuift even heen en weer op zijn stoel. 'Ik zou inderdaad nog iets willen vragen,' zegt hij. 'U zei dat Maria niet naar het wad wilde, en toen zei u zoiets als: Ze heeft een hekel aan zee sinds... maar u maakte die zin niet af en ik vraag me nu af: sinds wat?'

'Sinds dat de vrouw van Lattewitz verdronken is natuurlijk.'

'Die kenden elkaar?'

'Ja, nogal wiedes. Dat was haar zus.'

'De vrouw van Lattewitz was de zus van...'

'Van de vrouw van Reinhard, ja,' zegt Gundula. 'Zo kenden Peter en Aron elkaar ook. Ik dacht dat jullie van de politie dat wel wisten.'

Xander kijkt Liewe aan, die hem goedkeurend toeknikt en zich dan weer tot Gundula richt.

'Leken ze op elkaar?' vraagt hij.

'Helen en Maria?' Gundula denkt na. 'Ik kende Helen niet zo goed, ik was hier nog maar net toen dat gebeurde. Maar de twee hebben wel eens samen hier op het terras gezeten... je weet wel, als iemand overleden is dan vervaagt dat beeld toch, alsof ze verdwijnt in een andere wereld. Maar ik zou niet zeggen dat ze op elkaar leken, nee. Ze hadden hun haar heel anders, Helen had van die mooie krullen, en Maria is een stukje langer ook. Langer dan Aron zelfs. Maar het waren wel zussen, dat kon je dan wel weer zien. Een tweeling zelfs geloof ik, maar dat is dan zeker twee-eiig geweest.'

41

De RV180 heeft zich vast gevaren op het wantij onder Schiermonnikoog en kan niet voor- of achteruit. Geeske, die in haar hut bezig was om voor de laatste keer de functioneringsgesprekken met de wachtmeesters voor te bereiden, schrikt en klimt naar de brug om te kijken wat er aan de hand is. Het is nog geen laagwater, de banken staan nog onder, maar het tij gaat wel af. Een blik op het GPS-scherm met de zeekaart maakt duidelijk dat het schip bijna haaks de nauwe geul uit is gevaren, recht de ondiepte op.

'Zit je vast, Meeuwis?'

'Even niet opgelet,' zegt de stuurman. 'We waren er met onze kop niet bij.'

'Niks voor jou,' zegt Geeske. 'Waar is Jan?'

'De schipper is achter,' zegt Meeuwis.

'Wat doen we nu?'

'We zullen moeten wachten op hoogwater,' zegt Meeuwis.

'Ik loop naar achter,' zegt Geeske.

'Ja,' zegt Meeuwis terwijl hij de motoren uitzet. 'Doe dat.'

'Ik loop mee,' zegt Rob.

'Ik ook,' zegt Meeuwis.

Geeske hoort de zware schoenen van de mannen achter haar aan komen. Het is een beetje raar, ze blijft halverwege de gang staan en kijkt om. 'Voeren jullie iets in je schild?' vraagt ze.

'Schild?' Rob kijkt haar vragend aan. Dan knikt hij langs haar heen. 'Daar is Jan,' zegt hij.

Geeske kijkt weer voor zich en inderdaad, daar staat Jan Toxopeus, de schipper. Ook hij kijkt haar raar aan, alsof hij op een geluid wacht, maakt dan een gebaar naar het achterdek en doet een stap terug om haar te laten passeren.

'Er is bezoek voor je,' zegt hij.

'O nee,' zegt Geeske, 'alsjeblieft jongens.'

Maar ze voelt ook wel dat er niets anders op zit dan door te lopen naar het achterdek waar matroos Gus, met een valse baard onder zijn neus en druipend zeewier in zijn haar, langs een inderhaast langszij neergelaten laddertje uit het water omhoogklimt.

'Machtige Neptunus, hier is ze,' zegt de schipper. En alle aanwezige opvarenden beginnen te schreeuwen en in hun handen te klappen.

'We zijn niet op de evenaar,' protesteert Geeske zwakjes.

'Als ik daarop had moeten wachten,' zegt Neptunus, die nu aan boord geklommen is, 'dan had ik je nooit te pakken gekregen.' Eenmaal aan dek richt hij zich in volle lengte op, een stok in zijn ene en een putsemmer in zijn andere hand.

'Misschien ga ik nu ik met pensioen moet wel op een cruise naar de Cariben,' zegt Geeske. 'Hadden we elkaar toch nog op de evenaar ontmoet, maar dan waar het hoort.'

'De Cariben liggen op het noordelijk halfrond,' schreeuwt de stuurman.

'Australië dan,' zegt ze. 'Wijsneus.'

'Jij op een cruise?' zegt Neptunus.

Hard gelach alom.

'Houd de god van de zee niet voor de gek,' gaat Neptunus door.

'Neem me niet kwalijk, Neptunus,' zegt Geeske. Ze plant, toch wel enigszins gespannen nu, haar handen op haar onderrug en kijkt om zich heen.

'Stil!' zegt Neptunus met verheffing van stem en hij stampt zijn stok op het dek. 'M&M, nu moet je luisteren. Ze vertellen mij dat je de Opperwachtmeester bent van de Menselijkheid en de Mogelijkheden. Maar het was zeker niet Mo-ge-lijk om naar mij toe te komen en nu kijk ik, voordat je voor altijd naar de wal verdwijnt, of het Mogelijk is om je niet op Menselijke maar op goddelijke manier respect bij te brengen voor de zee. Hier. Op het wad.'

De bemanning joelt.

'Goed, Neptunus,' zegt Geeske, 'ik zal braaf zijn... maar dat goddelijke, is dat iets met modder?'

Triomfantelijk houdt Neptunus zijn putsemmer in de hoogte. 'Hemelse modder,' brult hij. De bemanning en collega's beginnen te scanderen. 'Je zal moeten knielen.'

'Kom op jongens,' zegt Geeske, 'zo erg was ik toch niet?' Ze kijkt om zich heen, dan naar Neptunus en dan gaat ze langzaam door haar knieën.

Neptunus stopt zijn hand in de putsemmer, haalt er een zeester uit die hij in de hoogte houdt, gooit hem overboord, pakt dan een handvol slik en legt dat, heel voorzichtig eigenlijk, boven op het hoofd van de opperwachtmeester. Achter haar hoort Geeske een knal. Champagne, begrijpt ze.

Op dat moment begint in de binnenzak van haar uniformjas haar telefoon te zoemen. 'Even jongens,' zegt ze, ze haalt hem eruit en kijkt om zich heen. 'Hier Rob,' zegt ze, 'pak jij hem even? Zeg maar dat ik in gesprek ben met Neptunus.'

Rob neemt de telefoon over, neemt op en loopt weg omdat hij door het geschreeuw en gelach van de medeopvarenden niet goed hoort wie hij aan de telefoon heeft.

Dan voelt Geeske hoe onder oorverdovend gelach en gejoel de fles champagne boven haar hoofd wordt omgekeerd. Het slik en de wijn vermengen zich tot een bitterzure stroom modder, die langs haar wangen en neus haar mond binnendringt. Ze schudt haar hoofd, schermt haar ogen af, en als ze voelt dat de straal champagne aan kracht verliest en alleen nog wat nadruppelt, komt ze overeind en wrijft de modder uit haar ogen. Neptunus, die nu ook niet meer goed weet wat hij zeggen moet, kijkt haar schaapachtig aan.

'Het is goed, Gus,' stelt Geeske hem gerust.

Dan komt Rob naar voren, hij geeft Geeske de telefoon.

'De districtscommandant,' zegt hij op gedempte toon.

'Voor mij?' zegt Geeske verbaasd. Ze pakt de telefoon over en trekt zich terug naar de andere kant van het dek om rustig te kunnen praten.

Rob haalt zijn schouders op tegen zijn collega's en loopt dan naar Gus toe, die op zijn blote voeten op dek staat te bibberen.

'Ik zou me maar omkleden,' zegt hij, en hij pakt de staf over. Het is een manshoge houten stok. Door een van de twee uiteindes is een gaatje geboord waar een touwtje doorheen is getrokken met een knoop erin. Om het andere uiteinde is een metalen ring geslagen, zo te zien van messing.

'Dat is geen drietand, Neptunus,' zegt Rob.

'Hadden we niet,' zegt Gus. 'Ik had alleen een bezem. Maar dat stond te lullig en deze dreef net in zee, dus die heb ik gepakt. Vond ik passender.'

'In zee,' zegt Rob. Hij tilt de stok op, bekijkt hem goed. 'Weet je wat dit is?' zegt hij dan. 'Dit is een peilstok, van een wadloper.'

'Nou, Neptunus, je was er toch te vroeg bij,' komt Geeske tussenbeide. Ze heeft het telefoongesprek beëindigd en zich weer bij het gezelschap gevoegd. 'Van de Wal is voorlopig naar huis gestuurd, en ik moet terug naar Delfzijl om hem te vervangen tot duidelijk wordt of en wanneer hij terugkomt.'

42

Lode Föhrmann blijkt aan boord te zijn als Liewe en Xander bij de GRE42 stilstaan. Liewe had de havenmeester gebeld en gevraagd naar de naam en ligplaats van het schip van de schildervisser.

'Is hij gaan schilderen vanavond?' vroeg Liewe.

'Nee, hij is binnen,' zei de havenmeester. 'Is het vanwege die opvarende?'

'De opvarende,' zei Liewe, terwijl hij Xander aankeek.

'Er was niemand aan boord verder,' zei de havenmeester. 'Ik was erbij toen hij afmeerde. Lode was alleen.'

'Juist,' zei Liewe en zweeg.

'De sluis heeft jullie zeker gebeld?' ging de havenmeester door.

'Leysiel,' zei Liewe.

'Dacht ik al,' zei de havenmeester. 'De sluis zegt maar wat.'

'We zijn er,' zei Liewe. 'Dank u zeer.'

En nu staan ze bij de GRE42. Lode Föhrmann kijkt op en zet de zwabber waarmee hij het dek aan het schoonmaken is, langzaam in de emmer.

'Föhrmann?' Liewe laat zijn blik langs de kotter gaan, hij kan het niet laten.

Lode Föhrmann kijkt naar het uniform van Xander, ziet dan hoe Liewe zijn schip opneemt. 'Ze is vorig jaar nog in dok geweest.'

'Dus de boel is weer verzekerd,' zegt Liewe.

'Vissen doe ik niet meer,' zegt Föhrmann.

'We komen even aan boord, schipper,' zegt Liewe. 'Het gaat over iets anders.'

Föhrmann haalt zijn schouders op. 'Ik zal je wel niet kunnen tegenhouden,' zegt hij.

Liewe en Xander stappen aan boord en de visser gaat ze voor de stuurhut in en vandaar langs een steil trapje naar beneden, waar een benauwde ruimte is met een kleine tafel. Op de tafel liggen aquarellen van Memmert. Naast de tafel staat de schildersezel overeind.

Xander kijkt met glanzende ogen op de aquarellen neer. 'Hebt u die gemaakt?'

'Ik zal ze even aan de kant leggen,' zegt Föhrmann.

'Mag ik ze bekijken?'

'Je mag ze allemaal hebben,' zegt Föhrmann. Hij gebaart naar Liewe dat hij kan gaan zitten en doet het zelf ook.

'Aquarellen,' zegt Liewe.

'Het moet allemaal snel, hè? Je kijkt even niet en het is weg.'

'Juist,' zegt Liewe.

'Er zit nog genoeg leven in.' Föhrmann slaat met een vuist op zijn borst. 'Ik ben nog niet dood.'

'U was op het wad zondag op maandag.'

De visser kijkt Liewe aan en zegt niks. Liewe kijkt om zich heen.

'Ik begrijp van de havenmeester dat u alleen was.'

'Ze zijn allemaal hetzelfde,' zegt Xander verbaasd. Hij houdt de stapel aquarellen overeind.

Liewe en Föhrmann kijken beiden. Xander trekt zijn hoofd een beetje tussen zijn schouders en bladert verder.

'Je weet kennelijk alles al,' zegt Föhrmann tegen Liewe, 'ik hoef niets meer te zeggen.'

Liewe glimlacht. 'Die nacht is een wadloper verdronken.'

'Ben jij van de Nederlandse politie?'

'Geboren Duitser, getogen Texelaar,' zegt Liewe. 'Mijn vader viste de TX13.'

'Zo?' Föhrmann gaat een beetje overeind zitten. 'We hebben de TX6 nog een tijdje gecharterd,' zegt hij.

'Die is later naar Yerseke gegaan,' zegt Liewe.

'Zo zo, de TX13 hè?'

'Jan Cupido.'

Föhrmann schudt zijn hoofd. 'Cupido,' zegt hij. 'Van het ongeluk.'

Liewe krabt zich even op zijn hoofd. 'Waar is je stek als je gaat schilderen?'

'Op het Kopersand.' Föhrmann gebaart naar het noorden.

'Oostelijk van de Osterems, zeker? Je valt droog?'

Föhrmann knikt.

'Heb je de wadlopers gezien?'

'Wat, vanaf het Kopersand? Ik hoef een visserman toch niet uit te leggen dat dat te ver weg is om iets te zien?'

'Dat vraag ik niet, Lode.'

'Ik zag hun tipi's toen ik uitvoer. In de verte, een uurtje voor zonsondergang. Die twee scharrelden om die stokken heen, op het wantij. Het water kwam op, er was net genoeg om bij Memmert te komen voor het donker werd. Oostenwind, hè?'

'Was je alleen?'

Föhrmann schudt zijn hoofd. 'Je hebt de sluis gesproken zeker?'

Liewe zwijgt.

'De havenmeester heeft me zien aanleggen, hij kan getuigen dat ik alleen was.'

'Ben je een gelovig man, Lode?'

Föhrmann begint te lachen. 'Ik geloof in diesel en garnalen,' zegt hij. 'En als het stormt wil ik nog wel eens bidden.'

'Welke hebt u die nacht geschilderd? Deze?' Xander houdt een aquarel omhoog. Föhrmann tuurt. 'Nee, die,' zegt hij, en hij wijst naar de aquarel die op Xanders schoot ligt. 'Neem de hele bliksemse boel maar mee.'

Als ze even later weer bij de auto zijn legt Xander de stapel aquarellen op de motorkap. 'Ik wil iets laten zien.' Hij begint de aquarellen langzaam door te bladeren, de ene na de andere aquarel komt voorbij. Allemaal het eiland Memmert, allemaal hetzelfde. 'Alleen deze...' zegt Xander, 'die heeft hij zondag op maandag gemaakt.'

'Memmert,' zegt Liewe.

'Maar vanuit een andere hoek.'

'Ach...' Liewe kijkt.

'Ik hield de verkeerde omhoog toen ik hem vroeg welke hij zondag gemaakt had, hij wees deze zelf aan. Je was erbij.'

Liewe en Xander buigen zich over de afwijkende afbeelding en vergelijken haar met de andere.

'Dit duin,' zegt Liewe, 'dat is dat duin daar, zie je? Alsof je een eindje bent doorgevaren.'

'Opgeschoven naar rechts,' zegt Xander.

'Dat betekent dat hij zelf westelijker lag dan anders,' zegt Liewe. 'Wacht.' Hij loopt naar achter, opent de kofferbak en haalt een zeekaart tevoorschijn, die hij vervolgens uitspreidt op de motorkap.

'Hier, kijk, dit is het Kopersand waar hij het over had. Hij zal hier wel droogvallen, of hier ongeveer... Maar nu was hij westelijker, maar wel even ver van Memmert verwijderd als anders, lijkt me. Als je met Memmert als middelpunt een cirkel trekt naar het westen, dan is de eerste plek die zich aandient... hier kom je eerst midden in de vaargeul, en daar kan hij niet ankeren, hij moet over de geul heen, dan was hij dus...' Liewes vinger glijdt over de zeekaart, over de Osterems, naar het wantij onder Borkum. 'Dan moet hij hier ergens gelegen hebben, misschien wel achter dit kleine eilandje hier, Lutjehorn, zie je wel? Die sikkel van zand, stelt niks voor, maar die onttrekt de kotter toch een beetje aan het zicht.'

'Dan was hij op dezelfde plaat als de wadlopers.'

'Wel een paar kilometer ervandaan, maar tegen hetzelfde wantij aan, ja.'

'Hij loog,' zegt Xander.

'Hij heeft niet gelogen,' zegt Liewe. 'Hij heeft alleen de waarheid niet gezegd. Hij heeft niks gezegd, eigenlijk.'

'Maar je denkt toch niet dat hij iets met de wadlopers te maken heeft?'

Liewe schudt zijn hoofd. 'Föhrmann, nee. Maar zijn opstapper wel.'

'Toch een opstapper? Wie was dat dan?'

'Helen,' zegt Liewe.

'Wie is Helen?' vraagt Xander.

'Dat is precies de vraag die we moeten beantwoorden,' zegt Liewe.

43

De dood van Klaus Smyrna is het derde onderwerp van het NDR-nieuws van zes uur. Het item opent met luchtbeelden van het wad, genomen vanuit een laagvliegende helikopter. Het beetje water dat nog op de banken ligt, breekt het vroege zonlicht in tientallen kleuren. Een geul kronkelt naar de horizon. Door dat adembenemende tafereel is een groepje wadlopers onderweg. De hemel spiegelt onder hun voeten, waardoor het lijkt alsof ze op de wolken lopen.

Terwijl de commentaarstem memoreert dat het wad, dat er op de beelden zo wonderschoon en vredig bij ligt, niet alleen een uniek natuurgebied en een ontspannende vakantiebestemming is, maar ook verraderlijk kan zijn, verschijnt een foto van de drie wadlopers, Klaus, Peter en Aron, die een geul doorwaden. Het water komt ze tot hun middel. Het beeld zoomt in op het gezicht van Klaus Smyrna, die ernstig naar het wateroppervlak kijkt.

Nicolaus Smyrna kende de gevaren van het wad als geen ander. Aan de tochten die hij met zijn kompanen maakte, ging altijd een periode van nauwgezette studie vooraf. Toch is, in de nacht van zondag op maandag, het wad hem fataal geworden.

In het volgende shot staat Jurgen van de Inselpolizei Borkum op de Tüskendör Deich. Achter hem strekt het wad zich tot de horizon uit. Zijn helderblauwe ogen staan weliswaar ernstig, maar ook een beetje droef. *We waren hier ter plekke*, zegt hij, *toen de heer Lattewitz aan land kwam. Hij heeft verklaard hoe de heer Smyrna in het donker van de vroege ochtend door de tijstroom is gegrepen en meegevoerd.*

Op de vraag van de reporter of er vaak mensen op het wad in de problemen komen, antwoordt de agent dat ieder ongeval er een te veel is, dat hij ongeoefende uitstapjes ontraadt en dat zelfs deze ervaren wadlopers het gevaar van het wad klaarblijkelijk hebben onderschat. *Het is een wildernis*, zegt hij, *badgasten zijn zich daar niet van bewust. Tot het te laat is. En dan is het maar de vraag of wij nog wat voor ze kunnen doen.*

Dan schakelt het item over naar de haven van Delfzijl. De reporter, een jonge vrouw met een windjack aan, staat op de steiger waar het nieuwe patrouillevaartuigje van de marechaussee ligt afgemeerd.

De Nederlandse kustwacht, die net Delfzijl had verlaten voor een patrouille op het wad, trof het lijk van het slachtoffer aan op een zandbank in de Eems. Gedwongen door het inkomende tij namen ze het stoffelijk overschot mee naar Delfzijl.

Terwijl de reporter dit zegt, zoomt de camera naast haar in op de leeggelopen luchtband van het patrouillescheepje aan de steiger.

De zandbank waarop Smyrna is aangespoeld heet De Hond. De Hond bevindt zich in betwist grensgebied. De Nederlandse autoriteiten rekenen het tot Nederland, de Staatsanwalt Brock in Aurich echter meent dat Smyrna op Duits grondgebied is aangetroffen en heeft de Nederlandse autoriteiten daarom ook gevraagd het lichaam vrij te geven.

Het beeld schakelt naar het Delfzicht Ziekenhuis, waar de reporter op het gazon voor de hoofdingang haar stand-up voortzet. Op de achtergrond stapt een agente in een politieauto en rijdt weg. *Dat dit verzoek op moeilijkheden kan stuiten, heeft ermee te maken dat het Nederlandse openbaar ministerie een onderzoek is begonnen naar de toedracht van het ongeluk. Hier, in het ziekenhuis van Delfzijl, is het stoffelijk overschot van de heer Smyrna ondergebracht. Naast me staat Hedda Lutz, de echtgenote van de verongelukte wadloper.*

De camera zoemt uit, de reporter draait zich een beetje naar Hedda Lutz toe, die haar boos en ongelukkig aankijkt. Op de vraag hoe zij erover denkt dat haar overleden man in Nederland wordt vastgehouden, antwoordt ze afgemeten dat de Nederlandse autoriteiten geen recht hebben om haar Klaus in Delfzijl te houden. *Ik begrijp niet wat de Nederlanders willen bewijzen met mijn man. Of willen ze hier een of ander oud grensconflict oprakelen, waar nooit iemand van gehoord heeft en wat niemand ook maar een lor kan schelen? Ik blijf hier tot ik mijn man mee naar huis kan nemen, desnoods haal ik de ambassadeur erbij. Klaus moet naar huis.*

De reporter wendt zich weer naar de camera, die op haar in zoomt zodat Hedda Lutz, die nu tranen in haar ogen heeft, langzaam uit beeld verdwijnt. *Morgen zal een forensisch arts uit Aurich hier in dit ziekenhuis in Delfzijl het lichaam van de heer Smyrna onderzoeken. Met de resultaten van die sectie kan het Staatsanwaltschaft in Aurich beoordelen of er reden is om een strafrechtelijk onderzoek te starten naar de toedracht van dit ongeluk.*

44

Om bij de parkeerplaats van de grenspost Bunde te komen moet Liewe een eindje Nederland in, om dan bij Nieuweschans om te draaien en naar Duitsland terug te rijden. Maar eerst slaat hij, net over de grens, af bij het pompstation de Poort van Groningen om naar de container te kijken waarin Xander de rugzak heeft gevonden.

De container is in de tussentijd geleegd. Alles ligt er proper en aangeveegd bij. Aan een lantaarnpaal hangt een camera, die niet op de container is gericht, maar op de auto's die langs het gebouwtje met gevulde tank de snelweg weer op rijden.

Bij de pompen zelf hangen ook camera's, maar Xander herinnert zich dat de auto die hij had zien wegrijden niet langs de benzinepompen, maar langs de parkeerplaatsen was gereden.

'Hoe laat was dat?' vraagt Liewe.

'Tussen de middag,' zegt Xander.

'Preciezer,' zegt Liewe.

'Ik moest haast maken om op tijd terug te zijn,' zegt Xander. 'Tussen tien voor half een en half een.'

Liewe en Xander lopen van de container terug naar de pompen en gaan de kiosk in. Liewe rekent voor zichzelf een broodje kaas af, en voor Xander een broodje kroket. Boven de kassa hangen de beeldschermen van de CCTV. Een van de camera's is gericht op de afrit naar het tankstation, en daarop is op de achtergrond ook het verkeer te onderscheiden dat direct afbuigt naar de parkeerplaatsen. Duidelijk is het niet. 'Ik zal die rechercheur in Delfzijl vragen of we de beelden kunnen krijgen,' zegt Liewe als ze weer teruglopen naar de auto.

Ze rijden de snelweg weer op, draaien om bij de afslag Nieuweschans, en rijden even later de parkeerplaats van BPOL Bunde op. Liewe parkeert naast de auto van Xander. Op de achterbank liggen, ingepakt in plastic, de twee rugzakken: die van Aron uit café Nienhof en de andere uit de container van de Poort van Groningen.

'We gaan ze vergelijken,' zegt Liewe. Hij kijkt om zich heen.

'We kunnen wel in die controleruimte.' Xander knikt naar een laag gebouwtje. 'Het is toch rustig nu.'

Even later hebben Liewe en Xander ieder een rugzak op naast elkaar staande tafels gelegd. Op het label van Arons rugzak staat een A, op de andere rugzak staat, toch nog een beetje aangetast door water, een uitgelopen K. Geen van beiden twijfelt er nu nog aan dat dit de rugzak is van Klaus Smyrna.

Liewe en Xander beginnen, handschoenen aan, de inhoud uit te pakken en uit te spreiden op de tafel. In de rugzak van Aron vindt Xander een variant van de kleren die Klaus aanhad toen hij gevonden werd: surflaarzen, neoprene sokken, een elastische hardloopbroek, verschillende thermische hemden, een winddicht jack, handschoenen en een muts. In de rugzak uit de container komen alleen de handschoenen en de muts en één thermisch hemd overeen met de uitrusting van Aron. Verder vindt Liewe de kleren die Klaus in de schuur van Nienhof heeft uitgetrokken, opgevouwen en in de rugzak gestopt: een joggingpak, zachte, dikke sokken, een fleecevest met capuchon. Liewe legt de kleren op een stapeltje, vindt een zachte handdoek, die hij erbovenop legt en moet dan even moed verzamelen om door te gaan.

Dit overkomt hem vroeg of laat bij elke zaak: plotse droefenis die naar een uitweg zoekt. Ook al denkt hij zichzelf te kennen, toch ziet hij het nooit aankomen, waarschijnlijk omdat het altijd in de marge van een zaak gebeurt. De eerste keer overviel het hem toen hij, op zoek naar sporen van een verdwenen studente, een broodtrommeltje met een mandarijn vond in het bos boven Trier (vooral die mandarijn). Dat is bijna twintig jaar geleden en nu hier, onder de tl-lampen aan de snelweg bij Bunde bij het zien van een zorgvuldig opgevouwen handdoek, voelt hij precies hetzelfde. Gedwarsboomde voornemens, doorkruiste routines, vergeefsheid.

Hij kijkt weg van Xander en denkt aan Mathilde Wachter, de grande dame uit Trier die hem ooit probeerde gerust te stellen over zijn terugkerende emoties. 'Je probeert als een echt mannetje alles te verbijten,' zei ze, 'maar dat is niet alleen onnodig, het is ook onverstandig. Alles heeft betekenis, ook die mandarijn. Vraag jezelf af: Waarom gebeurt het nu, bij wie zie je dat verdriet ook, en belangrijker: Bij wie ontbreekt het?'

Liewe kijkt nog een keer naar het stapeltje kleren, de stille getuigenis van het voornemen door te leven, te vieren, te triomferen en zich toch met zachte warme kleren te omhullen. Hij pakt de handdoek op en vouwt hem open. Er valt een kaartje uit. Voorop staat een foto van een zeeleeuwpup die opduikt uit helder water en de fotograaf aankijkt. *Droog je warm af, lief zeehondje, en kom terug voor je visjes xxx* staat achterop in haastig handschrift.

Liewe laat Xander het kaartje zien. 'Zijn vrouw,' zegt hij.

Xander kijkt naar het kaartje, dan naar Liewes ogen.

De uitrusting uit beide rugzakken blijkt voor een deel identiek: een reddingsdeken, een badmeestersfluitje, een verbanddoosje, een rooksignaal, een net (bij Aron nog nieuw, bij Klaus gebruikt, vochtig nog, met sporen slib) en twee waterflesjes. In Arons rugzak vindt Xander ook nog een riem, een mes, een mijnwerkerslamp en een touw. In beide rugzakken vinden Liewe en Xander energiekoeken: Aron twee grijsgroene pakjes, Klaus twee zilverkleurige pakjes, waarvan een aangebroken.

'Kijk eens naar de ingrediënten,' zegt Liewe. 'Kan jij dat lezen?'

Xander pakt het pakje van Aron en begint voor te lezen: *tarwemeel, plantaardig vet, krenten, hazelnoot, pinda, tapiocameel, gemengde kruiden, zout, ammoniumbicarbonaat. Bevat gluten!*

Liewe pakt het pakje over, legt het terug op Arons tafel en geeft nu het pakje met de koekjes van Klaus. De zilverkleurige verpakking reflecteert het tl-licht. Xander loopt onder de lamp weg, zoekt een betere lichtinval en leest: *tarwemeel, suiker, palmvet, glucosesiroop, zout, bakpoeder, aroma's, emulgator, sojalecithine. Kan sporen bevatten van melk, hazelnoten, amandelen, pistachenoten en ei.*

'Sporen,' zegt Liewe.

'Is deze nou aangebroken?' zegt Xander. Hij draait het zilveren pakje in het licht. 'Nee,' zegt hij, 'toch niet, denk ik.'

'Hieruit heeft hij gegeten,' zegt Liewe. Hij wijst op het aangebroken pakje dat nog op tafel ligt.

'Hij heeft hier ook aan zitten pulken,' zegt Xander. 'Misschien kreeg hij hem niet open en heeft hij de andere toen geopend. Je hebt soms een mes nodig om hem open te maken.'

'Hij had een mes bij zich,' zegt Liewe.

'Maar zo in het donker, midden in de nacht, koude vingers misschien...' Xander kijkt nog even van alle kanten, geeft het pakje dan aan Liewe, die naar de verzegeling kijkt. 'Heb je een mes? Iets met een scherpe punt?'

Xander kijkt rond, loopt het vertrek uit, komt even later met een gebaksvorkje terug. Liewe probeert het pakje voorzichtig met een punt van het vorkje open te wrikken. Maar het lukt niet. Het zit goed dicht.

'Wat vond je,' zegt hij terwijl hij het pakje teruglegt, 'was Föhrmann aangedaan?'

'Aangedaan?' zegt Xander.

'Dat het hem wat deed?'

'Ik zat naar die aquarellen te kijken,' zegt Xander.

Liewe knikt en maakt dan een gebaar naar de rugzakken.

'Ik neem ze mee,' zegt hij. 'Dan kan jij naar huis.'

45

Liewe, die ertegen opzag om door de nacht van Bunde naar zijn huis in Cuxhaven te rijden, heeft nog een kamer kunnen krijgen in Hotel de Golden Adler in Emden. Het is ruim een half uur rijden. Lothar belt hem terwijl hij van de grens naar Emden onderweg is.

'De zaak is over naar Brock,' zegt Lothar. 'Morgen stuurt hij een arts naar Delfzijl.'

'Ik weet het,' zegt Liewe.

'Rademacher heeft niet meer naar je gevraagd. Die heeft me alleen maar twee keer verteld dat de brigadecommandant uit Delfzijl met zijn scheepje tegen de Bayreuth is op geknald.'

'O?' zegt Liewe.

Lothar vertelt het hele verhaal en Liewe luistert zonder iets te zeggen. Als het verhaal klaar is, en Liewe alleen 'juist' zegt, weet Lothar ook niet meer goed wat hij er nog aan toe moet voegen.

'Ik blijf in Emden,' zegt Liewe dan maar.

'Waarom kom je niet naar huis en laat je het aan Aurich?' vraagt Lothar.

'Er is een derde,' zegt Liewe.

'Toch die Aron Reinhard?'

'Nee,' zegt Liewe.

'Laat het gaan. Je kan het toch niet zelf afmaken.'

'Ja,' zegt Liewe. En dan: 'Nee.'

'Er is een jacht opgebracht hier, eigenlijk moet je daarmee aan de slag.'

'Die jongen bij de grens,' zegt Liewe, 'Xander.'

'Die naar jou vroeg, ja. Wat is daarmee?'

'Die kan ik wel gebruiken, een paar dagen.'

'Je werkt aan een zaak waar je officieel niet aan werkt, en dan wil je er nog iemand bij hebben ook?' Lothar begint te lachen. 'Jij? Er iemand bij?'

'Hij ziet dingen,' zegt Liewe.

'En dat is een aanbeveling?'

'...ja...'

'Ik zal kijken wat ik kan doen,' zegt Lothar.

Een half uur later staat Liewe voor het raam van zijn hotelkamer, schuift de vitrage opzij en kijkt op het haventje de Ratsdelft waar het uitgediende Borkumer reddingschip, de Georg Breusing, als een museumstuk aan de kade is gelegd. Zestienhonderdtweeënzeventig mensen heeft ze uit zee gehaald. Waarom heb ik dat nou onthouden, vraagt Liewe zich af.

Hij kijkt naar het schip, zwart en grijs in het natriumlicht van de lantaarnpaal. Het lijkt alsof ze doodstil ligt, maar een schip ligt nooit helemaal stil. Hij staart naar de tros aan het voorschip, die heel langzaam strak komt te staan, dan weer ontspant. God, die nacht, die verdomde nacht.

Zijn telefoon trilt. Hij laat de vitrage los, schuift het gordijn dicht.

Het is een mail.

Van: Jan-Arend Stoet
Aan: Liewe Cupido
01/10/15 00:37

Onderwerp: Re: re: dringend verzoek

Liewe,

Ik heb je (kleine) sample vanavond bekeken en schrijf je nu vanuit een leeg nachtelijk lab. Ik heb nieuws, maar toch ook niet. Tussen de kleikorrels die allemaal typisch zijn voor het wad heb ik vijf

zandkorrels aangetroffen die daar niet van nature thuishoren. De geografische herkomst van die korrels kan je ik (vooralsnog) niet geven.
Het kan natuurlijk zijn dat ze in de Eems terecht zijn gekomen door de frequente scheepvaart in het gebied, schepen die van elders komen en fragmenten meenemen, een pleziervaarder die zijn laarzen overboord heeft uitgeschud, je kan nog wel meer verzinnen. Wat tegen die mogelijkheid pleit is dat de korrels in jouw sample onderling verwant lijken te zijn, wat erop zou kunnen wijzen dat er een cluster van korrels met eenzelfde herkomst in de Eems, of althans in het oor van het slachtoffer, is beland. Zand dat van voorbijvarende schepen afkomstig is, verspreidt zich veel meer, die korrels komen niet in clusters bij elkaar.
Ik houd rekening met de volgende mogelijkheden:
– Het zijn geïmporteerde korrels van vreemde herkomst (bijvoorbeeld bouwzand) die van het land in zee zijn gewaaid (Saharazand is het niet, dat herken ik uit duizenden, daarvoor is het ook te grof, ook al komt een dergelijke korrelgrootte soms verbazend ver).
– Het slachtoffer is zelf onlangs buiten het gebied geweest en heeft op zijn vakantiebestemming in het zand liggen rollen.
Ik zal nadere analyses op de korrels uitvoeren en aan mijn Engelse collega vragen, die een uitgebreide database heeft opgebouwd waar ik vanuit hier geen toegang toe heb.

Groet!
Jan-Arend

46

Op de politiepost Dornum gaat om twee uur in de nacht de telefoon, die na een paar keer overgaan wordt doorgeschakeld naar het politiebureau in Norden. Het is een toeriste, die bij Nessmersiel met haar hond een huisje heeft gehuurd. De agente die opneemt kan de vrouw niet goed verstaan, omdat op de achtergrond de hond verwoed aan het blaffen is.

'Kunt u de hond even in een andere kamer doen, mevrouw? Ik kan u moeilijk verstaan.'

De toeriste sist even tegen de hond, maar die laat zich niet kalmeren. Dan verdwijnt het geluid van de hond naar de achtergrond. Aan de akoestiek is te horen dat de vrouw zich in de wc heeft teruggetrokken.

'Er rammelt een man aan de voordeur,' zegt ze. 'Hij heeft ook hard op de ruiten getikt en is achterom gelopen, en heeft op de achterdeur gebonsd.'

'Wat is uw adres, mevrouw?'

'Haus Helena, aan de Westerdeich, vlak bij het hondenstrand Nessmersiel.'

'Er is een auto onderweg, mevrouw. Is de meneer nog bij het huis?'

'Het is nu stil...'

De agente hoort hoe ze de wc-deur opendoet. De hond is opgehouden met blaffen. 'Mevrouw? Is de man nog bij het huis?'

De toeriste luistert met ingehouden adem naar de stilte. Dan geritsel, waarschijnlijk luxaflex.

'Hij staat op de dijk,' fluistert de toeriste. 'Hij staat op de dijk en kijkt naar beneden. O God, hij heeft me gezien, hij komt naar beneden.'

Weer de luxaflex, snelle voeten, de hond begint weer te blaffen, de voordeurbel gaat, een paar keer. Een verre stem schreeuwt iets. De hond raakt over zijn toeren.

'We zijn onderweg, mevrouw, blijft u weg bij de ramen en de deur. We zijn er binnen vijf minuten. Blijft u aan de lijn, u moet niet ophangen, vertelt u wat er gebeurt. Mevrouw? Mevrouw?'

'Ik heb de politie gebeld,' schreeuwt de toeriste. 'Ik heb de politie gebeld!'

Het gebons houdt even op. Dan klinkt er een mannenstem. De agente kan het niet goed verstaan. Bellen? Ellen?

'Mevrouw? Kunt u herhalen wat hij zegt? Mevrouw?'

Het gebons en het geroep houden op.

'Kunt u me zeggen wat er gebeurt, mevrouw?'

'Hij is bij de voordeur weg,' fluistert de toeriste. 'Ik weet niet...'

'De auto is er over een minuut, mevrouw. Kunt u zien waar de man nu is?'

'Weg bij de voordeur, ik denk...'

'Mevrouw?'

'Ja! Daar is hij. Hij is de dijk weer op gegaan. Hij staat daar boven.'

Heel in de verte klinkt de sirene van een naderende politieauto.

'Goddank,' zegt de toeriste. 'Goddank.' Ze begint te huilen. 'Ik kom hier om bij te komen,' zegt ze. 'Ik kom hier met mijn hond om bij te komen, en dan uitgerekend... uitgerekend dit...' Er valt iets omver, de hond jankt.

'Mevrouw? Mevrouw?'

47

Het duurde tot even na twee uur in de nacht voor de vloed de RV180 van het zand tilde en ze met tien centimeter onder de kiel behoedzaam het wantij onder Schiermonnikoog af kon varen. Ze zocht over de ondieptes de kronkelige weg naar het westen, en toen ze eenmaal onder de aanlegsteiger van het eiland in de geul van de veerboot terecht was gekomen kon ze haar snelheid opvoeren naar de vertrouwde vijftien knopen en koers zetten naar de Noordzee.

Geeske staat, gedoucht en omgekleed, in haar burgerkleren op de brug. Voor de tweede keer is haar laatste reis afgebroken en omdat ze niet verwacht dat er nog een derde gelegenheid zal komen, wil ze wakker blijven en haar laatste uren op het schip bewust meemaken.

Als ze de Eems op varen, aan bakboord de vuurtoren van Borkum voorbijschuift, het licht van de Campener vuurtoren in het duister voor de boeg opdoemt en uit de marifoon de vertrouwde stem van de Verkehrszentrale Ems opklinkt, is het alsof haar hele leven, haar hele loopbaan een omweg was naar dit moment, deze thuisvaart.

'Thuis,' zegt ze.

'Wat zeg je?' vraagt Meeuwis, de stuurman.

'Ik heb het gevoel dat je me thuisbrengt,' zegt Geeske.

'Jaja,' zegt Meeuwis. Hij weet niet wat hierop te zeggen, besluit dan tot een eigen confessie. 'De nacht voordat je opstapte, zondag op maandag, kwamen we ook zo de Eems op,' zegt hij, 'het was alleen wat later. Een uur of zeven. We sneden af vlak langs de bank. Haast hè?'

'O, hebben jullie de nacht doorgevaren? Ik dacht dat jullie de voorgaande avond al in Delfzijl waren.'

'Dat was ook de bedoeling,' zegt Meeuwis. 'Maar we hadden een akkefietje bij Lauwersoog. We waren laat. Maar we wilden je niet laten wachten. Het was je laatste tocht... dachten we.'

'Goed zo,' zegt Geeske. Ze glimlacht en kijkt naar een coaster die de Eemshaven verlaten heeft en onderweg is naar zee. Dan zegt ze: 'Dat was dus de nacht dat die wadloper verdronk.'

'Ja,' zegt Meeuwis, 'daar heb ik ook aan gedacht. Die hebben we op een haar na gemist dan.'

Geeske kijkt langs de havenmond van de Eemshaven naar het duister boven de banken. 'Dus je voer vlak langs de bank...' zegt ze.

Meeuwis kijkt op de dieptemeter, neemt wat gas terug en stuurt het schip een beetje naar stuurboord. 'Zo,' zegt hij.

Een groene navigatieboei komt aan bakboord voorbij, de RV180 is de geul uit gevaren. Meeuwis geeft weer wat meer gas.

'We waren zo overhaast uit Lauwersoog vertrokken dat we de stootwillen nog buitenboord hadden hangen.' Meeuwis schudt zijn hoofd. 'Kan je nagaan, je weet hoe Jan is, die gruwt daarvan... Gus heeft ze snel binnen gehaald, hier ongeveer.'

Geeske kijkt de nacht in. 'Hier lag die man,' zegt ze.

Meeuwis knikt. Hij stuurt een beetje van De Hond af. Geeske gaat voor de zijraampjes aan stuurboord staan, staart de nacht in. 'Kijk,' zegt ze. 'De boeggolven spoelen de bank op, zie je dat?' Geeske kijkt in stilte hoe het schuim een wandelende streep trekt, die flauw oplicht in de nacht.

'Ik zal dit missen, Meeuwis,' zegt ze.

Ze zijn een tijdje stil. Dan zegt Meeuwis: 'Zo kan hij ook op de bank gelegd zijn, natuurlijk.'

'Wat bedoel je, Meeuwis?' zegt Geeske.

'Dat we die man zelf op de bank hebben gelegd,' zegt Meeuwis.

Geeske kijkt in de nacht. 'Met de boeggolven,' zegt ze dan.

'Met de boeggolven,' zegt Meeuwis.

48

Het is onmogelijk te ontkomen aan de nacht. Er is een periode geweest, tijdens zijn opleiding, waarin Liewe probeerde zich tegen het ritme van nacht en dag te verzetten door pas te gaan slapen bij zonsopgang, en de nacht zelf te negeren met gesloten gordijnen, lamplicht, muziek, lawaai, lezen, koken, films, cafés en drank. Maar hij hield het niet vol, het sloopte hem nog meer dan de slapeloze nachten in bed, die hij wachtend en luisterend doorbracht in het donker.

Hij kan het soms maar moeilijk verdragen dat het nooit helemaal is overgegaan, dat hij nog steeds wacht en luistert, zo lang nadat hij van Texel is weggegaan. Want wat hem nog steeds wakker houdt, na al die jaren, is hetzelfde als toen: de verlatenheid en verwachting die hij voelde bij het wegsterven en weer aanzwellen van de scheepsmotoren van de TX13.

Bij de eerste vloed in de nacht van zondag op maandag voeren de trawlers uit, in gebruikelijke volgorde. De TX1 voorop, dan de TX27, dan de TX4, dan zijn vader. Hij luisterde hoe de schepen verderop de havenmond van Oudeschild verlieten en de nacht in voeren. Kwamen ze onder de dijk langs, dan dreunden de diesels in zijn slaapkamer. Hij luisterde tot ze langzaam vervaagden en oplosten.

Uit de stilte die overbleef zwollen geleidelijk de doordeweekse geluiden aan: het gekabbel van de vloed aan de dijk, de overzeilende meeuw bij zonsopgang, de tractor van de boer die ging melken, de klagende schapen, de ganzen. Soms, bij mist, riep de hoorn in het Marsdiep.

Was zijn vader achter de horizon verdwenen, dan begonnen de dagen waarin Liewe alleen was met zijn moeder, zijn zwijgzame, lezende, zingende moeder die hem 's avonds achterliet in zijn bed. Daar begon opnieuw het luisteren en het wachten, op de terugkeer van de dreun, die soms pas in de nacht van vrijdag op zaterdag uit de nachtelijke stilte opdoemde; dat onmerkbare moment, dat de schepen door de Helsdeur het Marsdiep op stoomden, verstrooid nu, niet meer in konvooi, niet meer samen, maar afzonderlijk, een voor een, de bevroren ruimen vol vis.

Hij kende het geluid van de TX13, het was een beetje anders dan dat van de andere, er zat een raspje in, alsof de scheepsmotor een kikker in zijn keel had die hij er maar niet uit gehoest kreeg. Hij stond op, sloop naar het raam en zag de TX13 thuisvaren, het lamplicht op het dek, de duisternis van de brug, de geheven bomen. Jan Cupido keerde terug naar het eiland van de levenden.

En alle vergeefsheid begon weer van voren af aan.

De volgende ochtend staat Liewe oog in oog met het ontbijtbuffet: de mand met kaiserbroodjes, de plank met onder het gevouwen doek het donkere brood met het broodmes, de verwarmde bak met worstjes, spek en roerei, de gekoelde vitrine met gesneden kaas en vleeswaren, de voorgesneden tomaat en komkommer op hun schaaltjes, de gekoelde melk, de plasticjes met vruchtenyoghurt, de glazen potten met ontbijtgranen, de vruchtensappen, de mevrouw die hem vraagt naar zijn kamernummer.

Hij neemt koffie, legt twee broodjes op een voorverwarmd bord, vorkt er wat gerookte zalm naast, overweegt dan dat hij, als hij nu wat extra opschept, de rest van de dag vooruit kan en staat zichzelf een extra broodje toe met, vooruit, nog een stukje brie, een lepel roerei en twee worstjes. En wat tomaat en komkommer, om zichzelf gerust te stellen. Hij moet twee keer heen en weer lopen naar zijn tafeltje aan het raam om het allemaal uit te stallen.

Hij gaat zitten, drinkt van zijn koffie en kijkt naar buiten. Er komt een borstelwagentje voorbij dat de eerste herfstbladeren uit het straatbeeld verwijdert. Het is gaan waaien in de nacht en op het stuurhuis van de Georg Breusing zwiepen de antennes heen en weer. Opgewaaid dood blad kleeft aan de romp.

Liewe eet en kijkt naar buiten. Hij probeert zijn gedachten te ordenen. Klaus op de zandbank, touw aan zijn middel en om zijn linkerbeen, de klap op zijn oor, zijn ademnood voor hij verdronk, de verschijning aan de overkant van de geul, de medeplichtigheid van Föhrmann, de rugzak die niet gevonden mocht worden, de handdoek, de energiekoekjes.

Liewes telefoon trilt. Het is een mail van Pauline Islander, de journaliste van Borkum.

Van: Pauline Islander
Aan: Liewe Cupido
01/10/15 08:14

Onderwerp: Vimeo

Geachte heer Cupido,

Ik heb de opname waar we het over hebben gehad gevonden en op Vimeo gezet. Als u er nog in geïnteresseerd bent kan ik u de link sturen. U ziet het drietal met elkaar steggelen. Er lijkt heel wat oud zeer mee te spelen. Het is niet bepaald gezellig tussen de mannen. Ik weet niet of u er wat aan hebt.
Hebt u ook wat nieuws voor mij? Waarom is Klaus Smyrna nog steeds in Delfzijl? Wat is er precies gebeurd met de aanvaring tussen de Nederlandse en onze eigen kustwacht? Komt er nog een Duits onderzoek naar het ongeluk, of is daar geen reden voor? Wie zou dat gaan doen, de Kriminalpolizei Aurich? Klopt het dat Peter Lattewitz is gearresteerd? Waarom?
U begrijpt, ik heb allerlei vragen. Misschien kunnen we gelijk

oversteken, u de link en ik een antwoord op een van de bovenstaande vragen?

Hartelijke groet,
Pauline Islander

49

Liewe is net aan zijn antwoord aan Pauline begonnen als zijn telefoon gaat. Het nummer is afgeschermd. Even overweegt hij het weg te drukken, maar dan neemt hij toch op. Het is het politiebureau van Norden. 'Moment,' zegt hij en hij staat op om de ontbijtzaal uit te lopen. Hij loopt zwijgend de gang door, de straat op en steekt over naar de kade, waar hij in de beschutting van de Georg Breusing blijft staan.

'Ja?'

'We hebben vannacht een man meegenomen die bij Nessmersiel een vrouw lastigviel. Hij had uw nummer en vanmorgen vroeg hij ons u te bellen. De man heet Peter Lattewitz. Hij wil u spreken. Wilt u zijn gesprek aannemen?'

'Wat is er gebeurd?' zegt Liewe.

'Hij heeft afgelopen nacht een vrouw, een toeriste in een vakantiehuis, lastiggevallen. Hij belde aan, bonsde op de ramen, riep dingen. De toeriste belde ons. We hebben hem meegenomen.'

'Kende zij hem?'

'Zij zegt hem niet te kennen.'

'En hij?'

'Verward, onsamenhangend. Zo'n geval.'

'In het dorp?'

'Nee, pal aan de dijk. Hij heeft niks aangericht verder, we moeten hem laten gaan. Hij lijkt gekalmeerd. Hij zegt dat hij medicijnen moet innemen, maar een arts wil hij niet zien. Hij hinkt een beetje, heeft iets verstuikt, denk ik.'

'Hardhandig ingerekend zeker.'

'Het ging niet vanzelf, heb ik begrepen,' zegt de agent zuinig.

'Ik kom eraan,' zegt Liewe.

'Waar komt u nu vandaan?'

Liewe ziet door de ramen van de ontbijtzaal dat zijn tafeltje met zijn nauwelijks aangeroerde ontbijt door de vrouw van het hotel wordt afgeruimd.

'Emden,' zegt hij.

Peter Lattewitz is er niet best aan toe. Als hij de grote plastic zak met zijn afgenomen bezittingen terugkrijgt, neemt hij de inhoud ervan een paar keer achterdochtig door. Maar alles is er, en Liewe nodigt hem uit met hem mee te lopen, het politiebureau uit. Lattewitz ziet er doodmoe uit, zijn haar in de war, maar zijn ogen staan alert, alsof hij gekweld wordt door slapeloosheid. Hij hinkt.

'Ik breng je naar huis,' zegt Liewe. 'Heb je iemand? Broer? Zus?'

'Mijn zus woont in Canberra,' zegt Lattewitz. 'Maar ik red me wel.'

De auto staat om de hoek, Lattewitz stapt zwijgend in. Als Liewe ook instapt kijkt Lattewitz van hem weg, uit het portierraam. Zijn handen liggen op zijn bovenbenen. Ze trillen een beetje.

Van Norden naar Aurich is een half uur rijden. Als ze het stadje uit zijn en rondom het kalmerende uitzicht van kaal akkerland zich ontvouwt, zegt Liewe: 'Toen je van het wad kwam, zei je dat niemand je zou geloven. Maar ik geloof wel degelijk dat er iemand op het wad was, aan de overkant.'

'Ze stond daar,' zegt Lattewitz. Hij kijkt weg van het uitzicht, dan naar zijn handen op zijn bovenbenen, alsof hij ze tot de orde wil roepen. 'Het is iets tussen ons,' zegt hij.

'Dacht je dat Helen dat was, in dat vakantiehuisje afgelopen nacht?'

'Zij was het,' zegt hij. 'Ze riep...' Hij stokt.

Liewe zwijgt, wacht. Lattewitz legt zijn handen nu op zijn

voorhoofd, haalt ze plots weg, kijkt om zich heen, dan weer het zijraampje uit.

'Ik had met Helen een afspraak,' zegt hij, 'dat als ik het zou voelen aankomen, ik het zou laten weten. Toen Helen weg was gegaan, sprak ik af met Aron, dat ik hem...' Hij zwijgt, alsof hem iets invalt.

'En nu? Niemand?'

'Aron is gisteravond teruggekomen,' zegt Lattewitz zacht. 'Ik kan hem...' Hij balt zijn vuisten. 'Verdomme,' fluistert hij. Liewe kijkt opzij. Lattewitz heeft tranen in zijn ogen.

'Ik geloof wel dat er iemand op het wad was,' zegt hij. 'Maar ik probeer de mogelijkheid te onderzoeken dat het niet Helen was, maar iemand anders.'

Lattewitz fronst, alsof hij pijn heeft.

'Weet je nog wat ze riep, Peter?'

Lattewitz knikt en kijkt naar buiten, naar de terp van Osteel met de Warnfriedkerk. Kraaien fladderen in de windvlagen om de toren. 'Niemand anders kan dat gezegd hebben.'

'Heb je nog wat kunnen slapen?' vraagt Liewe.

Lattewitz schudt zijn hoofd, wendt zich weer naar hem toe en zegt, met verheffing van stem: 'Het is tussen ons!'

Liewe knikt. Ze rijden een tijdje in stilte. 'Ik ben eens in het donker op het wad geweest,' zegt Liewe. 'De kleuren zijn weg, er zijn alleen donkere en lichtere tinten, wat je denkt dat water is, blijkt slik, wat je denkt dat zand is, blijkt water.'

'Wat beweer je nou eigenlijk, wil je zeggen dat ik gek ben?'

'Integendeel, ik denk dat je omgeven was door een decor van zinsbegoochelingen, alles lijkt normaal maar dat is helemaal niet zo. Je denkt dat water land is, je denkt dat het land water is, je denkt dat iemand fluistert die eigenlijk schreeuwt, je denkt dat iemand aan het touw rukt die dat niet doet...'

Lattewitz zwijgt en staart door de voorruit.

'Je hebt verteld wat je is overkomen: je staat aan de noordkant van het Blinde Randzelgat. Je ziet Klaus twijfelen, iets eten en dan het water in gaan. Hij heeft een mijnwerkerslampje op. Jij hebt ook zo'n lampje op je hoofd. Dan hoor je dat hij schreeuwt, hij probeert terug te gaan naar de oever, het touw valt uit je handen, Klaus verliest zijn evenwicht... Zo heb je het aan de eilandpolitie verklaard. Maar wat je tegenover die mannen hebt verzwegen, waarschijnlijk omdat je dacht dat ze je niet zouden geloven, is dat je een gestalte zag aan de overkant, en die zei, of fluisterde, of schreeuwde iets tegen jou, iets dat alleen Helen kon zeggen... voor mijn begrip, Peter: schreeuwde ze het, of fluisterde ze het...?'

'Ik kon de lijn niet houden,' zegt Lattewitz. 'Ik moest hem laten gaan. Ik kon er niets aan doen, hoor je, het is niet mijn schuld.'

Liewe zwijgt, heel geleidelijk mindert hij snelheid. Hij heeft tijd nodig.

'Wie rukte aan het touw, Peter, was dat Helen, of was jij dat?'

'Ik zag haar, de nacht begon te draaien...' Hij kijkt in zijn handen. 'Ik voel dat touw nog steeds uit mijn handen glijden.'

Liewe zwijgt even, zegt dan: 'Glijden... alsof de stroom het meenam...'

Lattewitz knikt, maar schudt dan toch zijn hoofd. 'Helen leek groot als een godin,' zegt hij, 'ze zweefde, maar dat was nevel, ze stond in de nevel, ze zei, ze riep...' Hij maakt zijn zin niet af. Dan lacht hij, zonder vreugde. 'Helen Athene, met cape en speer.'

'Mocht Klaus niet naar haar toe?' zegt Liewe. 'Trok je hem naar je toe? Weg van haar?'

Lattewitz knippert, alsof hij ontwaakt. 'Je moet hier links,' zegt hij.

Als Liewe even later in Aurich voor het huis heeft geparkeerd, heeft Lattewitz moeite met uitstappen.

'Ze hebben je te grazen genomen,' zegt Liewe terwijl hij hem uit de auto helpt.

'Er ging er een boven op me zitten,' zegt Lattewitz, 'terwijl de ander me boeide.'

'Ik weet het,' zegt Liewe. 'Kom.'

'Laat me los,' zegt Lattewitz opeens fel.

Liewe laat los en loopt dan voor hem uit naar de voordeur.

'Waar denk je dat je naartoe gaat?' zegt Lattewitz.

'Ik breng je naar binnen, dan ga ik weer weg,' zegt Liewe.

Lattewitz probeert hem opzij te duwen, maar zakt door zijn enkel en kermt van de pijn. Hij moet op Liewe steunen. Er zit niets anders op. 'Geef me de sleutels maar, ik breng je naar binnen.'

Liewe morrelt een tijd aan het slot, opent dan de voordeur en helpt Lattewitz dan zijn eigen huis binnen, door de hal naar de woonkamer waar hij hem neerzet in een stoel bij het raam.

'Heb je een verbandtrommel ergens?'

'Boven, in de badkamer,' zegt Lattewitz. 'Daar liggen ook mijn medicijnen.'

'Maak je geen zorgen,' zegt Liewe. 'Ik ga naar boven, haal de verbandtrommel, geef je je medicijnen, en dan laat ik je alleen.'

Lattewitz knikt, gaat achterover zitten en sluit zijn ogen.

Liewe loopt de kamer uit, klimt de trap op naar boven en vindt dan na enig zoeken in de badkamer onder de wastafel een verbandtrommel. Op de richel onder de spiegel liggen twee doosjes met lithiumcarbonaat. Het ene doosje is van de Insel-Apotheke op Borkum, het andere van de Lindenboom Apotheke in Aurich. Hij neemt beide mee naar beneden.

'Een glas water, zeker?' Lattewitz knikt. Liewe loopt naar de keuken, zoekt een glas, vult het met water en loopt met beide doosjes terug naar Lattewitz, die nog steeds met gesloten ogen in zijn stoel zit.

'Wil je eerst de pillen uit Borkum opmaken?'

Lattewitz haalt zijn schouders op. Liewe zet het glas water naast hem neer, bestudeert de doosjes. Hij fronst. 'Wat is jouw dosering, Peter?'

'1400 milligram,' zegt Lattewitz. 'Daar kwamen we op uit, zware dosering, zware gek.'

Liewe kijkt naar het doosje van de apotheek in Borkum. 'Dit is 600 milligram,' zegt hij. 'Hebben ze gezegd dat je er meerdere moest nemen?'

Lattewitz spert zijn ogen. 'Geef hier,' zegt hij, met hernieuwde achterdocht. Hij grist het doosje uit Liewes handen.

'Hoe kwam dat recept op Borkum?' vraagt Liewe.

'Ik heb gebeld met mijn apotheek. Die hebben het recept naar Borkum gestuurd.' Hij kijkt naar de sticker op het doosje van de Insel-Apotheke. 'Wat heb je gedaan? Wat heb je zitten bekokstoven daarboven?' zegt hij.

Liewe staat op.

'Ze hebben je een verkeerde dosis gegeven, Peter. Vandaar dat je je niet goed voelt.'

Lattewitz kijkt naar beide doosjes, kijkt dan op naar Liewe. 'Mijn huis uit,' zegt hij dan. 'Jij met je schijnheilige smoel en je hondenblik. Opdonderen, nu!'

50

Derk Wortelboer is onrustig. Er komt een collega uit Duitsland voor een tweede autopsie van Smyrna. Ze heet Specht, dr. Gunilla Specht, en hij kan de associaties die die naam oproept maar moeilijk uit zijn hoofd zetten. Hij heeft haar nooit ontmoet, hij weet alleen maar dat ze voor de Ubbo Emmius Kliniken in Aurich en Norden werkt, en dat ze Specht heet, Gunilla Specht.

Hij heeft zijn autopsierapport over Smyrna opnieuw uitgeprint, hij heeft het oogdoekje dat hij voor Hedda Lutz op het beschadigde oog had gelegd weggehaald, en hij heeft zelfs op internet de naam Gunilla Specht ingetoetst om te kijken hoe ze eruitziet. Maar hij vond alleen een foto van een vrouw op een Duitse site voor blinden en slechtzienden. Deze Gunilla Specht voert actie om voor slechtzienden de mogelijkheid te scheppen toch een rijbewijs te halen, als ze een bril dragen met een telescoopje op een van de brillenglazen. Op de webpagina staat een foto van de slechtziende Specht die met haar telescoopbril op achter het stuur zit, een zwarte blindengeleidehond recht overeind naast haar op de bijrijdersstoel. Deze Specht kan het niet zijn, denkt Wortelboer, terwijl hij de foto bestudeert. Ze is klein, heeft een bleke huid en wit haar, strak achterovergekamd als Jane Goodall. De hond kijkt net als zij door de voorruit. Waarschijnlijk is de foto in een stilstaande auto genomen.

Wortelboer wordt opgeschrikt door een klop op de deur van zijn spreekkamer. Hij komt overeind, opent de deur en daar staat dr. Gunilla Specht. Met haar hond. Ze is het toch.

Gunilla Specht richt haar telescoopje op zijn gezicht en neemt hem op.

'Wortelboer,' zegt hij en steekt zijn hand uit.

'Dokter Gunilla Specht. Aangenaam kennis te maken. Ik ben hier voor een autopsie, van Nicolaus Smyrna.'

'Bent u alleen komen rijden?'

'Nee,' zegt Specht, 'ik ben tot mijn spijt nog volledig afhankelijk van mijn assistent.'

Wortelboer buigt zich iets naar voren, kijkt om de hoek van de deur en ziet een tengere jongeman met een tas in zijn hand een paar passen opzij tegen de muur staan. Hij knikt hem toe. 'Wortelboer,' zegt hij.

De assistent zegt zijn naam, maar nogal zacht. Wortelboer verstaat hem niet. Laat ook maar, denkt hij. 'Zal ik jullie voorgaan?' zegt hij.

'Hij heet Thomas,' zegt Specht, die de situatie kennelijk aanvoelt. 'Thomas Saraceni. Hij spreekt zacht, maar heeft een kritische geest.'

'En de hond?' Wortelboer kijkt vorsend op de zwarte labrador neer, die de oren naar achteren trekt en zijn boventanden ontbloot. '*Dogs bark at me as I halt by them*,' zegt hij en hij haalt zijn blik niet van de hond af.

'U kunt de hond niet aanhalen, niet aaien en al helemaal niet aanspreken,' zegt Specht. 'Mag ik voorstellen om aan het werk te gaan?'

Wortelboer snuift diep in, maakt dan een uitnodigend gebaar. 'Aan het einde van de gang links,' zegt hij. 'De heer Smyrna verwacht u. Gaat u voor.'

Dokter Specht en haar hond lopen de gang door en Wortelboer volgt haar op armlengte, zijn autopsierapport onder zijn arm. Thomas Saraceni komt naast hem lopen.

'Hij heet Butz,' zegt hij zacht. En als Wortelboer hem fronsend aankijkt: 'De hond.' Hij glimlacht verontschuldigend. 'Dokter Specht is echt bijzonder deskundig,' fluistert hij.

'Ik twijfel er niet aan,' zegt Wortelboer en bij nadering van de klapdeur trekt hij een sprintje, haalt Gunilla Specht in en gaat haar voor het mortuarium binnen. Onder de tl-lampen ligt het lichaam van Smyrna klaar om nog een keer onder de loep genomen te worden.

'U kunt ons hier achterlaten,' zegt dokter Specht terwijl ze haar telescoopje naar boven klapt.

'Dit is mijn rapport,' zegt Wortelboer. Hij houdt het autopsierapport in haar blikveld, maar ze neemt het niet aan. Thomas schiet toe, pakt het over. 'Dank u zeer,' zegt hij.

'We kunnen achteraf een en ander bespreken, hoop ik,' zegt dokter Specht. Ze wendt zich naar Thomas, die het rapport op een kastje heeft neergelegd en haar eerst een witte jas en dan handschoenen overhandigt. Terwijl zij de jas en handschoenen aantrekt, stelt Thomas de tafel wat hoger af.

'Dan laat ik jullie alleen,' zegt Wortelboer met een blik op Butz, die geconcentreerd de geur van Smyrna opsnuift. 'U vindt ongetwijfeld de weg naar mijn kamer terug.'

'Dank u collega,' zegt Gunilla Specht. Ze zet haar bril af, vouwt hem op en stopt hem in de binnenzak van haar doktersjas. Thomas posteert zich tegenover haar aan de andere kant van Smyrna. Ze staan even stil, eerbiedig bijna, als in gebed. Dan haalt Thomas voorzichtig het laken van Smyrna af en buigt dokter Specht zich voorover tot haar ogen minder dan tien centimeter boven Smyrna's huid zweven.

'Kleur?' vraagt ze aan Thomas.

'Geen bijzonderheden,' zegt Thomas.

Wortelboer verlaat het mortuarium, kijkt door het ruitje van de klapdeuren nog een keer om naar zijn collega en haar assistent.

51

Xander was die ochtend nauwelijks binnen op de politiepost Bunde of zijn chef riep hem bij zich. 'Het lijkt erop dat je aanwezigheid elders dringend gewenst is,' zei hij. 'Je hebt kennelijk een goede indruk gemaakt.' Hij keek op een papiertje, waarop hij wat aantekeningen had gemaakt. 'Rechercheur Cupido? Zegt je dat wat? Is dat dezelfde die je kwam wegplukken hier?'

Xander knikte. Mond houden, dacht hij, luisteren. 'Dat was hem, van Cuxhaven,' zei hij toch maar.

'Ik zal hier maar gewoon voorlezen wat het verzoek is, het komt inderdaad van Cuxhaven... De vraag is of je naar het natuurgebied Leyhorn wil gaan, om te kijken of je achterhalen kan hoe... hoe de opstapper...?' Hij keek over zijn bril naar Xander, zag dat hij knikte, ging door: '...van boord gegaan kan zijn tussen de sluis en Greetsiel. Of ik je die opdracht wilde geven.'

Xanders chef deed zijn bril af. Hij zag dat Xander begripvol knikte en dat zijn jongste medewerker kennelijk meer wist dan hij, ging achterover zitten en vroeg: 'Je voelt je niet op je plek?' Hij keek hem strak aan, als een douanier. Voordat Xander iets kon zeggen, ging hij door: 'Denk je dat wij het zo leuk vinden hier?'

'Ik heb hier niet om gevraagd,' zei Xander. 'En het duurt vast maar een paar dagen.'

'Ik heb gezegd dat ik je zou laten gaan,' zei zijn chef. Hij zette zijn bril weer op en terwijl hij zijn aandacht richtte op het computerscherm voegde hij eraan toe: 'Voor een paar dagen.'

Xander wachtte onrustig of er meer kwam.

'Nou, waar wacht je op? Burgerkleren aan en de natuur in.'

Xander draaide zich om, bedacht zich, wendde zich weer naar

de chef en knikte om afscheid te nemen. Zijn chef kon een glimlach niet onderdrukken. 'Pak ze, Rimbach,' zei hij.

Xander neuriet de hele weg van Bunde naar Greetsiel. Hij voelt een vreemd soort opwinding, bijna als een kind aan de vooravond van zijn verjaardag. Nu en dan zoekt hij even oogcontact met zijn spiegelbeeld in de achteruitkijkspiegel.

Hij heeft op Google Maps het gebied bestudeerd en geconcludeerd dat er maar één mogelijkheid is om ongezien bij Föhrmann van boord te komen en je uit de voeten te maken zonder dat je wordt opgemerkt, en dat is door het natuurgebied halverwege de sluis en de haven, buiten het zicht van de sluis, maar nog ruim een kilometer van de bewoonde wereld.

Maar hoe kwam de opstapper dan van boord? Er zijn geen steigers of kades in het natuurgebied, de oevers zijn grillig en overgroeid, zag hij. De GRE42 kan natuurlijk vlak langs de oever zijn gaan liggen, zodat de opstapper van boord op de wal gesprongen kan zijn, maar de kotter zal hebben moeten uitkijken voor ondiepte. Misschien heeft Föhrmann een loopplank uitgeschoven, of heeft de opstapper zelfs een stukje door water gewaad. Of misschien heeft de GRE42 een sloepje aan boord en heeft hij dat gebruikt.

Was hij eenmaal van boord, dan kon hij in de beschutting van de oude zeedijk, die als een langgerekte welving in het natuurgebied ligt, ongezien naar de weg lopen, waar ergens het witte autootje geparkeerd stond. Het waren best pittige afstanden om onopgemerkt af te leggen, maar hij kan zijn doorgegaan voor een van de vele wandelaars; natuurliefhebbers met verrekijkers die er geen been in zagen kilometers te voet af te leggen alleen maar om een van de vogels te betrappen die er zich volgens de vele voorlichtingsborden in het natuurgebied ophouden: een kluut, een blauwborst, een lepelaar, een troep rotganzen.

Xander besluit om zich te concentreren op de oostoever van het Leyhörner Seildiep, want dat is de rustige kant van het natuurgebied, grotendeels verboden voor bezoekers. Hij rijdt Greetsiel voorbij, slaat af naar het diep, besluit dan voordat hij naar het natuurgebied rijdt eerst even te kijken bij de Leybucht-jachthaven, vlak buiten het dorp. Er is een leeg parkeerplaatsje. Hij parkeert, stapt uit. Het is gaan waaien en er hangt regen in de lucht.

De toegang tot het havengebouwtje is versperd door hekken, de afgemeerde bootjes schommelen naast elkaar, de wind fluit vrolijk in de verstagingen, vaantjes wapperen.

Aan de overkant van het water strekt het natuurgebied zich uit: riet, gras, wilgenbosjes. Een wolk trekvogels wordt door de wind uiteengeblazen. Xander probeert in de verte te onderscheiden waar de opstapper van boord gegaan zou kunnen zijn, maar het is niet te zien vanaf de plek waar hij staat.

Vanuit Greetsiel komt een auto aangereden. Hij remt af en parkeert een eindje verderop. Een bejaard echtpaar stapt uit. De vrouw neemt Xander op haar gemak op, de man opent de achterklep en haalt een emmer, borstels en een doos met schoonmaakmiddelen tevoorschijn. Xander loopt naar ze toe.

'Moin,' zegt hij.

'Moin,' zegt de vrouw terug. De man vertraagt zijn pas en kijkt hem kort aan. 'Moin,' zegt hij ook.

'Schoonmaak voor de winter?' zegt Xander. 'Veel spinnen zeker zo in het najaar?'

'Verschrikkelijk,' beaamt de vrouw. 'Eigenlijk kan je elke dag opnieuw beginnen.'

'Ik heb een vraag over deze parkeerplaats,' zegt Xander. 'Ik vroeg me af of u zondagavond, of maandagochtend, ook hier geweest bent, en of er misschien een auto stond die u niet kent. Een kleine witte auto.'

'Waarom wil je dat weten?' vraagt de man.

'Ik doe een politieonderzoek,' zegt Xander.

Dat interesseert het echtpaar. 'Waren jullie ook bij Föhrmann?' zegt de man, nog steeds met de doos in zijn armen. Zijn bril is een beetje scheefgezakt op zijn neus, maar omdat hij die doos in zijn handen heeft, laat hij het maar zo. De wind waait zijn spaarzame grijze haar op.

'Ik heb geen vraag over de heer Föhrmann, maar over een witte auto die hier geparkeerd heeft gestaan.'

'Er staan hier zo vaak auto's van vreemden,' zegt de vrouw. 'Die komen voor de haven in het dorp. Van heel Duitsland. Nederlanders ook wel, Friezen.'

'Ik weet het,' zegt Xander, 'ik kom hier zelf ook regelmatig.'

'Polen,' gaat de vrouw door, 'Belgen, Engelsen. Overal vandaan. Allemaal naar Greetsiel.' Een windvlaag. Ze legt een hand op haar haar.

'Wat is er met die witte auto?' wil de man weten.

'We zoeken een persoon in een kleine witte auto die hier zondagnacht heeft geparkeerd en de auto maandag weer heeft meegenomen. Een Polo, een Ford, zoiets.'

De man schudt zijn hoofd. 'Wij waren hier niet op zondag en ook niet op maandag,' zegt hij.

'Van wie is die auto dan?' vraagt de vrouw. Ze houdt haar hoofd een beetje schuin, ze wil het antwoord niet missen.

'Dat weten we niet,' zegt Xander. 'Iemand met een groene rugzak.'

De man lacht kort maar niet van harte, alsof hij in zijn zij gepord wordt. 'Een rugzak,' zegt hij. 'Ik wens je veel succes, jongen.'

Xander knikt. 'Dan ga ik weer verderop,' zegt hij.

'Doe dat maar,' zegt de man en zonder te groeten loopt hij naar het hek. De vrouw haalt een sleutel tevoorschijn en loopt achter hem aan.

'Mocht er iemand in het dorp zijn die me meer kan vertellen, dan ben ik hier te bereiken.' Xander haalt zijn kaartje tevoorschijn. Het is de eerste keer dat hij het ergens voor gebruiken kan. De vrouw houdt de pas in. Ze neemt het kaartje aan en kijkt er even op, stopt het weg en maakt dan het hek open voor haar ongeduldige man.

52

Lothar Henry is de eerste die Geeske belt als ze die ochtend als plaatsvervanger van de commandant op de brigadepost in Delfzijl is aangekomen.

'En je zou nog wel met pensioen,' zegt Lothar. 'In plaats daarvan maak je promotie.'

'Zo zou je het ook kunnen zien,' zegt Geeske, 'maar ik ben bang dat het het oude liedje is: vrouwen zoals jij en ik moeten de rotzooi opruimen die de kerels hebben achtergelaten.'

Lothar barst in lachen uit. 'Je weet niet half wat voor kerel ik ben.'

'Ik wil het ook niet weten, Lothar.'

'O o o,' lacht Lothar. 'Maar wat ga je nu doen?'

'Eerst jou maar eens bellen. Hoe is het met Rademacher? Heeft hij dat oorlogsschip voor de havenmond gelegd?'

'Ik ben bang van wel. We noemen het al de Blokkade van Rademacher, of de Dollardcrisis.'

'En nou is hier volgens mij een arts uit Aurich om naar Smyrna te kijken. Het lijkt wel alsof iedereen zich ermee wil bemoeien.'

'Staatsanwalt Brock heeft het eigenlijk overgenomen, dat is dus Aurich, maar Rademacher laat het niet zomaar gaan. Hij is net zo'n stijfkop als jullie commandant. Hoe is het met hem?'

'Hij zit thuis,' zegt Geeske. 'Ik bel hem zo.'

'Als je Smyrna laat gaan, is de angel eruit,' zegt Lothar. 'De Hollander is trouwens ondertussen nog onofficieel aan het rechercheren.'

'Ik heb hem gesproken, intrigerende man. Beetje allenig. Waarom bijt hij zich er zo in vast?'

Lothar zucht. 'Hij is de Hollander.'

Anne-Baukje komt aan Geeskes bureau staan, blaast haar een handkus toe. Geeske glimlacht. Ze legt een hand op de hoorn. 'Even...' zegt ze. En dan weer tegen Lothar: 'Komt Cupido ergens op uit?'

'Hij heeft beet ja, daarom laat hij niet los. Hij wil antwoorden voordat Aurich hem de zaak uit handen neemt.'

'En wat kan de stemming bij jullie kalmeren? Als ik de zandbank officieel aan Duitsland overdraag?'

'Met parades en vlaggen en kanonschoten... o o o.'

'En dan met zijn allen rennen voor de vloed die opkomt.'

'Ik weet niet eens waar de grens precies loopt, jij wel?'

'Nee, volgens mij weet niemand dat. Er is een streep op een kaart uit 1960 met twee coördinaten,' zegt Geeske. 'Die grens liep toen dwars over De Hond. Maar ja, zandbanken wandelen.'

'En weet je zeker dat Smyrna aan de Nederlandse kant van die lijn lag?'

Geeske valt even stil. 'Kijk, dat kan alleen een vrouw bedenken,' zegt ze dan.

'Ik wens je succes en wijsheid, M & M.'

Geeske legt op en kijkt Anne-Baukje aan, die met een grote glimlach is blijven luisteren. 'Zo heerlijk dat je terug bent, M & M.'

'Hebben ze jou hier nog in betrokken?' vraagt Geeske.

'Die Duitse rechercheur vroeg me naar camerabeelden bij de Poort van Groningen.'

'Het tankstation?'

'Ja. Kan ik dat doen?'

'Ik denk het wel, we hadden altijd wel contact daar, toen de grens nog een grens was.'

Anne-Baukje knikt. 'Je bent niet in uniform,' zegt ze.

'Dat is naar de stomerij.'

Anne-Baukje trekt haar wenkbrauwen op.

'Modder en champagne,' zegt Geeske. Ze zucht.

'Wat ga jij nu doen?'

'Ik wil dat je wat voor me doet,' zegt Geeske. 'Ik wil graag de tekst van het proces-verbaal en de oorspronkelijke notitie die we op De Hond hebben gemaakt van de coördinaten van de plek waar die wadloper lag. En ik wil dat iemand die kaart van 1960 erbij haalt, die bij het Eems-Dollardverdrag zat. Gewoon om te kijken waar hij nou werkelijk lag, in Duitsland of in Nederland. Kan jij dat doen? Dan bel ik met Henk, die arme drommel. Heeft hij echt eigenhandig dat nieuwe scheepje tegen de Bayreuth lekgevaren?'

Dat Geeske van de districtscommandant de vraag heeft gekregen of ze zijn rotzooi wil opruimen, betekent niet dat Henk van de Wal niet meer op zijn plek terug zal komen. Hij is officieel met ziekteverlof. Hij heeft wel voorlopig zijn mobiele telefoon moeten inleveren, dus Geeske moet op zoek naar zijn vaste nummer. Als ze uiteindelijk belt, neemt hij niet op.

Dan komt Anne-Baukje weer aan haar bureau staan. Ze heeft een map onder haar arm met daarin het proces-verbaal, de foto's van Smyrna op De Hond en het papiertje met de coördinaten. Als Geeske de foto's ziet, komt het voorval weer hard in haar herinnering terug.

'God,' zegt ze, 'denkt er iemand nog wel aan die arme man?'

'Zijn vrouw is nog in Delfzijl,' zegt Anne-Baukje. 'Die nodigt Duitse pers uit en geeft interviews.'

'Ik geef haar geen ongelijk,' zegt Geeske. Ze pakt het papiertje met de coördinaten en legt het proces-verbaal ernaast: 53°24'49" N / 6°55'11" O.

'En nu gaan we Jan bellen,' zegt ze. 'Voor een schipper moet dit gesneden koek zijn.' Ze zet de telefoon op speaker en legt hem op de papieren tussen haar en Anne-Baukje op tafel. 'Ga zitten,' zegt ze tegen Anne-Baukje.

'Toxopeus...'

'Dag Jan,' zegt Geeske. 'Zou je wat voor me willen doen? Ik wil weten of die wadloper in Duitsland lag of in Nederland, en nu zitten we hier met allerlei coördinaten en een kaart uit 1960 waar de grens op is ingetekend. Zou je even willen meekijken? Heb je een pen?'

'Moment.'

Terwijl ze wacht tuurt Geeske naar het handschrift van wachtmeester Rob, die drie dagen geleden (was het nog maar drie dagen?) op De Hond in alle haast de coördinaten opgeschreven heeft.

'Zeg het maar.' Toxopeus is terug aan de telefoon.

'Dit is volgens Nederland in 1960 de grens, ik geef je de twee coördinaten.' Geeske kijkt naar de kaart en leest op dicteersnelheid voor: 53°22'00" N / 6°55'39" O. En dan daarboven: 53°25'42" N / 6°55'00" O.

'Ik heb het,' zegt Toxopeus.

'En dan nu de coördinaten van onze wadloper: 53°24'49" N / 6°55'11" O.'

'Even kijken hoor,' zegt Toxopeus. Hij legt de telefoon neer. Anne-Baukje en Geeske luisteren naar de geluiden die uit de telefoon opstijgen, de stem van Gus, het weerbericht op de marifoon.

'Ik heb de Poort van Groningen gebeld,' zegt Anne-Baukje zacht. 'Het was geen probleem. Je kreeg de groeten.'

Geeske glimlacht. Dan komt Jan terug aan de telefoon.

'Smyrna lag in Nederland,' zegt hij. 'Maar hij had geen vijf meter naar het oosten moeten liggen.'

Geeske schudt haar hoofd, wisselt een blik van verstandhouding met Anne-Baukje. Dan zegt ze: 'Kan je me de coördinaten nog een keer zeggen? Even controleren of we het goed hebben gedaan?'

Toxopeus zwijgt even, grinnikt dan en herhaalt wat Geeske hem heeft gedicteerd. '53°24'49" N / 6°55'11" O.'

'Ach, wat ben ik toch een gans,' zegt Geeske. 'Die 1 op het eind, dat is geen 1, dat is een 7, zie je wel?' Ze houdt het blaadje omhoog en laat het Anne-Baukje zien.

'Dat is een 7,' beaamt Anne-Baukje. 'Duidelijk,' voegt ze eraan toe.

'Blijf even aan de lijn, Jan,' zegt Geeske. Ze staat op, loopt haar kamer uit, en komt even later terug met wachtmeester Rob. 'Rob,' zegt ze, 'het is jouw handschrift, kijk goed: is dit een 1 of een 7?'

Rob kijkt. 'Het is niet duidelijk,' zegt hij.

'Je had haast, ik zie een 7. En jij?'

Rob fronst. 'Ja,' zegt hij, 'nu je het zegt, dat is duidelijk een 7.'

'Jan? Ben je daar nog? Ik heb verkeerd gelezen, de coördinaten van Smyrna zijn: 53°24'49" N / 6°55'17" O.'

'Maar dan...' zegt Jan en hij legt zijn toestel weer even neer, maar is al gauw terug. 'Smyrna lag toch in Duitsland,' zegt hij.

'Nou, dat is me toch ook wat,' zegt Geeske. 'Dan moeten we de officier bellen, want dat staat dus fout in het proces-verbaal.'

'Heb je verder nog wat van me nodig, Opper?'

'Nee, Jan, dank je wel... of, wacht even, nog een vraagje: hoeveel scheelt het nou, die misser?'

'Nog geen honderd meter,' zegt Jan. 'Honderd passen modder.'

'Het is een wereld, Jan, geloof me, een wereld van verschil.'

53

Xander is verder gereden en bij een ophaalbrug het water overgestoken. Onder langs de dijk loopt een weg die naar de sluis voert. Na een kleine kilometer buigt de zeedijk weg naar het noordoosten. Bij de aanleg van de sluis, een paar kilometer van de oude kustlijn op het wad, is een landpunt ontstaan. Twee massieve zeedijken omklemmen als de scharen van een enorme kreeft een getijdenbekken, een vaargeul naar Greetsiel en een snel verzoetend natuurgebied. Alleen aan de oude dijk is te zien waar ooit de kust liep. Xander zet de auto aan de kant en stapt uit.

Langs de oude dijk loopt een karrenspoor door de klei, dat nog maar zelden gebruikt wordt. Op de percelen wordt nog steeds gemaaid, ze liggen er nu kaalgeslagen bij. Een hek sluit de toegang af. Xander heeft een regenjas aangetrokken, klimt over het hek en loopt langs de dijk het verboden gebied in. Op ongeveer vijftig meter van de weg staat een bouwkeet.

Als hij de keet nadert, hoort hij dat er mensen binnen zijn. Iets weerhoudt hem ervan om aan te kloppen. Het zijn geen schaftgeluiden die hij hoort, noch het gefluister van vogelaars. Hij blijft met ingehouden adem staan en luistert. Hij hoort gestommel en geluiden van iemand die zo te horen pijn heeft. Een aanzwellende regenbui en het gesuis van de windvlagen maken het lastig om goed te onderscheiden wat zich binnen afspeelt. Xander zet voorzichtig een paar stappen naar de keet toe en legt zijn oor tegen het hout. Dan hoort hij wat er binnen aan de hand is: geen pijn en ook geen mishandeling.

Hij zet zich voorzichtig af, loopt om de keet heen en beklimt met zware voetstappen het trapje dat naar de deur leidt. Hij klopt een paar keer aan en luistert hoe binnen de geluiden verstommen. Hij wacht even, klopt nog een keer, en hoort dan aarzelende voetstappen. Een meisje doet de deur een beetje open en kijkt naar buiten. Haar haar is door de war, haar pupillen zijn groot, haar lippen rood. Op de achtergrond worstelt een jongen met zijn broek.

'Mag ik even binnen komen?' vraagt Xander.

'We zijn vogels aan het kijken,' zegt het meisje. Ze kijkt langs Xander of hij alleen is.

'Natuurlijk,' zegt Xander. 'Ik zal ze niet wegjagen.'

Het meisje kijkt om naar haar vriend, die alle kleren weer aan heeft. Ook hij heeft een kleur. Xander knikt hem toe.

'Ik ben Xander Rimbach,' zegt hij. 'Ik doe een politieonderzoek, ik heb alleen maar een paar vragen en ik stel ze liever binnen als dat kan. Het duurt maar even, dan kunnen jullie weer verder vogels kijken.'

Het meisje duwt de deur verder open. 'De deur was gewoon open,' zegt ze. 'We hebben niet ingebroken.'

'Maak je geen zorgen,' zegt Xander. En dan: 'Echt niet, maak je geen zorgen, en het spijt me dat ik jullie gestoord heb. Maar ik ben hier nu eenmaal.'

'Niemand mag het weten,' zegt het meisje. 'Als mijn ouders...'

'...dan was je gewoon vogels aan het kijken,' vult Xander aan.

Het meisje rolt met haar ogen. 'Dat geloven ze nooit,' zegt ze.

De jongen lacht onhandig.

'Ik wil alleen weten of jullie hier misschien zondagavond of maandagochtend ook waren.'

'Dit is de eerste keer,' zegt de jongen. 'We doen dit anders nooit.'

Xander schudt zijn hoofd. 'Het is belangrijk,' zegt hij.

'Wat is er dan aan de hand?' vraagt het meisje. 'Is er hier iets gebeurd?'

'Dat is de vraag,' zegt Xander. Hij kijkt ze een voor een aan. Niks zeggen, denkt hij.

'Wat wil je weten dan?' De jongen wint aan zelfvertrouwen en maakt zich wat groter.

'Ben jij wel van de politie?' vraagt het meisje. Xander realiseert zich dat ze niet eens zoveel in leeftijd van elkaar verschillen. Hij voelt in zijn broekzak, vindt zijn ID en laat het zien. Ze kijken er beiden naar.

'Ik wil alleen maar weten of jullie, als je hier zondagavond of maandagochtend was, iemand hebben gezien.'

'Zal u het echt niet aan mijn ouders zeggen?' zegt het meisje. Ze kijkt naar haar vriend, die zijn schouders ophaalt. 'We waren hier maandagochtend heel vroeg,' zegt ze. 'Eiso kwam terug van melken en ik...' Ze giechelt. 'Ik had gezegd dat ik vroeg moest werken.'

'Er was een fiets,' zegt de jongen, 'zo'n opgevouwen fiets, weggestopt onder de keet.'

'Heb je ook iemand gezien? De eigenaar van de fiets?'

'Nee,' zegt de jongen.

'Jawel,' zegt het meisje.

'We keken niet erg hard naar buiten,' zegt de jongen.

'Maar we hoorden wel dat er aan die fiets gerommeld werd,' valt het meisje in. 'We schrokken, hielden ons heel stil. En even later heb ik voorzichtig uit het raam gekeken en zag ik die fiets wegrijden over de weg.'

'Heb je gezien wie erop zat?'

Het meisje schudt haar hoofd. 'Die fietser had een poncho aan. Ik weet nog dat ik dat raar vond, want het regende niet eens.'

'En hij had een bochel,' zegt de jongen. 'Groot en een bochel, en dan met van die kleine wieltjes.' Hij schudt zijn hoofd en lacht.

'Kan het zijn dat hij een rugzak onder die poncho had?'

Het meisje knikt. 'Dat is het natuurlijk,' zegt ze.

'En jullie kenden hem niet? Of was het een vrouw?'

Beiden halen hun schouders op.

'Hoe laat was het?'
'Tien uur,' zegt de jongen.
'Misschien iets later,' zegt het meisje.
'Of iets vroeger, kan ook,' zegt de jongen.
'Ik moet jullie toch vragen om me je naam te geven,' zegt Xander.
Het meisje kijkt verschrikt. 'Maar je zegt het niet tegen mijn ouders?'
'Als je helpt een moord op te lossen zijn je ouders alleen maar trots op je, geloof me,' zegt Xander.
Na enig aandringen geven ze Xander hun naam. 'Jullie hebben me erg geholpen,' zegt hij. 'Ik laat jullie weer alleen met de vogels.'

De regen is over getrokken, maar het waait nog steeds als Xander langs de dijk naar het diep loopt, vergeefs naar sporen zoekt in het riet en boven op de oude dijk terugloopt naar de auto. Hij vindt twee voetstappen in de modder, meet ze op, fotografeert ze. Ze voeren naar het water toe. Verder is er niets dat op de aanwezigheid van mensen duidt, behalve dan de uitgediende dijk, de vage geometrie van verlaten bouwland en boven het riet de toplichten van een schip, op weg naar Greetsiel.

54

Het huis van Aron Reinhard en Maria Ziegler in Oldenburg kijkt uit op de Schlossgarten. Het is een vrijstaand, statig en goed onderhouden negentiende-eeuws pand. De struiken en boompjes in de voortuin zijn in jaren niet gesnoeid en de vensters op de begane grond zijn door het geweld van takken en groen enigszins aan het zicht onttrokken. Onder de carport staat een donkerblauwe Volvo. Het schelpengrit op de oprit is het enige wat verwijst naar de zee.

Voordat hij aanbelt, kijkt Liewe in de bagageruimte van de Volvo-stationwagen. Geen vouwfiets. Xander had hem gebeld vlak voor hij in Oldenburg aankwam. Liewe had hem een rustig compliment gemaakt en hem weer aan het werk gezet: 'Vraag nog wat rond verder, in het dorp.'

Het huis van Aron heeft een trekbel. Als Liewe eraan trekt, rammelt het mechaniek en na een korte vertraging klinkt het gealarmeerde geluid van een klepel in een gebarsten bronzen klok.

Terwijl hij wacht, kijkt hij naar de naambordjes op de klassieke houten deur. Aron en Maria hebben er ieder een, met messingkleurige schroeven aan weerszijden van de gepoetste brievenbus bevestigd.

Maria Ziegler.   **Aron Reinhard.**

Hij vraagt zich af waarom ze een punt achter hun naam hebben laten zetten. Het detail laat hem niet onberoerd. Hij betrapt zich erop dat hij zich schrap zet.

Het duurt lang, maar dan naderen voetstappen. Een grendel

verschuift, de deur draait open en daar staat Aron. Zijn helderblauwe ogen kijken neer op Liewe, die onderaan de drie leigrijze natuurstenen treden staat. Aron draagt een licht linnen hemd, open bij de hals, aangesnoerd door een riem. Donkere broek. Laarzen. Een kozak met een baard van een paar dagen. Een kat ontsnapt langs zijn benen naar buiten.

'Cupido,' zegt Liewe. 'Bundespolizei.'

Aron kijkt hem onbewogen aan en wacht. Maar als Liewe verder niets zegt, doet hij een stap terug en zegt: 'Peter heeft me over u verteld. Goed dat u hem thuisbracht. Komt u binnen.'

De hal is op de vloer en langs de wanden bekleed met lichte marmeren tegels. Er hangt een grote spiegel. Een brede houten trap zwenkt met een flauwe bocht uit zicht. Boven gaat een deur open.

'Wie is daar?' Een vrouwenstem.

Aron blijft onderaan de trap staan. 'De heer Cupido,' zegt hij met zijn blik naar boven. 'De agent die Peter heeft thuisgebracht van Borkum.'

'Ik kom er zo aan.' De deur gaat weer dicht.

'Komt u verder,' zegt Aron. 'We zijn net gisteravond teruggekomen uit Engeland, dus we moeten onze territoria weer heroveren. Wilt u koffie?'

'Jullie hebben elkaar gesproken,' zegt Liewe terwijl hij Aron de huiskamer in volgt. De rijke begroeiing rondom het huis dempt het licht in het interieur. Aan de achterkant is een serre aangebouwd die het huis een aangename atmosfeer geeft, als op een open plek in een bos. Aron trekt zich terug in de keuken, geeft het koffieapparaat een opdracht en kijkt toe hoe het kopje volloopt.

'We hebben Peter gebeld en onze vakantie afgebroken,' zegt hij terwijl hij Liewe het kopje overhandigt. 'Het heeft hem nogal aangegrepen, kregen we de indruk. We zijn er zelf ook...' Hij kucht. 'Laten we in de serre gaan zitten,' zegt hij.

Ze passeren een schouw met een grote spiegel erboven. Naast

de schouw staat een kleine vitrine, als in een museum. Er staat een beeldje in.

'Lattewitz heeft precies zo'n beeldje,' zegt Liewe.

'Peter, ja,' zegt Aron. Ze kijken samen naar de vitrine. Een lampje zet het beeld in een zwak licht, als een herinnering.

'U koestert het.'

'Maria kan dat beter uitleggen, maar misschien beter van niet, nu dit allemaal... Het zijn beeldjes uit Liberia, ze horen bij elkaar. Maria is daar geboren, dat weet u? Haar vader was arts bij een mijn, van een Amerikaans bedrijf.'

'Twee beeldjes, ieder kind één,' zegt Liewe.

'U weet van Helen?' vraagt Aron met gedempte stem. Hij wijst op een lijstje op de schoorsteenmantel. Een jonge vrouw, gefotografeerd op een zonnige dag, sproeten, lang krullend haar, lachende ogen, op de achtergrond vaag de kotters van Greetsiel.

'De tweelingzus,' zegt Liewe. 'Die verongelukt is.'

'Ja. Tweelingen krijgen daar in Liberia zo'n beeldenpaar, vaak gaat één van de twee dood. In plaats van de levende tweelingkinderen blijven dan die beeldjes bij elkaar, ik denk dat dat de gedachte is. Ze mogen in ieder geval niet van elkaar gescheiden worden, volgens de Mano, de mensen die daar wonen. Als je ze uit elkaar haalt, brengt dat ongeluk. Maria en Helen hebben de beeldjes vlak na hun geboorte gekregen van de leider van het dorp dat bij de mijn lag. Maria vindt het heel belangrijk in ieder geval, vooral toen Helen... afijn.'

Liewe knikt.

'Dat dorp bestaat niet meer, trouwens,' zegt Aron. 'Allemaal afgegraven en weggespoeld... Zullen we gaan zitten?' Hij gaat Liewe voor naar een zitje met een paar rieten stoelen.

Aron gaat zitten, Liewe blijft staan, neemt een slok van zijn koffie en kijkt de tuin in.

'Wat kan ik voor u doen?' vraagt Aron.

'U bent de tocht misgelopen,' zegt hij. 'Lattewitz en Smyrna hebben nog een tijdje op u staan wachten.'

Aron schudt zijn hoofd. 'Ik had gezegd dat ik niet zou komen. Ik heb de keuze aan hem gelaten.'

Liewe kijkt hem aan. 'Aan hem?' herhaalt hij.

'Aan Peter. Ik zei: Het is aan jou. Ik ben hier, aan de Medway.'

'En als hij niet was gegaan...'

'Dan was Klaus er nu nog,' zegt Aron. 'En dan was Peter er nu niet zo aan toe.'

Liewe zwijgt, neemt weer een slok van zijn koffie, kijkt de tuin in.

'De Medway,' zegt hij.

'Een getijdengebied, lijkt op het wad. Ik heb daar heel prettig gelopen. Veel slik, dat wel.'

'En uw vrouw?'

'Mijn vrouw moet er niets van hebben, de zee. Maar zij leest graag, en de B & B was aangenaam, de Green Farmhouse. We deden de dingen om de dag: de ene dag lopen, dan bleef zij lezen, de andere dag naar Canterbury, Chatham, Londen. Dan ging ik wel mee natuurlijk. Ik ben geen barbaar.'

'U was in...?'

'Lower Halstow, een klein dorpje.'

'En uw vrouw werd ziek?'

'Migraine,' zegt een lage vrouwenstem. Liewe draait zich om. Maria is de serre binnen gekomen. Hij heeft haar niet horen aankomen. 'Maria Ziegler,' zegt ze. Ze geeft een stroeve hand. Haar donkerblonde haar is opgestoken, een donkergroene jurk hangt steil om haar tengere lichaam. Eroverheen draagt ze een roomwit vest.

'Liewe Cupido,' zegt Liewe.

'Wilt u iets bij uw koffie?' vraagt ze. 'Aron verwaarloost u.'

'Dank u,' zegt Liewe. 'Vervelend voor u, migraine op uw vakantie.'

'Je moet het leren accepteren,' zegt Maria, 'maar het is en blijft een verschrikking.'

'Is er niets tegen te doen?'

'Ik heb heel wat rondgedwaald in de farmaceutische wereld, meneer Cupido. Ik heb nu pillen, die onderdrukken de pijn, maar die onderdrukken verder ook alles. Maar laten we het niet over mijn migraine hebben. Dat is onvergeeflijk saai.'

Aron maakt nogmaals een gebaar naar de stoel tegenover hem. Liewe glimlacht naar Maria en gaat zitten.

'U trof Peter toevallig op Borkum?' vraagt Aron.

'Nee,' zegt Liewe. 'Ik zocht hem op, wilde hem een en ander vragen.'

'Zoals?'

'Wat er gebeurd was op het wad.'

'Ik laat jullie even met elkaar,' zegt Maria, 'kunnen jullie praten over modder en koud water.' Ze loopt de serre uit.

Aron kijkt haar na. 'Mijn vrouw is een landdier,' zegt hij zonder emotie. 'Informatica is haar wereld.'

'Peter Lattewitz zei me dat u de route had onderzocht en uitgestippeld,' zegt Liewe.

'Ik heb al het voorwerk gedaan, ja,' zegt Aron. 'U vindt dat op mijn website. Iedereen die kan wadlopen, kan daarmee de tocht maken.'

'Toch jammer dat u er niet bij kon zijn.'

Aron knikt. 'Ze hoefden niet te gaan,' zegt hij.

Liewe kijkt weer de tuin in. 'Dat is uw peilstok?'

Aron volgt Liewes blik. De peilstok staat tegen een muurtje onder een overkapping. 'Maria wil die spullen niet binnen hebben,' zegt hij.

Liewe staat op en loopt naar het raam. 'Hoe lang hebt u hem al?'

'Te lang,' zegt Aron, 'eigenlijk kan het niet meer, maar we hebben zoveel meegemaakt samen, ik wil er geen afstand van doen.' Hij staat op en komt naast Liewe staan.

'Het hout rafelt aan de onderkant,' zegt Liewe.

'Er zat een messing ring om het uiteinde, die ben ik kwijtgeraakt op een nacht onder Engelsmanplaat, waarschijnlijk in een mosselbank... u bent een Hollander?'

'Wat kan er mis zijn gegaan?' zegt Liewe.

'Wat is er misgegaan?' vraagt Aron. Zijn blik verkilt. 'Wat ik fout gedaan heb, bedoelt u? Ik heb bij mijn weten niks fout gedaan.'

'Met uw vrienden daar op het wad.'

'O, dat, natuurlijk,' zegt Aron. 'Waar is het gebeurd?' vraagt hij dan.

'Heeft Lattewitz u dat niet verteld?'

'Zeker, maar misschien weet u meer.'

Liewe denkt na. 'In het Blinde Randzelgat,' zegt hij dan, 'tussen zes en half zeven.'

'Dat bedoel ik... waren ze daar wel echt?'

'Lattewitz beweert van wel.'

'Peter is een warhoofd,' zegt Aron. 'U weet van zijn probleem?'

Liewe zwijgt. Hij ziet het ongemak bij Aron groeien.

'Hij heeft wanen,' zegt Aron dan.

'Waarom vindt u het belangrijk dat ik dat weet?'

'U wilt weten wat er gebeurd is, toch? Daarom bent u toch hier?'

'Wilt u zeggen dat Smyrna is overleden omdat Lattewitz nu en dan wanen heeft?' Liewe kijkt Aron aan.

'Ik zeg dat je er niet helemaal van op aankunt dat Peter altijd de juiste beslissing neemt. Zeker niet als hij onder druk staat. Het is geen onmogelijke tocht, maar je kan beter geen fouten maken.'

'En Smyrna?'

'Die was altijd alleen maar aan het overleven. Kop in de wolken als het water weg was, gehaast als het opkwam.'

'En toch liet u ze gaan, samen, zonder u.'

'Ik heb u gezegd: Maria was ziek. En ze hoefden niet te gaan.'

Liewe knikt. 'Dat hebt u al een paar keer gezegd,' zegt hij.

Aron zwijgt, Liewe ook. Ze kijken in de tuin. De wind is wat afgenomen.

'Smyrna is op De Hond gevonden,' zegt Liewe.

Aron denkt na. 'Wanneer?' vraagt hij.

'Negen uur, misschien wat later.'

'In de avond.'

'Nee, diezelfde ochtend.'

Aron schudt zijn hoofd. 'Dat kan niet,' zegt hij. 'Hoe is hij daar terechtgekomen? Dan is hij tegen het afgaand tij in gedreven. Of stroomt het rond daar langs de bank?' Hij kijkt Liewe aan. 'Nee, u hebt natuurlijk geen idee.'

'Die dag dat uw vrouw haar migraineaanval had... of waren het meerdere dagen...?'

'Het begon zaterdag in de namiddag,' zegt Aron. 'Maandag aan het eind van de dag begon het weer te zakken. Toen zijn we gaan wandelen, in ieder geval.'

'U kunt dan weinig voor haar doen.'

Aron knikt. 'Met rust laten,' zegt hij.

'Dus u bent in de omgeving gaan wadlopen, zeker.'

Aron fronst. 'Nee,' zegt hij. 'Nee, ik ben niet gaan wadlopen.'

'Hebt u contact gehouden met uw vrienden terwijl zij die tocht ondernamen?'

Aron schudt zijn hoofd. 'Weet u,' zegt hij, 'we hadden elkaar nodig voor de tochten, maar de echte vriendschap was voorbij. Hij was zo stijfkoppig om te gaan. Hij koos er zelf voor. Smyrna en hij, ze hebben, ze zijn...'

Liewe zwijgt. Aron schudt zijn hoofd. Zijn ogen zijn vochtig, maar Liewe kan niet goed uitmaken of het woede is of verdriet.

'De dingen gaan voorbij, we maken onze keuzes en moeten het daarmee doen. Die tochten zijn mijn levenswerk, het boek is mijn testament, maar de site, waarin alles samenkomt wat ik zelf, in mijn eentje, bij elkaar heb gebracht in al die jaren, dat is mijn nalatenschap. We waren misschien samen, maar uiteindelijk heb ik altijd alles alleen gedaan.'

Liewe kijkt nog een keer naar de peilstok in de tuin, zegt dan: 'Doet u de groeten aan Maria. Ik kom er zelf wel uit.'

Hij knikt en loopt de kamer in, kijkt in het voorbijgaan naar het beeldje en naar de foto van Helen. In de hal blijft hij staan. Aron is achter hem aan gelopen. 'Dat was ik nog vergeten te zeggen. Ik heb uw rugzak opgehaald bij Nienhof. Ik zal hem u terugbrengen zo gauw we ermee klaar zijn.'

55

De Bayreuth stoomt langzaam op naar de de havenmond van Delfzijl. Geeske heeft de gezagvoerder uitgenodigd de haven aan te doen, zodat de Nederlandse justitie het stoffelijk overschot van Nicolaus Smyrna aan hem kan overdragen.

'U bent toch in de buurt,' heeft ze gezegd.

De kapitein van de Bayreuth heeft het verzoek in beleefde termen geaccepteerd en opdracht gegeven het anker te lichten. 'Doe het rustig aan,' zegt hij tegen de loods. 'Laat het maar duren.'

'Wilt u dat ik de scheepshoorn luid?' vraagt de stuurman.

'Dat is niet gebruikelijk,' zegt de loods.

'Laten we niet overdrijven,' zegt de kapitein.

Pas als ze tussen de havenhoofden door is, hijst de Bayreuth de Nederlandse vlag bij. Op de zeedijk staan twee televisieploegen, van de NDR en van het Groningse RTV Noord.

Op de kade in Delfzijl is een lijkauto gearriveerd en Hedda Lutz heeft haar auto ernaast geparkeerd. Ze is uitgestapt en staat, een sjaal om haar hals, de schouders een beetje opgetrokken, handen in de zakken van haar jack, te kijken in de richting waaruit de Bayreuth zal moeten opdoemen. Geeske, in gestreken, smetteloos uniform, loopt op haar toe en stelt zich voor.

'Ik heb uw man gevonden,' zegt ze. 'Ik vind het heel erg voor u.'

Hedda kijkt haar boos aan, maar ontdooit dan toch een beetje. 'Dank u,' zegt ze.

'Ik kan u geen troost bieden,' zegt Geeske, 'maar, voor wat het waard is, hij zag er niet ongelukkig uit toen ik hem vond.'

Hedda knijpt haar ogen samen, alsof ze vergeefs probeert

kleine lettertjes te lezen. 'Ik weet niet wat ik daarop zeggen moet,' zegt ze.

'Mocht u ooit nog iets willen vragen...' Geeske haalt haar kaartje tevoorschijn. 'Ik heb hier mijn privénummer bij geschreven. U kunt me altijd bellen.'

Hedda haalt een hand uit haar zak, neemt het kaartje aan en stopt het woordeloos weg. Dan komt de Bayreuth in zicht. Een rij politiemannen staat schouder aan schouder aan dek. Er hangt een plechtige stilte. Zelfs de televisieploegen doen hun werk in stilte. Alleen de scheepsmotoren van de Bayreuth grommen zachtjes. Ze keert en nadert zijdelings de kade. Het schemert.

Dan gaan de portieren van de lijkwagen open en stappen twee kraaien uit. Ze zijn in jacquet, dragen grijze handschoenen en lopen op glimmend gepoetste schoenen. Het zijn twee jonge mensen, een man en een vrouw, maar met hun strak weggekamde haar zien ze er tijd- en geslachtsloos uit. Ze openen de achterklep en als ze de kist uit de auto trekken, vouwen er pootjes onderuit met wieltjes. Het gaat bedaard, soepel en geroutineerd. Even later staat Smyrna's kist op de kade.

De Bayreuth laat een loopplank zakken, en dan nog een er pal naast. Zes geüniformeerde opvarenden dalen af naar de kade. Geeske loopt ze tegemoet, geeft ieder van hen een hand. Dan gaan ze om de kist heen staan, drie aan iedere kant.

'Moment.'

Het is de stem van Gus. Hij is van de RV180, die even verderop langs de kade ligt, af gesprongen en komt aangelopen met in zijn hand de peilstok die hij op het wantij onder Schiermonnikoog gevonden heeft. Hij loopt naar de kist toe, de agenten zetten een stap terug en laten hem door. Dan legt hij de peilstok er in de lengte bovenop. Hij past precies. 'Zo,' zegt hij. 'Voor de overtocht.' En hij stapt weer achteruit.

De agenten nemen hun plaats weer in, tillen de kist op en lopen naar de Bayreuth. Hedda volgt, als enige, met haar blik gericht op de kist.

Dan, als de agenten de loopplank op stappen, blijft ze staan en kijkt toe hoe ze haar man behoedzaam aan boord brengen. De peilstok rolt heel zachtjes heen en weer, maar valt niet van de kist af. Niemand zegt iets.

De loopplanken worden ingetrokken en op voor- en achterschip verschijnen matrozen die naar de kade kijken. Ze verwachten en krijgen de trossen. De Bayreuth gromt en komt langzaam los van de kade. De scheepshoorn toetert kort.

Geeske kijkt om zich heen. De lijkwagen rijdt alweer langzaam achteruit, draait weg van de kade, rijdt dan door de opening in de dijk het haventerrein af. Rob en Anne-Baukje, die met Geeske waren meegekomen, staan nog even te kijken naar de uitvarende Bayreuth.

'Daar gaat hij,' zegt Rob. 'Naar huis.'

'Wij ook,' zegt Geeske.

Het haventerrein loopt langzaam leeg, de cameraploegen hebben hun spullen ingepakt. Alleen Hedda Lutz staat nog op de kade het schip na te kijken.

Het is inmiddels donker, ze is een kleurloze gestalte geworden onder de natriumlampen, een schaduw van zichzelf. Dan draait ze zich om, loopt naar haar auto en stapt in.

Geeske blijft staan kijken tot ze de auto start, keert en dan vlak voor haar langs rijdt. Geeske knikt, maar Hedda groet niet terug. Ze is alleen in haar auto, het is nog bijna vier uur rijden naar huis.

56

'Green House, met Dorothy.'

'Goedenavond, u spreekt met Liewe Cupido, is dit de Bed&Breakfast in Lower Halstow?'

'Daar spreekt u mee. Wat kan ik voor u doen?'

'Ik sprak vanmiddag de heer Reinhard. Hij vertelde me dat hij bij u onderdak was afgelopen week.'

'Het Duitse echtpaar, inderdaad. Is mevrouw weer helemaal opgeknapt?'

'Ze leek goed hersteld. Ze spraken met zoveel waardering over uw B & B dat ik dacht: Ik bel eens om te informeren.'

'Dat is zo fijn om te horen. Ik was bang dat het verblijf niet was wat ze zich ervan hadden voorgesteld.'

'Iemand met migraine in huis, dat is voor iedereen een belasting.'

'Ik heb haar de rustige kamer gegeven, aan de tuin. Die gordijnen verduisteren goed en het is er stil. Meneer sliep boven in de King Suite, zodat Maria niet gestoord hoefde te worden en in alle rust kon herstellen. Hij haalde 's ochtends ontbijt voor haar, een klein muizenbeetje, bracht dat naar haar kamer. Verder liet hij haar met rust, ging zelfs voor haar deur zitten werken, heel nu en dan ging hij even naar binnen, kwam dan even later vertellen hoe het ging. Maandagavond maakten ze weer een wandeling. Je kon zien dat ze het zwaar had gehad, ze was erg vermoeid, maar ze kon dus weer overeind.'

'Ze heeft anders wel medicijnen.'

'Ik meende dat er niets tegen te doen was. Dat zei haar man tenminste.'

'Een verschrikking noemt ze het zelf, ja, maar hij heeft dus over haar gewaakt.'

'Als een schildwacht voor haar deur. Hij heeft daar een stoel neergezet en maar wat gezeten met zijn laptop op schoot. Hij zei dat hij zo aan zijn website kon werken en toch kon horen of ze wat nodig had, zonder haar echt te storen, *poor thing*. Ze zijn erg close denk ik, hè? Een hecht koppel, dat is altijd fijn om te zien. Ik zag ze aan komen lopen vanaf de kerk toen ze weer op was, gearmd.'

'De kerk?'

'Ze hadden een ommetje langs het water gemaakt. Maria wilde even de zee zien, zei meneer. De kerk ligt bij het haventje.'

'Maria wilde de zee zien?'

'Dat zei meneer, hoe heet hij ook alweer? Een Bijbelse naam... ik denk steeds Mozes. Omdat hij op de zeebodem loopt, denk ik.'

'Aron.'

'Natuurlijk, Aron.'

'Ze waren niet in de kerk zelf geweest?'

'Nee... tenminste, dat weet ik niet... misschien ook wel. Meneer heeft hier al de bijnaam The Candle Man. Ik weet niet of ik dat mag zeggen.'

'De Candle Man?'

'Hij heeft drie kaarsen aangestoken, op het altaar, toen hij alleen in de kerk was zaterdagochtend. Maar dat was al voordat Maria ziek was.'

'Waarom Candle Man? Had hij niet betaald?'

'Nee nee, het waren niet van die waxinelichtjes opzij, dat had hij ook kunnen doen, dat doen mensen veel, vaak ter nagedachtenis aan iemand. Maar hij had de grote kaarsen aangestoken, die voor bijzondere diensten gebruikt worden.'

'Opmerkelijk.'

'Weet u dat nog nooit iemand zoiets hier heeft gedaan? Dat is toch ook in Duitsland niet gebruikelijk?'

'Nee.'

'Er had wel brand van kunnen komen. De kerk is al heel oud,

en van de National Trust, we zijn er erg trots op hier in Lower Halstow. De dominee had hem binnen gelaten. Ze dacht eerst dat hij een pelgrim was, zei ze, hij had een staf bij zich en zo'n raar hemd aan. Maar toen ze 's middags terugkwam brandden die kaarsen. Het zijn hele dure ook. Die grote vooral, als die nieuw is moet je een trapje op om hem aan te steken.'

'Drie kaarsen.'

'Alle drie, de grote in het midden en de kleinere aan weerszijden. Het is goed afgelopen, maar het heeft hem wel een reputatie gegeven. Afijn, maar verder waren het hele correcte mensen hoor. Dinsdag zijn ze nog naar Chatham of Rochester geweest samen en toen gisterochtend zijn ze weer vertrokken.'

'In hun Volvo.'

'Die grote blauwe auto, is dat een Volvo?'

'Ja, dat is een Volvo.'

'Hij had hem op de parkeerplaats bij de kerk geparkeerd. Ik zei nog tegen hem: U kunt ook hier parkeren. Hij zei: Hij staat daar goed. Maar toen ze vertrokken heeft hij hem wel voor de deur gezet, voor hun bagage. Maria had aardig wat boeken bij zich, en haar computer natuurlijk. Te veel om helemaal naar de kerk te sjouwen.'

'En de staf en spullen van Aron.'

'Die heb ik niet gezien, die liet hij in zijn auto. Hij wilde geen modder mee naar binnen nemen, zei hij. Erg zorgvuldige mensen, maar goed, dat weet u wel. Ik geloof dat hij ook laarzen had. Hij had wel gelijk, je komt nooit schoon van de Medway af. Als je al terugkomt... Maar wat kan ik voor u doen? Denkt u erover om naar Lower Halstow te komen? Ik heb de komende weken nog voldoende plaats. Het kan hier erg mooi zijn in het najaar.'

57

Liewe heeft opgehangen en zit een tijdje te piekeren in zijn auto. De nacht is gevallen en hij zal moeten besluiten wat te doen. Hij is al dagen niet thuis geweest, maar het vooruitzicht om naar Cuxhaven te rijden, de geur te moeten verdragen van het trappenhuis, de blik af te wenden van de grote spiegel in de lift, het lege appartement binnen te gaan, met de vertrouwde ruk aan de gordijnen het uitzicht op zee buiten te sluiten en dan in de ingetreden stilte de verwarming te horen tikken, vervult hem met weerzin. Hij start de auto, begint langzaam te rijden en denkt aan de drie kaarsen op het altaar en aan Aron in dat dorpje aan de overkant, als een Cerberus voor de kamerdeur van zijn lijdende Maria.

Het is tien uur, te laat om nog wat te eten ergens. Langzaam en met insomberend gemoed rijdt hij door het centrum van Oldenburg. Hij kijkt voetgangers na die onderweg zijn naar een bestemming in de nacht. Het is zachtjes gaan regenen, en om de paar seconden vegen de ruitenwissers de druppels van zijn voorruit.

Hij stopt voor een rood verkeerslicht en kijkt opzij. Hotel Sprenz. Hij slaat af, parkeert, meldt zich binnen bij de receptie.

'U boft,' zegt de dame die hem welkom heet. 'De Minizimmer is nog vrij. Slapen als Mr. Bean. U bent alleen?'

Liewe neemt de sleutel aan zonder de vraag te beantwoorden en loopt met de blik op de grond door de gangen van het hotel. Op het moment dat hij zijn kamerdeur heeft geopend en het interieur op zich in laat werken, gaat zijn telefoon. Het is Lothar.

'Ben je weer thuis?' vraagt hij, maar hij hoort Liewe alleen maar een diepe zucht slaken.

'Liewe?'

'Ik ben in Oldenburg,' zegt Liewe, als hij van de eerste indruk bekomen is.

'Zou je niet eens naar huis komen? Brock heeft het rapport van dokter Specht binnen en hij ziet geen reden voor een zaak. Smyrna is onderweg naar huis. Het is afgelopen.'

Liewe gaat op het bed zitten en staart naar de muur, waar een doormidden gesneden groene Mini hangt. Op ware grootte. De richtingaanwijzers knipperen.

'Eh...' zegt hij.

'We hebben een jacht binnen, vol drugs, er is werk hier. Je moet naar huis komen, ik kan je niet langer uit de wind houden.'

'Nee,' zegt Liewe, 'dat zal wel niet.'

'Ik weet dat je liever op pad bent dan hier, maar dit is voorbij.'

Liewe antwoordt niet, schudt zijn hoofd.

'De Nederlandse collega's hebben de peilstok van Smyrna onder Schiermonnikoog in zee gevonden,' zegt Lothar. 'Die is met de kist mee onderweg naar Lübeck.'

'Onder Schier,' zegt Liewe.

'Ja, ze waren daar voor anker.'

'Smyrna is vermoord,' zegt Liewe. 'En Lattewitz is de volgende.'

'Liewe, je moet morgenochtend...'

'Iemand moet bij Lattewitz posten,' onderbreekt Liewe hem. 'En de apotheek... heeft Aurich een digitale recherche?'

'Liewe...'

'Ik bel je morgen,' zegt Liewe en hij hangt op.

Meteen daarop belt hij Xander en zonder zich te verontschuldigen voor het late uur geeft hij hem opdracht om naar Aurich te rijden en het huis van Peter Lattewitz in de gaten te houden.

'Kijk of hij binnen is, en als hij ervandoor gaat, laat me dat meteen weten en ga achter hem aan. Ik kom je om vier uur aflossen.'

'Ik wil je nog iets zeggen over de website van Aron,' zegt Xander.

'Vertel me dat maar als ik je aflos vannacht. Je hebt nu haast. Waar woon je ook alweer? Bunde?'

'God nee, Leer.'

'Goed. Haast je.'

Liewe kijkt op zijn horloge, staat op, loopt de kamer uit, de gang door, naar buiten, haalt zijn koffertje uit de auto, neemt dat mee naar binnen. Bij de receptie blijft hij staan.

'Ik vertrek midden in de nacht,' zegt hij, 'laten we alvast afrekenen.'

'Ach, wat jammer,' zegt de receptioniste. 'Dan mist u wel het ontbijt.'

Liewe schudt zijn hoofd, betaalt en haast zich naar zijn kamer, waar hij zijn laptop tevoorschijn haalt en in zijn mail kijkt. Als hij het bericht van Pauline Islander gevonden heeft, begint hij aan een antwoord.

Van: Liewe Cupido
Aan: Pauline Islander
01/10/15 22:38

Onderwerp: Re: Vimeo

Geachte mevrouw Islander,

Ik zou heel graag de link naar de opname ontvangen.
Over uw vragen: Ik kan niet op alles antwoord geven, eenvoudig omdat er veel onduidelijk is. De heer Lattewitz heeft inderdaad een nacht in een cel in Norden doorgebracht. De volgende ochtend was hij vrij om te gaan. Er is geen aanklacht tegen hem ingediend. Het gebeuren op het wad heeft hem erg aangegrepen.
Het lichaam van Smyrna is overgedragen aan de Duitse autoriteiten en is onderweg naar huis. De Staatsanwalt in Aurich, in wiens rechtsgebied Smyrna is overleden, beschouwt het hele geval als een ongeluk. Er komt geen onderzoek.

Aron Reinhard en zijn vrouw Maria Ziegler zijn uit Engeland terug. Die man van de Nederlandse kustpolitie, die het bootje tegen onze kustwacht heeft op gevaren, is een tijdje naar huis gestuurd om over zijn avontuur na te denken.
Een aardig nieuwtje wellicht: de Nederlandse collega's hebben de peilstok van Smyrna aangetroffen op het wad onder het Nederlandse eiland Schiermonnikoog. Het lichaam van Smyrna zelf is, zoals u ongetwijfeld bekend is, aangetroffen op een zandbank ter hoogte van de vuurtoren van Campen, maar aan de Nederlandse kant. Dit is betwist gebied, vandaar dat het even onduidelijk was wat er met het lichaam van Smyrna moest gebeuren.
Hoe dan ook: wadloper en peilstok zijn dus op mysterieuze wijze van elkaar gescheiden geraakt. Het wachten is nu op de vondst van de rugzak van Smyrna. Die is niet bij zijn lichaam aangetroffen, noch in de buurt van de peilstok. Wie weet waar die is beland.

Heel hartelijk groet u,
Liewe T. Cupido

Hij sluit zijn laptop, gaat met zijn kleren aan op bed liggen, staart nog een tijdje naar de auto die tegen de muur geplakt is, en valt dan in een lichte en onrustige slaap.

58

Om kwart voor drie gaat Liewes wekker. Xander heeft niet gebeld. Hij staat op, neemt een vlotte douche, maakt een kop poederkoffie en even later rijdt hij over de snelweg naar het westen. Als hij een uur later de straat van Lattewitz in rijdt, ziet hij de auto van Xander staan. Hij parkeert op de hoek, dooft zijn lichten, stapt uit en loopt naar Xander toe, die zit te slapen achter zijn stuur. Het huis van Lattewitz lijkt rustig, alles is donker. Liewe opent het bijrijdersportier en stapt in. Xander schrikt wakker.

'Ach,' steunt hij, 'toch nog in slaap gevallen. Ik eh...'

'Tot hoe laat was je wakker?'

'Ik heb het half vier zien worden.'

'Iets gezien?'

'Nauwelijks, er gebeurt hier echt helemaal niets. Ik heb een vos zien rondscharrelen in de voortuin bij dat huis daar, tegenover Lattewitz, dat is alles. De mensen gaan vroeg naar bed in Aurich.'

'Hij is wel thuis?'

'Ja,' zegt Xander. Hij gaapt en rilt. 'Toen ik aan kwam rijden, reed er net een auto weg voor het huis.'

'Een Volvo,' zegt Liewe.

'Ja,' zegt Xander. 'Hoe weet je dat?'

'Hoeveel mensen zaten erin?'

'Eén, een man.'

'Aron Reinhard. En toen?'

'Hij stopte even aan het eind van de straat. Ik weet niet waarom.'

'Stapte er iemand in misschien?'

'Ik heb er niet op gelet, het zou kunnen. Ik was vooral gericht op Lattewitz.'

'Juist.'

'Ik reed voor het huis langs, Lattewitz had de gordijnen open, ik zag hem in de huiskamer staan met zijn handen voor zijn gezicht.'

'En toen?'

'Toen heb ik de auto hier neergezet en ben ik uitgestapt en nog een keer voor het huis langs gelopen. Hij stond toen bij een tafel. Ik ben weer in de auto gaan zitten. Even later gingen de lichten beneden uit en boven aan. Even na enen ging het licht boven uit. Toen om tien voor half drie ging het licht weer aan, eerst boven, toen ook beneden. Het kan zijn dat hij aan het schreeuwen was, maar zeker weet ik het niet. Ik ben uitgestapt en voor het huis langs gelopen. Hij liep heen en weer in de kamer, maar hij was alleen. Toen is hij weer naar boven gegaan en is het weer stil en donker geworden. Dat is het.'

Liewe knikt. 'Goed,' zegt hij. 'Ik blijf hier nu, ga maar naar huis.'

'Graag,' zegt Xander. Hij rekt zich uit, maar dan, als Liewe aanstalten maakt om uit te stappen, zegt hij: 'Wacht, er is nog iets.' Hij draait zich om en pakt een iPad van de achterbank. 'Ik zei toch dat ik die website van Reinhard bekeken had?' Hij vouwt de iPad open, maakt verbinding met de hotspot van zijn telefoon en opent de website. 'Kijk,' zegt Xander, 'hij heeft allerlei rubrieken gemaakt, deelpagina's binnen de site, over de tochten met Lattewitz en Smyrna natuurlijk, over het wad als natuurgebied, de getijden, de stromingen, ook nog wat geschiedenis hier en daar. Maar dit...' Xander navigeert naar een andere uithoek van de site, 'hier lijkt hij het meest trots op, hij noemt zich ook een ontdekkingsreiziger hier, *een eersteling in een altijd veranderende wereld*. En daaronder geeft hij een bijna maniakaal uitgebreid overzicht van de tochten die hij alleen heeft gemaakt. Daar komt hij steeds weer op terug, hoe alleen hij was, hoe alleen hij is. Het zijn tochten van Nederland tot en met Denemarken, onder de meest extreme omstandigheden, ook een paar in Engeland en Frankrijk. Bij storm, door het ijs, bij nacht... en altijd in zijn eentje. Maar nu, hier...' Xander zoekt even, raakt dan verzeild in een pagina over het wad tussen Manslagt en Borkum. 'Hier heeft hij een overzicht gemaakt van mogelijke routes tussen Borkum en het vasteland, en alle verkenningstochten die hij daarvoor gemaakt heeft en alle foto's die hij onderweg gemaakt heeft. En waar het me om gaat is dit, kijk... zie je hier wat aan?'

Liewe ziet een foto, gemaakt op een zonnige dag. Op een schijnbaar eindeloze vlakte van zand ligt een zeehond. Aron heeft hem kennelijk op zijn knieën gefotografeerd, en het is niet duidelijk of de rob dood is of niet. Hij is nog jong, zijn huid is licht, zijn ogen glanzen. 'Zeehond op het Manslagter Wad, op de oever van de Osterems', staat eronder.

'Een zeehond,' zegt Liewe.

'Kijk eens beter,' zegt Xander, 'in die ogen.'

Liewe tuurt. 'Verdomd,' zegt hij. 'Maak die foto eens wat groter?'

'Ik heb hem al gedownload, kijk...' Xander sluit de site, opent een fotoprogramma en daar ligt de zeehond, maar nu sterk uitvergroot. De snoet vult het hele scherm en in die snoet de twee bolle, nog natte ogen. Xander zoomt in op het rechteroog. De zeehond is nog maar net dood, zijn ogen zijn doffe spiegels, en daarin is Reinhard zelf te zien, die hurkt en de foto maakt. Maar achter hem afgetekend tegen de heldere lucht staat nog iemand, die op de zeehond neerkijkt.

'Hij is niet alleen,' zegt Xander, 'onze eersteling.'

'Nee,' zegt Liewe. 'Dit is goed werk, Xander.' Liewe kijkt, schijnbaar onbewogen. 'Daar staat onze moordenaar,' zegt hij.

59

Nadat Xander is vertrokken, met de belofte zich om tien uur te melden in café Schöne Aussichten in Leer, is Liewe in zijn eigen auto gaan zitten. Als hij de stoel naar de achterste stand heeft geschoven en zich heeft geïnstalleerd, dalen de stilte en de kilte van de nanacht over de straat. Hij steekt zijn handen in de zakken van zijn jack, trekt zijn schouders op en zoekt een prettige houding om te zitten.

Na een kwartier ziet hij beweging: het is een hond, een niet al te grote ranke teef, waarschijnlijk het dier dat Xander had aangezien voor een vos. Ze nadert de auto, blijft naast het portier van Liewe staan en kijkt omhoog. Liewe kijkt terug. Hun blikken ontmoeten elkaar. De hond spitst de oren, laat ze dan zakken, probeert Liewes geur op te snuiven, kwispelt een paar keer en gaat zitten. Na een paar minuten komt ze overeind, legt een poot tegen het portier, staat even op haar achterpoten, snuift nog een keer.

Liewe heeft zijn blik afgewend in een poging haar te negeren, kijkt zonder zich te verroeren door de voorruit naar Lattewitz' huis. De hond loopt een eindje weg, komt dan met een boogje weer terug en gaat naast de auto in de berm liggen. Ze likt haar poot, krabt zich achter haar oor, hoort iets, kijkt waaks en met gespitste oren opzij, komt dan tot rust en legt haar kop op de voorpoten, de blik naar boven, naar waar Liewe zit.

Pas als hij het absurde inziet van het feit dat hij, de postende rechercheur, op zijn beurt in de gaten gehouden wordt door deze zwerfhond, ontdooit hij en komt in beweging. Hij kijkt op haar neer en als hij ziet dat ze overeind komt en staat te kwispelen, opent hij het portier en strekt zijn hand naar haar uit. De hond legt haar oren in haar nek en duikt een beetje in elkaar, toch nog op haar hoede, maar waagt dan een stap naar voren en ruikt aan zijn hand.

'Nachtbraker,' zegt Liewe zacht. Hij aait haar over haar kop, krabt even achter haar oren. 'Kom maar dan,' zegt hij. Ze springt naar binnen, klimt over hem heen en rolt zich op op de bijrijdersstoel.

Liewe sluit zacht het portier en kijkt weer naar Lattewitz' huis. Er komt een brommer de straat in gereden. De krantenjongen. Het begint licht te worden. De nacht is voorbij.

Een uur later, het is net acht uur geweest, belt Liewe met de politie in Norden. Hij stelt zich voor als de collega die Lattewitz van het bureau heeft opgehaald en vraagt of ze iemand bij hem langs willen sturen om te kijken hoe het met hem gaat.

Dan opent hij het portier en zegt tegen de hond, die naast hem heeft liggen snurken, dat hij de straat weer op moet. 'Hou jij die Lattewitz ook maar in de gaten,' zegt hij.

De hond wil niet. Ze legt haar oren in haar nek en gaapt verlegen. Liewe stapt uit, loopt om de auto, opent het bijrijdersportier en zegt, een beetje streng nu: 'Vooruit, tijd om te gaan.' Met tegenzin komt ze overeind, rekt haar poten, en springt naar buiten. Als hij wegrijdt, ziet hij haar in zijn achteruitkijkspiegel staan. Dat Lattewitz zijn voordeur opent en hem vanaf de stoep nakijkt, ontgaat hem.

Op de snelweg naar Leer komt er een mail binnen op zijn telefoon. Bij Rastplatz Brinkum slaat hij af, parkeert en leest.

Van: Jan-Arend Stoet
Aan: Liewe Cupido
02/10/15 08:11

Onderwerp: Re: re: re: dringend verzoek

Ha Liewe,

Ik heb bericht van mijn collega in Engeland. Hij heeft me gemaild dat mijn analyse van de korrels bij hem een match heeft opgeleverd met de geologische provincie waartoe het midden en zuiden van Engeland behoren. Dat kan dus betekenen dat de korrels afkomstig zijn uit rivieren als de Theems, de Crouch of de Medway.
Ik hoop dat ik je hiermee van dienst ben geweest. Laat je me weten of je iets aan deze informatie hebt gehad?
Kom vooral eens langs als je weer op het eiland bent.

Hartelijke groet,
Jan-Arend

60

Borkumer Zeitung. 02/10/15. 08:23
Lichaam verdronken wadloper Klaus Smyrna onderweg naar Lübeck. Peter Lattewitz, in verwarde staat op de zeedijk gearresteerd, spendeert nacht in politiecel Norden... draadje... #wadlopen #Borkum #Smyrna @Wattewitz @WattAron @StA_Aurich

Borkumer Zeitung. 02/10/15. 08:25
Vindplaats lichaam Smyrna, op zandbank van de Eems, roept vragen op. Peilstok ver van Smyrna op Nederlands wad aangetroffen. Rugzak nog zoek. Maar Staatsanwaltschaft Aurich stelt toch geen onderzoek in... #wadlopen #Borkum #Smyrna @Wattewitz @WattAron @StA_Aurich

Borkumer Zeitung. 02/10/15. 08:26
...teruggevonden opnames van boekpresentatie Smyrna, Lattewitz en Reinhard op Borkum duiden op vijandige onderlinge verhoudingen tussen de wadlopers. #wadlopen #Borkum #Smyrna @Wattewitz @WattAron @StA_Aurich

61

Het is nog maar net negen uur geweest als Liewe tegenover café Schöne Aussichten in Leer parkeert. Hij heeft nog bijna een uur voordat Xander zich zal melden, en hij verheugt zich erop voor het eerst in dagen rustig te kunnen ontbijten. Hij krijgt een tafel aan het raam, met uitzicht op het troebele water van de Leda, en bestelt zonder terughoudendheid. Als het ontbijt voor hem wordt uitgestald, en hij begint te eten, merkt hij dat zijn gedachten afdwalen naar de hond die hem in de vroege uren gezelschap gehouden heeft. Hij neemt zijn koffiekop in zijn handen en kijkt naar de waterkoude ochtend buiten. Ze zal het wel koud hebben, denkt hij.

Zo treft Xander hem aan, met zijn koffie in zijn handen, starend uit het raam. Hij bestelt ook koffie, neemt er appeltaart bij en gaat tegenover hem zitten.

'En?' zegt hij.

'We gaan naar Oldenburg, Aron opzoeken,' zegt Liewe. 'Ze hebben vast gehoord dat er geen onderzoek komt. Ik wil dat je meegaat en goed kijkt wat er gebeurt.'

'Heb je de tweets van die journaliste van Borkum gezien?'

'Ja,' zegt Liewe. 'Aron vast ook, hij was getagd. Maar ik heb nog iets...' En hij laat Xander de mail van Jan-Arend Stoet zien.

'Dat Nederlands kan ik niet lezen,' zegt Xander.

'Er staat eigenlijk dat het erop lijkt dat Smyrna een klap tegen zijn oor heeft gehad met een voorwerp waar zandkorrels uit de Medway aan zaten. In ieder geval dat de zandkorrels in zijn oor uit de Medway komen.'

'Ongelooflijk,' zegt Xander. 'Kunnen ze dat aan die korrels zien? Ik heb er op de opleiding wel eens iets over gelezen, maar het is toch ongelooflijk dat zoiets mogelijk is.' Hij denkt na. 'Wat hebben we nu in handen?'

'Aanwijzingen,' zegt Liewe. 'Meer niet. Som het eens op?'

'Smyrna wordt gevonden op de zandbank, hoofd naar het noorden, touw om zijn middel en been,' begint Xander. 'Hij lijkt eerder gestikt dan verdronken, hij heeft een klap tegen zijn oor gehad met een voorwerp dat, weten we nu, eerder in Engeland is geweest.'

'Hij heeft Engels zand in zijn oor,' zegt Liewe. 'Probeer feit en gevolgtrekking toch maar uit elkaar te houden.'

'Lattewitz komt geëmotioneerd aan op Borkum,' gaat Xander door. 'Hij zegt dat Smyrna schreeuwde, een ruk aan het touw gaf en toen meegenomen is door de stroom naar de Eems.'

'Smyrna at eerst iets, zei Lattewitz, en ging daarna het water in.'

'De energiereep,' zegt Xander. 'Hij wordt meegesleurd door de stroom naar de Eems. Daar is hij kennelijk gescheiden van zijn peilstok, die naar open zee dreef, en hijzelf kwam stroomop op die bank terecht.'

'Juist,' zegt Liewe.

'Lattewitz zag zijn verdronken vrouw op het wad,' zegt Xander, 'die iets tegen hem zei dat alleen zij kon weten en dat hem nog eens extra van streek maakte. Misschien nog wel meer dan de dood van zijn vriend: valt je dat ook op?'

'Zeker,' zegt Liewe.

'Hij komt op Borkum, moet daar een nacht blijven, haalt medicijnen, krijgt een verkeerde dosis en wordt raar in zijn hoofd. Onderweg naar huis haalt hij in het verhaal dat hij jou vertelt feit en fictie door elkaar. Hij begon toen al raar te doen, lijkt het wel. Een paar dagen later, of was het de volgende dag...?'

'Het einde van de volgende dag.'

'Dan wordt hij midden in de nacht van de dijk geplukt en in een cel gestopt. Heb ik nou alles gehad?'

'De opstapper,' zegt Liewe.

'Natuurlijk! De visser komt van het wad met een opstapper aan boord, die de rugzak heeft meegenomen... maar waarom?'

'Hou je bij wat je weet,' zegt Liewe. 'Vragen komen later.'

'Föhrmann is, anders dan hij altijd doet, tegen het wantij van Borkum aan drooggevallen en heeft daar staan schilderen, en zijn opstapper... mogen we aannemen dat hij toch die opstapper had?'

'Dat mogen we,' zegt Liewe.

'Die heeft, dat kan eigenlijk niet anders, de rugzak van het wad geplukt, is op de Leyhorn van boord gegaan, is met een vouwfiets naar een kleine witte auto gefietst, vervolgens naar Bunde gereden en heeft vlak over de grens de rugzak in een container gegooid.'

'Zijn we wat vergeten?' Liewe kijkt weer naar buiten. 'Die vos, dat was een hond, trouwens.'

'Wat bedoel je?' Xander neemt een hap van zijn appeltaartje.

'Die vos in Aurich, die jij zag, dat was een hond.'

'Nee hoor, dat was een vos,' zegt Xander, 'dat weet ik zeker.'

'Kijk eens aan,' zegt Liewe. 'We vermoeden van alles, maar we weten niks.'

Xander schudt zijn hoofd, neemt nog een hap. 'En toch vraag ik me af waarom.'

'Waarom wat precies?'

'Waarom die rugzak.'

'Natuurlijk,' zegt Liewe. 'Die opstapper nam met die rugzak een groot risico. Dus moet er iets in zitten dat niemand mag zien.'

'Heb je die rugzakken nog?'

'Achter in de auto.'

'Moeten we er nog een keer naar kijken?'

'Dat is een probleem,' zegt Liewe. 'We zijn namelijk niet officieel met een onderzoek bezig. En volgens Brock is er niks aan de hand. We moeten van het bewijsmateriaal afblijven tot er een echt onderzoek is gestart.'

'Wat kunnen we dan doen?'

'Niemand verbiedt ons om bij Aron Reinhard langs te gaan en zijn rugzak terug te brengen.'

'Maar dan kan hij ermee doen wat hij wil.'

'Tenzij we per ongeluk de verkeerde bij ons hebben, natuurlijk.'

Xander begint te lachen. '*You make me happy,*' zegt hij.

'Wil je een beetje op je woorden letten?' zegt Liewe met lichte verheffing van stem. 'Zo praat je niet tegen mij.'

Xander schrikt. 'Sorry hoor,' zegt hij.

Ze kijken beiden naar het water buiten. Xander wil een paar keer iets zeggen, maar slikt het in. 'Waarom hebben we het zo weinig over Smyrna?' vraagt hij dan.

'Dat is een goede vraag,' zegt Liewe.

'Je zou bijna vergeten dat het om hem gaat,' zegt Xander, 'dat hij degene is die vermoord is, of verongelukt.'

'Het gaat ook niet om hem, denk ik,' zegt Liewe na een tijdje. 'Het gaat uiteindelijk om Lattewitz.'

'Waarom denk je dat?'

'Je zegt het zelf: Smyrna is een bijgedachte, ook bij ons. Zelfs nu maak ik me vooral zorgen om Lattewitz.'

'Smyrna stond alleen maar in de weg?'

'Lattewitz en Reinhard zijn zwagers, of waren dat in ieder geval. Smyrna was de buitenstaander. Misschien moest hij als getuige van de hele opzet worden uitgeschakeld.'

'Wat een reden...' zegt Xander.

'Er is nog iets wat me opvalt,' zegt Liewe met een blik op de resten van het ontbijt voor hem op tafel. 'Als Smyrna niet verdronken is maar gestikt, misschien vanwege een verkeerde energiereep, en Lattewitz nu gevaar loopt door verkeerde doseringen... dan is die klap tegen het oor een vergissing, een foutje. Het is hoe dan ook het zwakke punt in hoe het gegaan is. Deze moordenaar laat het de mannen liever zichzelf aandoen. Het is iemand die graag schone handen houdt.'

'Ik weet niet zeker of ik je begrijp.'

Liewe komt overeind, ritst zijn jack dicht. 'En nog een ding,' zegt hij terwijl hij Xander voorgaat naar de uitgang. 'Nu we naar Oldenburg gaan: ik heb een link naar een filmpje gekregen van de journaliste uit Borkum. Daar moet je onderweg maar naar kijken. Misschien zie je dingen die ik niet zie.'

62

Een podium, aan weerszijden een opengeschoven blauw gordijn, een levensgroot projectiescherm daarachter, ervoor en enigszins terzijde aan de linkerkant een laag tafeltje met drie stoelen en rechts een spreekgestoelte met het wapen van Borkum erop: een ovaal met centraal de afbeelding van een vuurtoren en eromheen de woorden: Mediis Tranquillus in Undis.

'Rustig te midden van de golven,' zegt Xander.

'Gymnasiastje,' bromt Liewe vanachter het stuur.

'Friedrich-Schiller-Gymnasium, Ludwigsburg,' zegt Xander.

Het beeld schokt alsof iemand tegen de camera aan stoot. Dan zoomt de camera in op het spreekgestoelte, en zoomt weer uit. Een vrouw en een man komen van rechts het podium op.

'Dat is Aron,' zegt Liewe met een schuin oog op Xanders beeldscherm.

'En die vrouw?' vraagt Xander.

Liewe haalt zijn schouders op. 'Iemand van het zaaltje.'

Aron loopt naar het spreekgestoelte. Hij wijst op de microfoon, kijkt de zaal in, dan naar de camera, wuift met zijn hand, wijst dan naar links van hem en zegt iets wat niet te verstaan is. Een vrouwenstem zegt: 'Ik heb een mooi totaalshot hier...'

Aron schudt zijn hoofd en wijst nog een keer naar links.

'Als ik daar ga staan...' De cameravrouw stapt nu in beeld en kijkt op naar Aron. '...dan krijg ik de andere twee niet in beeld.'

'Zij heet Ellen,' zegt Liewe. 'Vriendin van onze twitterende journaliste.'

'Dat hoeft ook niet,' zegt Aron, die vanachter het spreekgestoelte vandaan is gekomen en vanaf de rand van het podium op Ellen neerkijkt. 'Het gaat om de spreker, daar komen de mensen voor. Vanaf daar, waar

jij nu gaat staan met die camera van je, heb je mij en het scherm. De anderen doen er niet toe.'

'Ik film altijd vanaf hier,' zegt Ellen. Ze plaatst haar handen in haar zij. Aan haar rug is te zien dat ze geërgerd is.

'Wat jij altijd doet, doet niet ter zake,' zegt Aron. 'Het gaat om mij vanavond, niet om jou. Jij bent helemaal niemand.'

Ellen draait zich om, loopt uit beeld. Haar stem is nog wel te horen: 'Wat een hufter.'

Het camerastandpunt verandert niet. Vanaf links loopt nu een kleine man het beeld binnen. Hij plaatst zijn handen op het podium, zet zich af, en komt met atletisch gemak op de planken terecht. Hij kijkt omhoog in de lampen, dan naar de stoeltjes, gaat even zitten, zegt iets tegen iemand in de zaal, komt overeind en loopt dan achter Aron langs naar het spreekgestoelte. De microfoon staat te hoog. Hij vraagt iets aan de mevrouw van Kulturinsel.

'Smyrna,' zegt Liewe.

'Raar om iemand te zien lopen van wie je weet dat hij gaat sterven,' zegt Xander.

'Kijk nu maar,' zegt Liewe.

'Een krukje voor de dwerg,' zegt Aron. Hij keurt zijn wadloopvriend geen blik waardig, loopt naar de tafeltjes, begint ze verder naar links te schuiven, tot ze half uit beeld zijn verdwenen.

'Klootzak...' De stem van Ellen. 'Modderkruiper.'

Een vrouw met rood haar en een groen jack komt aan het podium staan, kijkt op naar Smyrna, zegt een paar woorden. Smyrna lacht.

'Hedda Lutz, zeker,' zegt Xander.

Liewe knikt.

Twee stemmen naderen. Een vrouwenstem vraagt: 'En als jullie de tocht naar Borkum gedaan hebben, wat dan?'

Een mannenstem antwoordt: 'Zo denken we er niet over na...'

De gesprekspartners lopen het beeld binnen. De vrouw die de vraag stelde, heeft een notitieblok in de hand, de man loopt met de blik op de grond.

'Lattewitz en Pauline, de journaliste,' zegt Liewe. 'Let op.'

'...alle concentratie richt zich op de tocht zelf,' zegt Lattewitz. Hij blijft staan en kijkt op naar Aron, die over het podium naar hen toe komt lopen. 'Het enige wat bestaat is de tocht zelf, er is geen daarna.'

'Voor jou niet, nee,' zegt Aron en hij springt van het podium af. Hij grijnst, en slaat hem op de schouder, boort dan zijn blik in die van de journaliste.

'Mijn zwager doet onaardig, maar hij heeft een hart van goud,' zegt Lattewitz.

'Ik vind de weg, de gek en de dwerg dribbelen achter me aan,' zegt Aron. 'Zonder mij zijn ze verloren op het wad, als kleine kinderen.'

Lattewitz kijkt naar de grond, zucht.

'Die bankjes moeten meer naar rechts.' De stem van Ellen.

'Aron kan geen kinderen maken,' zegt Lattewitz terzijde, maar toch hoorbaar tegen Pauline, 'dus voedt hij ons maar op. Misschien leuk voor je artikel.'

Aron staart naar Lattewitz, die terug staart. Lattewitz slaat als eerste zijn ogen neer.

'Heb je je pillen wel geslikt?' vraagt Aron.

Smyrna komt handenwrijvend bij hen staan. Hij glimlacht. 'Hebben we er zin in, mannen?'

'Hou je erbuiten,' zegt Aron.

Lattewitz kijkt opzij naar de camera. 'Bent u dit allemaal aan het opnemen? Kunt u op z'n minst de beleefdheid opbrengen om het te zeggen als u zoiets doet? Wilt u nu, onmiddellijk, die camera uitzetten?'

Daar stopt de opname.

63

Liewe parkeert een paar autolengtes voor het huis van Aron en Maria en de twee politiemannen kijken een tijdje door de voorruit naar de stadsvilla, die hoekig en fris gepleisterd oprijst uit de wildernis die haar omringt.

'Is dit helemaal van hen?' Xander buigt zich naar voren om het hele huis te kunnen zien. 'Wat doen ze, of was er al geld?'

'Reinhard doet niets,' zegt Liewe. 'Hij maakte onderwijsroosters voor de universiteit, maar daar is hij al jaren weg.'

'En zij?'

'Systeembeheerder, bij een provider.' Liewe zwijgt en neemt het huis in zich op. 'Zij werkt nog wel.'

'Kijk,' zegt Xander en hij knikt naar de carport opzij. 'De Volvo. Dat was de auto, in de straat bij Lattewitz. Die sticker achterop herken ik. De kleur althans. Die grote gele, zie je wel?'

'Ik twijfel er niet aan,' zegt Liewe. Hij haalt de sleutel uit het contact en stapt uit.

Xander stapt ook uit en haalt de rugzak van Klaus van de achterbank. Hij heeft, toen ze in Oldenburg aankwamen, een rol vuilniszakken gekocht en in een ervan de rugzak gedaan.

Liewe loopt voor hem uit over het grind. 'Ik praat, jij kijkt,' zegt hij en hij trekt aan de bel.

Al gauw naderen de voetstappen van Aron, hij opent de deur op een kier en loopt terug zonder te kijken wie er binnen komt. 'Sleutel vergeten?' roept hij.

'Meneer Reinhard?' Liewe kijkt langs de openzwaaiende deur de gang in. Hij ziet Aron zijn pas inhouden en zich omdraaien. Op dat moment komt achter hen Maria het schelpenpad op lopen. Ze heeft joggingkleren aan en een draadloos koptelefoontje op haar hoofd.

'Ik verwachtte mijn vrouw,' zegt Aron, die even uit zijn evenwicht is gebracht en zich dan groot maakt als een bedreigde kat.

'Ik ben er, schat,' zegt Maria, die langs Liewe en Xander naar binnen stapt. Ze doet de koptelefoon van haar hoofd en glimlacht naar Aron en vervolgens naar Liewe en Xander. De lichaamsbeweging heeft haar hals in een rode gloed gezet, uit haar strak ingevlochten kapsel zijn een paar haarlokken losgesprongen. 'Meneer Cupido heeft iemand meegenomen, zie ik?' zegt ze. Haar adem is nog wat gejaagd, maar haar stem heeft haar lage alt hervonden. 'Gezellig. Jullie komen de rugzak terugbrengen?' Ze kijkt naar de vuilniszak in Xanders armen.

'Jullie zullen wel moe zijn,' zegt Aron. 'Na zo'n nacht.'

Liewe trekt zijn wenkbrauwen op en kijkt Aron zwijgend aan.

'Peter belde,' zegt Aron, 'dat jullie vannacht voor zijn deur hebben gestaan.'

'We hebben elkaar afgelost,' zegt Liewe, 'jullie gingen, wij kwamen. We maken ons allemaal zorgen om de heer Lattewitz.' En hij maakt een gebaar naar de deur aan het einde van de gang. 'We komen uw eigendommen retourneren. Misschien kunnen we even binnen de formaliteiten afhandelen?'

'Ik ga me omkleden,' zegt Maria en ze loopt de trap op.

'Ach, blijft u er even bij?' zegt Liewe. 'Dan hebben jullie elkaar als getuige, voor het geval er iets ontbreekt. Vind ik ook een prettig idee.'

Maria aarzelt en kijkt op Liewe neer.

'Het is zo gebeurd,' zegt Liewe.

'Ik zie er niet uit,' zegt Maria.

Liewe zegt daar niets op terug. Ze zet nog een stap naar boven, bedenkt zich en komt dan toch naar beneden. Beneden aan de trap ontmoet haar blik die van Aron. Hij knikt en in het voorbijgaan port ze hem kort in zijn zij.

Als ze de kamer in lopen, ziet Liewe dat er in de vitrine nu twee beeldjes staan. 'De tweeling is weer herenigd,' zegt hij.

Maria blijft staan, kijkt naar de vitrine, draait zich dan langzaam naar Liewe. ‘Ze horen bij elkaar,’ zegt ze. ‘Ze hadden nooit gescheiden mogen worden.’ Dan glimlacht ze weer, draait zich om en loopt naar de keuken. ‘Even een glas water,’ zegt ze, ‘zo terug.’

‘De natuurlijke orde der dingen is weer hersteld,’ zegt Aron, terwijl hij naar de vitrine kijkt.

‘Behalve dan dat uw vriend dood is.’

Aron kijkt op. ‘Is er iets met Peter gebeurd?’

‘Ik bedoel Smyrna,’ zegt Liewe.

‘Natuurlijk,’ zegt Aron. ‘Klaus, God, ja..’ Hij maakt een gebaar naar de tafel. ‘Laten we gaan zitten,’ zegt hij en hij neemt een stoel. ‘U hebt gelijk, maar ik maak me zorgen over Peter.’

‘Ging u daarom bij hem langs gisteravond?’

‘Ik wilde zien hoe het met hem is. Wilt u niet gaan zitten?’

‘Nee, dat hoeft niet,’ zegt Liewe. Aron schuift zijn stoel naar achteren en komt weer overeind.

Maria komt de keuken uit en gaat erbij staan. ‘Zullen we even gaan zitten?’ zegt ze.

‘We hadden het er net met Aron over dat jullie gisteren bij Lattewitz waren,’ zegt Liewe.

Maria kijkt naar Aron. Aron zegt: ‘Ik was bij Peter, Maria komt daar al jaren niet meer over de vloer. Niet sinds het ongeluk met Helen.’

‘Nou ja, als je zoiets dierbaars terug kan halen als dat beeldje, dan kan ik me voorstellen dat je, ook na wat er allemaal gebeurd is en met de uitvaart van de heer Smyrna in het vooruitzicht, over oude gewoontes heen kan stappen.’

Maria kijkt Liewe aan, ze zegt niets.

‘Er komt geen onderzoek, hebben we begrepen,’ zegt Aron. ‘Strikt genomen hebt u er dus niets mee te maken.’

Liewe knikt. ‘Het was enkel belangstelling,’ zegt hij.

‘Meneer Cupido mag het best weten,’ zegt Maria. ‘Ik ben meegereden naar Aurich om Aron in de gaten te houden. De dood van zijn vriend heeft hem aangegrepen, het is toch een eindje rijden, Peter is zichzelf niet... of Peter is juist wel zichzelf, het is maar hoe je het bekijkt... dus ik wilde mee voor het geval het uit de hand zou lopen, en ik iets zou kunnen doen als het Aron te veel zou aangrijpen. Met een kwade kop achter het stuur, straks gebeurt er wat en dan hebben we allemaal spijt. Maar bij Peter op bezoek, dat kan niemand van me verlangen. Ik wil niet in dat huis zijn waar Helen zo ongelukkig is geweest.' Haar blik dwaalt af naar de vitrine.

'Het klinkt hard misschien, maar voor mij maakt het allemaal niet uit. Ik was toch al alleen. Met of zonder Peter,' zegt Aron.

'En Smyrna, natuurlijk.'

'En Smyrna. Inderdaad.'

'En de uitvaart? Die is volgende week woensdagmiddag, meen ik?'

'Hedda heeft me gevraagd iets te zeggen,' zegt Aron. 'Daar moet ik nog even over nadenken.'

'En u gaat mee?' Liewe kijkt naar Maria.

'Dat ben ik wel van plan,' zegt ze. 'Het is ook maar helemaal de vraag of Peter er kan zijn, als je ziet hoe hij eraan toe is.'

'Van 1400 naar 800 mg, dat destabiliseert,' zegt Liewe. 'Daar klim je niet zomaar weer uit.'

Maria fronst. 'Achthonderd...' zegt ze. Ze kijkt naar Aron.

Die schudt zijn hoofd, haalt zijn schouders op.

'Maar daar komen we hier niet voor,' zegt Liewe. 'We hebben uw rugzak meegenomen uit Nienhof toen het Nederlandse onderzoek nog liep, maar dat is dus overgedragen en de Staatsanwalt ziet geen reden voor onderzoek, dus, Xander...?'

Xander tilt de vuilniszak op tafel.

'Als jullie even willen kijken of alles erin zit, er niets ontbreekt, dan kan een van jullie tekenen voor de overdracht.'

'Ik zal toch moeten tekenen,' zegt Aron.

'Of u,' zegt Liewe tegen Maria. 'U hebt de rugzakken al die tijd gecontroleerd en op peil gehouden, begrepen we van Gundula, de waardin van Nienhof. Dus u kan ook tekenen, hoor.'

Liewe knikt naar Xander. Hij haalt de rugzak tevoorschijn en legt hem midden op tafel, eenzaam onder het lamplicht. Maria en Aron kijken erop neer, dan naar Liewe. Ze vermijden elkaars blik. Liewe wacht, Xander wacht. Het wordt stil.

'Dat is mijn rugzak niet,' zegt Aron eindelijk. 'Dat is de rugzak van Klaus.'

Maria zucht en begint dan te lachen. 'Meneer Cupido,' zegt ze, 'meneer Cupido, kleine miezerige meneer Cupido...' maar ze vindt verder geen woorden en lacht nu zo hard dat ze moeite krijgt met haar adem. Ze schudt haar hoofd en loopt de kamer uit, de gang in, de trap op. Dan klapt boven een deur dicht.

'Ach, wat slordig van me,' zegt Liewe. 'Dit is de rugzak van Klaus Smyrna. Neem me niet kwalijk, ze lijken zo op elkaar. Je moet er echt in kijken om te zien welke van wie is.' Hij knikt naar Xander, die de rugzak weer opbergt in de vuilniszak.

'U hebt geen zaak,' zegt Aron, 'u hebt helemaal niets. Wij waren in Engeland toen het allemaal gebeurde. Er is geen onderzoek. En u gaat nu mijn huis uit. Nu!'

'Dan zit er niets anders op dan hier terug te komen met uw eigen rugzak,' zegt Liewe. 'Tenzij we elkaar eerder ergens anders tegenkomen, natuurlijk.'

64

In de auto op weg terug naar Leer heeft Liewe Lothar gebeld om te zeggen dat hij van plan is zich de volgende dag weer in Cuxhaven op het bureau te melden. 'Ik breng de jongeman terug naar onze staatsgrens,' zei hij, 'zet dan alles bij elkaar in een rapportje en lever dat morgen op weg naar Cuxhaven af in Aurich.'

'Een rapportje,' zei Lothar. Die gewoonte alles te verkleinen was een erfenis uit Nederland die Liewe niet kon afschudden, Lothar bleef het grappig vinden. 'Dus je laat dit zaakje eindelijk over aan de collega's,' zei hij. Liewe zei niets, dus ging Lothar maar door. 'Rademacher stond op de kade toen de Bayreuth Smyrna kwam afleveren. Hij was er speciaal voor uit Neustad gekomen. Het was alsof er een gesneuvelde admiraal aan land werd gebracht. Het ontbrak er nog maar net aan dat er een vlag op die kist lag. De peilstok rolde eraf, dat doorbrak de sfeer enigszins.'

'Juist,' zei Liewe afgeleid.

'Er stond een lijkwagen op de kade, we stonden maar wat te zwijgen, hij ging meteen door naar Lübeck.'

'Had de patholoog uit Aurich nog iets nieuws gevonden?'

'Ik heb ze maar even gesproken, daar. Er was iets met striemen op het been, geloof ik, van dat touw, alsof hij een tijdje gesleept is. Zoiets. Meer niet. Die beschadiging van het oor bracht ze daar ook mee in verband.'

'Ik meld me morgen,' zei Liewe abrupt en hing op.

In Leer had Xander in café Schöne Aussichten nog geprobeerd om met Liewe het bezoek aan Aron en Maria na te bespreken, maar al gauw was hij, inmiddels een goed verstaander van Liewes ongeduld, opgestaan om weg te gaan. Liewe zag wel dat het hem speet, maar dat hij dat voor zich hield.

'Er zit wel een rechercheur in je,' zei hij, 'als je je mond leert te houden.'

Xander glimlachte. 'We hebben het helemaal niet meer gehad over wat ik in Greetsiel te weten ben gekomen,' zei hij.

'Die auto?'

'Nee,' zei Xander, 'niemand had een witte auto of een fietser gezien. Maar ik heb begrepen dat die Maria en haar zus Helen in het dorp gewoond hebben toen ze jong waren. Hun vader was na Liberia daar een praktijk begonnen waar je met medische klachten terechtkon. Niet echt een huisarts, iets alternatiefs. Hij had wel een plaatje op de deur waar internist op stond, maar het was allemaal een beetje onduidelijk.'

'Dat ze daar opgroeiden wisten we al,' had Liewe gezegd. 'Weet je dat niet meer, dat Gundula van Nienhof dat zei?'

'O...' zei Xander en hij bloosde. 'Nou goed, dan was het toch goed dat ik er niet over begonnen ben. En we wisten vast ook dat hun moeder, toen de vader was overleden, een tijdje een verhouding heeft gehad met die visser, die Föhrmann?'

Liewe keek Xander donker aan en zei toen: 'Dat is niet wat ik bedoel als ik zeg dat je moet leren je mond te houden.'

'De zusjes gingen nog wel eens mee met hem het wad op. Daar werd over gepraat in het dorp.'

'Ja, dat zal best,' zuchtte Liewe. 'Ga nu maar.'

Dat was om een uur of vier en sindsdien heeft Liewe aan het raam op zijn laptop gewerkt aan zijn rapport. Hij heeft niet gemerkt dat het is beginnen te schemeren en als de ober aan zijn tafel komt staan om te vragen of hij ook de maaltijd wenst te gebruiken, kijkt hij even gedesoriënteerd om zich heen.

Hij bestelt matjes met room en puree, en werkt door.

Hij schrijft langzaam, uit zijn geheugen, zoals hij altijd doet. Pas achteraf controleert hij wat hij heeft geschreven met de aantekeningen die hij de afgelopen dagen heeft gemaakt, maar bij het schrijven zelf wil hij zich niet laten afleiden. Hij kijkt gespannen naar het scherm, naar het verhaal dat langzaam ontstaat – zijn versie van de werkelijkheid –, en hij overdenkt de mogelijke verbanden die de feiten met elkaar kunnen aangaan, de vragen die openstaan, de antwoorden die een en ander met elkaar in verband kunnen brengen. Hij is zich ervan bewust dat geen enkel verhaal de werkelijkheid recht doet, zoals er ook altijd een kader is dat een foto begrenst, en er, hoe scherp de opname ook is, altijd net iemand uit het beeld gelopen kan zijn, of er zich, een paar passen achter de fotograaf, een afslag kan bevinden die een wereld ontsluit die met deze foto alleen volledig buiten het gezichtsveld blijft.

Zonder verhaal kunnen we de wereld niet begrijpen hield Mathilde Wachter hem voor toen hij in Trier aan zijn zoveelste rapport moest beginnen en niet goed wist wat hij met de zaak aan moest. *Pas als je je goed gaat voelen van je eigen verhaal, moet je je zorgen maken.* Toen hij vroeg wat ze bedoelde, legde ze een hand op zijn maag. Het was en bleef het enige fysieke contact dat ze ooit zouden hebben. *Dat verlangen dat je voelt... hier... naar duidelijkheid... jongen toch...* Ze hoestte en liet los, schudde haar hoofd. *Je mag alles vergeten wat ik je zeg als je dit maar onthoudt: verwar duidelijkheid nooit met waarheid.*

Hij kijkt op zijn scherm naar de tijd en ziet dat het tegen tienen loopt. Het restaurant is leeggelopen. De obers ruimen de tafels af. Een ober komt op hem toe gelopen. Hij rekent af en staat op. Dan gaat zijn telefoon. Het is een anoniem nummer.

'Inspecteur Cupido?'

Liewe kent de stem. De politie in Norden.

'De heer Lattewitz, die u gisterochtend hebt meegenomen, heeft zich enigszins misdragen in café Nienhof in Manslagt en is daar met slaande deuren vertrokken. Hij heeft niets strafbaars gedaan maar de waardin maakt zich zorgen. Hij is waarschijnlijk naar de dijk gelopen. Zijn auto staat er nog.'

'Is er iemand van jullie bij?'

'We zijn hem kwijt. Het is ook donker nu. Volgens de waardin is hij erg in de war en achterdochtig. Bent u in de buurt?'

'Ik kom eraan,' zegt Liewe.

65

In een half uur, vastgelegd door een handvol flitspalen, racet Liewe van Leer naar de dijk even buiten Manslagt. Er staat een politieauto op hem te wachten, twee agenten lopen met zaklantaarns over de dijk. Van het buitendijkse land klinkt het gegak van brandganzen.

'Zijn jullie ook bij Nienhof geweest?' vraagt Liewe. 'Wat is daar gebeurd?'

'Hij heeft daar de waardin aangesproken,' zegt een van hen, een forse vrouw met een paardenstaart. 'Hij is gaan schreeuwen en toen weer vertrokken, deze kant op.'

'Wat zei hij?'

'De waardin zei dat hij om zijn vrouw vroeg, of die daar geweest was.'

'En dat de politie achter hem aan zit,' valt haar collega bij, een jonge man met een snorretje. 'En dat hij zijn vrouw en zijn kind moest redden.'

'Zijn kind...'

'Gundula vroeg hem binnen te komen, maar hij werd heel achterdochtig en hij schreeuwde dat ze met de politie onder één hoedje speelde. En toen heeft hij tegen een staldeur getrapt en is hij weggehold.'

Liewe tuurt over het wad. 'Had hij zijn peilstok bij zich?' vraagt hij dan.

'Wat voor stok?'

'Zijn stok om eh...' Liewe zwijgt en tuurt over het wad. 'Kan je die lantaarns uitdoen?'

De agenten doen hun zaklantaarns uit. Liewe concentreert zich, schermt met zijn handen zijn gezichtsveld af voor de lichten van de Eemshaven links en Borkum rechts, en staart in het duister.

'Je kan geen afstanden zien in het donker,' zegt hij. 'Zien jullie een klein lichtje ergens recht vooruit?'

De drie kijken het donker in, ze zeggen niets, de ganzen mopperen zachtjes, heel in de verte ruist de branding van de Noordzee.

'Daar,' zegt Liewe dan en hij wijst. 'Dat zwalkende lichtje, dat is hem.' De agenten kijken, maar zien het niet. Liewe pakt zijn telefoon. 'Hoe laat is het?' vraagt hij.

'Tien over half elf,' zegt de agente.

Liewe belt Lothar, die snel opneemt.

'Wat is het tij onder Borkum, gaat het af, komt het op...?'

Lothar, die aan Liewe wel kan horen dat hij geen vragen moet stellen, legt even de telefoon neer, maar is al gauw terug. '20:25 laag, 02:16 hoog,' zegt hij.

'Verdomme,' zegt Liewe.

'Je moet me zeggen wat er aan de hand is... Liewe?'

'Lattewitz is het wad op gelopen, recht de vloed tegemoet... komt er veel water?'

'Valt mee, de wind is zuid. Het is nog maar net doodtij geweest.'

'Ik moet hem terughalen, anders verzuipt hij. Hij is psychotisch.' Liewe haalt zijn autosleutels, ID en portefeuille uit zijn zak, overhandigt ze aan de agente, neemt een zaklantaarn uit haar hand, steekt die weg in de binnenzak van zijn jack en daalt dan, met de blik op het lichtje van Lattewitz, de dijk af naar het buitendijkse land. 'Ik moet proberen hem terug te halen,' zegt hij tegen Lothar. 'Wat ik doe is het volgende: ik zet mijn locatie aan, kom ik voor hoogwater niet terug, dan zal je ons van het wad moeten oppikken.'

'Wat? Ga je nu het wad op?'

'Bij Manslagt, er loopt een wantij recht naar Borkum, maar Lattewitz komt vast niet verder dan de Oostereems. Ik reken op je.'

‘Liewe?’

Maar Liewe beëindigt het gesprek. Hij deelt zijn locatie met Lothar, haalt een plastic handschoen uit zijn jack, duwt zijn telefoon erin, knoopt het pakketje stevig dicht en stopt het weg in zijn binnenzak. Dan begint hij te rennen: een kleine, duistere schaduw, omringd door gegak en gefladder. Hij struikelt, valt, staat op, en loopt dan rustiger verder.

Als hij bij de lage beschoeiing van basaltblokken komt die de buitendijkse kwelder begrenst, houdt hij in en bukt zich om zijn schoenen steviger vast te maken. Als hij zich weer heeft opgericht, zoekt hij een tijdje in de duisternis die zich naar het westen en noorden uitstrekt naar het lichtje van Lattewitz. Zodra hij hem weer in het oog krijgt, haalt hij diep adem, als om moed te verzamelen, en zet een stap naar voren, de zee in.

De opkomende vloed heeft het hele wantij al bedekt met een enkeldiepe laag koud water. Het kustdal, de eerste honderd meter van het wad, is bedekt met zeekraal en zacht slik en Liewe zakt er tot voorbij zijn enkels in weg. Hij komt maar langzaam vooruit en raakt al gauw buiten adem. ‘Klotewad,’ zegt hij hardop.

Dan herinnert hij zich de dag dat zijn vader hem meenam om pieren te steken. Hij was net zeven geworden, en zijn vader had besloten dat het tijd was geworden om hem te leren vissen. Dus maakte hij hem vroeg wakker en nam hem mee tot vlak onder de noordpunt van het eiland, net voorbij De Cocksdorp, niet ver van het gemaal. Het wad stonk naar rotting, het was koud en na een paar stappen werd Liewe bang en vroeg of ze zo weer naar huis zouden gaan, naar zijn moeder.

‘Doorlopen,’ zei zijn vader. ‘Als je zo de pieren ziet, vergeet je alles.’

‘Wat vergeet ik dan? Vergeet ik mama dan?’

‘Kom op kerel,’ zei zijn vader, ‘we gaan naar waar onze eigen plek is. Hier is iedereen al geweest.’ Maar er was verder helemaal niemand, alleen zijn vader, en het duurde niet lang of Liewe begon onbedaarlijk te huilen.

66

Lothar had gezegd dat het zuidenwind was, maar hij lijkt Liewe naar het zuidoosten gekrompen te zijn. Hij legt een hand in zijn rug alsof hij hem aanmoedigt en zachtjes de zee op duwt. Achter hem schijnt de wassende maan flauwtjes door het gebroken wolkendek en zet heel lichte accenten van donkergrijs aan in de zwarte vlakte voor hem. Liewe onderscheidt lichtere en donkerder gebiedjes, zonder dat hij kan uitmaken waar die verschillen op duiden. Het water klotst, het slik trekt aan zijn schoenen en zijn voeten beginnen gevoelloos te worden. Hij stapt vooruit, probeert een ritme te vinden, terwijl hij zich concentreert op het lichtje van Lattewitz. Mosselen en oesters breken onder zijn schoenzolen.

Hij meent te zien dat het lichtje aarzelt, flikkert en afbuigt naar het westen. Misschien is Lattewitz al aan de Osterems geraakt en volgt hij de rand van de geul naar de plek waar hij het ondiepst is. Liewe weerstaat de verleiding om nu al af te buigen en in een rechte lijn naar hem toe te lopen. Hij houdt zijn koers en probeert te versnellen. Langzaam wordt de bodem harder, maar omdat het water nu tot zijn knieën komt, blijft het zwaar om vooruit te komen.

Liewe raakt het besef van tijd kwijt. Heeft hij een kwartier gelopen? Een half uur? Hij wil zijn telefoon niet tevoorschijn halen, bang dat hij in het water valt. 'Peter!' roept hij. Hij blijft staan, wacht even en roept dan opnieuw: 'Peter!!'

Draait het lichtje? Heeft Lattewitz hem gehoord? Hij luistert. Dan klinkt een vage schreeuw over het wad, woordeloos maar menselijk als van een verlaten zeehondenpup. Nu Liewe stil is gaan staan, voelt hij dat de wind is toegenomen en de tweede schreeuw van Lattewitz lost op als rook die uiteen wordt geblazen.

Liewe begint weer te lopen. Hij loopt nu recht op het lichtje af, maar hij heeft geen idee hoe ver hij nog van Lattewitz verwijderd is. Al gauw voelt hij dat de stroming sterker wordt. Hij zet zich schrap en zet zijn stappen stevig neer terwijl het water langs zijn bovenbenen tegen zijn jack op klotst.

'Peter!!' roept hij. 'Wacht! Blijf staan!' De bodem stijgt een beetje, het water zakt tot op zijn schenen en Liewe kan even wat harder vooruit komen. Maar hoe hij zijn best ook doet, het lichtje lijkt maar niet dichterbij te komen. Opeens dooft het. Dan realiseert hij zich dat het Lattewitz niet is, maar een of ander navigatielicht, kilometers verder op de Eems. Waarschijnlijk is er een schip voorlangs gevaren dat het licht even aan het zicht onttrok. Of was het iets anders?

'Peter!!'

En weer klinkt er een antwoord, iets harder nu. Liewe blijft staan en probeert te bepalen waar het geluid vandaan komt. Hij roept, en wacht en luistert, het water klotsend om zijn benen. De wind, die nog verder naar het oosten is gekrompen, waait nu uit het zwarte gat tussen het vasteland en Memmert op hem toe. En het is de wind die opeens heel duidelijk de stem van Peter aanvoert.

'Helen!' schreeuwt hij, en dan zachter, alsof hij zich heeft omgedraaid en de andere kant op roept: 'Helen...'

Liewe draait zich om tot hij met zijn neus in de wind staat en begint dan te lopen. Heel in de verte hoort hij het geluid van een helikopter. Hij speurt de hemel af, maar ziet niets. Dan loopt hij weer door, naar waar Peters stem vandaan kwam. De bodem daalt, het water kruipt op tot zijn navel. 'Peter!!'

De bewolking breekt opnieuw, en een heel flauw strijklicht van de maan schijnt over het water. Liewe meent een schaduw te zien. Hij waadt eropaf, maar omdat hij voelt dat het snel dieper wordt houdt hij in, draait zich om om terug te keren. De schaduw is geen mens, begrijpt hij, het is een boei die de passage over het wantij markeert. Hij is aan de Osterems, weliswaar op het ondiepste punt, maar toch een geul. Omdraaien is moeilijk, de stroom trekt, de bodem zuigt en zijn linkerschoen komt los van zijn voet.

'Rustig,' zegt zijn vader, duidelijk hoorbaar in zijn hoofd. Hij is met zijn laarsjes weggezakt, het huilen is voorbij, het is gaan motregenen. 'Hier, pak me vast.'

Zijn vader zet de griep in de modder en reikt hem zijn handen, bruin van het pierenbloed. 'Kom,' zegt hij, 'knijp met je tenen, hou je laars aan je voet.' Zijn vader trekt hem aan zijn beide armen langzaam uit de modder, zijn laarzen blijven zitten. 'Mag ik alstublieft zelf weten wat ik vergeet, papa?' vraagt hij, terwijl zijn vader hem de laars weer aandoet.

'Waar heb je het over...?' zegt zijn vader.

Langzaam, stapje voor stapje, komt Liewe uit de geul. Het geluid van de helikopter is nu duidelijk te horen. Aan de nachtelijke hemel is een zoeklicht verschenen, de bundel strijkt over het wad.

Dan, uit het niets, doemt een schaduw op. Het is Lattewitz, die zijn peilstok naar hem uitsteekt. 'Pak vast!'

Liewe probeert het, maar zijn handen slippen langs het hout. Dan komt Lattewitz naar hem toe en pakt zijn hand. 'Klaus! Hou je vast! Waar is het touw?'

Liewe struikelt, de stroom trekt, hij gaat kopje-onder. Lattewitz trekt hem overeind. 'Waar is Helen?!' schreeuwt Lattewitz. 'Ze was hier net. Waar is ze?'

Liewe hapt naar adem, pakt Lattewitz aan zijn schouders, trekt zich op. Hij wendt zijn gezicht af. 'Helen is boven, Peter,' zegt hij. 'Kijk, daar boven, naar het licht, ze zijn naar ons op zoek. We moeten zelf ook licht maken, zodat ze ons zien.'

'Ze zei dat ik haar zelf moest halen, dat ik het moest doen, dat niemand te vertrouwen was, Klaus.' Hij huilt nu. 'Ik zou je nooit laten gaan, kleine stommeling, nooit! We moeten nu samen verder.'

'Ze hebben haar al gered, Peter, ze is al boven, nu moeten wij van het wad. We moeten licht maken, zodat ze ons ziet.'

'Ze zullen ons nooit geloven, Klaus, ze zullen ons nooit geloven.'

Het water is Liewe tot de borst gestegen, en door de aanwakkerende wind is er een lichte golfslag ontstaan. 'Ik kan zelf weer staan,' zegt hij en hij laat Lattewitz los om te proberen de lantaarn in zijn jack te vinden. De helikopter draait, verwijdert zich. Peter kijkt naar de hemel, naar het zoeklicht dat zich van hen heeft afgewend.

'Hoe wist je dat zij het was?' schreeuwt Liewe, terwijl hij zijn zaklantaarn aandoet. Goddank doet hij het nog. 'Peter, laat me hier niet achter, blijf bij me. Zeg me wat ze je zei!'

Lattewitz draait zich om, hij huilt niet meer. 'We moeten die kant op,' roept hij. 'We kunnen haar hier niet achterlaten.' Hij waadt van Liewe weg en omdat hij zich van hem afgewend heeft, kan hij hem niet meer verstaan. Liewe maait met zijn armen door het water, zet stap na stap, wint langzaam terrein. 'Wil je niet weten wat ze tegen mij zei?'

Lattewitz houdt in, draait zich om.

'Zorg voor Peter,' schreeuwt Liewe, 'laat hem niet alleen, zorg voor Peter als ik er even niet ben.' Liewe weet nu zelf ook niet meer wat wel en niet waar is. Hij zwaait met zijn zaklantaarn in de richting van de helikopter, die opnieuw een bocht maakt en nu weer nadert. Liewe zet de laatste stappen, grijpt Peter bij zijn jas. 'Wat zei ze tegen jou, daar aan het Randzelgat?! Hoe wist je dat zij het was?'

Lattewitz pakt Liewe nu bij zijn schouders en trekt hem tegen zich aan, hij buigt zich naar hem toe en Liewe voelt zijn hete adem in zijn oor. 'Kom me halen, mij en je kind, zei ze. Ons geheim, Helen en ons kind en ik, niemand wist dat ze in verwachting was, alleen zij en ik.' Lattewitz probeert Liewe in het gezicht te kijken, maar het is te donker. 'Dat heb jij niet meer gehoord, jij was al weg. Ze had je weggeduwd, ze wilde dat ik met haar meeging, niet met jou, kleine waterrat.' Hij duwt Liewe van zich af.

De helikopter heeft hen nu opgemerkt, de kegel van het zoeklicht nadert, het wateroppervlak vlamt op, de wind strijkt niet meer, maar valt van boven op het water. Twee zwemvesten ploffen neer.

'Helen is boven, Peter!!' Liewe schreeuwt boven het oorverdovende geluid van de helikopter uit. 'Je moet nu naar haar toe! Ze laten een net zakken, daar moet je in klimmen, en dan moet je naar haar toe, dan tilt ze je naar boven!'

Het licht van de helikopter zet beiden nu in een hel maar kleurloos licht. Lattewitz kijkt Liewe in het gezicht en herkent hem. 'Jij... jij!' Hij heft zijn peilstok als een speer, stoot, maar Liewe weert de klap af met het zwemvest, grijpt de peilstok, valt achterover en wordt door de stroom meegenomen. Achter Lattewitz heeft de helikopter een kabel met een net eraan laten zakken. Er zit een agent in, die Lattewitz aan zijn schouders pakt en achterover naar zich toe trekt. 'Helen!' schreeuwt Lattewitz en dan is er niets meer dan wind en lawaai en licht.

Liewe drijft op zijn rug van de helikopter weg, de peilstok nog in zijn hand. Aan zijn reddingsvest, dat hij samen met de peilstok stevig in zijn armen omklemd houdt, is een lampje aangegaan. Hij probeert te gaan staan, maar het is te diep geworden. Dus laat hij zich drijven, weg van het licht, weg van de valwinden van de wieken, weg van het lawaai.

Boven hem is de bewolking opgelost. Duizenden sterren. Liewe drijft met het vest en de peilstok, overal om hem heen is de nacht en hij voelt zich warm worden. 'Nee papa,' zegt hij, 'ik ben niets vergeten.'

67

Liewe wordt wakker van zijn telefoon. Hij ligt een tijdje om zich heen te kijken zonder te begrijpen waar hij is. De telefoon stopt. Hij ziet zijn jack hangen aan een knaapje dat naast een spiegel aan een haakje hangt. Het is een ziekenhuiskamer, begrijpt hij nu. Hij ligt er alleen.

Hij gaat overeind zitten. Naast hem op zijn nachtkastje staat een dienblad met daarop, onder een plastic stolp, twee sneetjes brood. Er ligt een plakje kaas bij, een plakje ham en een kuipje jam. De thee is koud geworden. Misschien is hij eerder wakker geweest en weer in slaap gevallen. Hij kan het zich niet herinneren. Ook zijn autosleutels liggen er, en zijn portefeuille. Alleen zijn ID ontbreekt.

Dan gaat zijn telefoon weer. Hij slaat de dekens van zich af en komt overeind, wordt dan overvallen door een duizeling en wacht even tot het weggetrokken is.

De telefoon stopt.

Als hij zijn evenwicht hervonden heeft, komt hij uit bed, loopt naar zijn jack en zoekt naar zijn telefoon. Hij vindt hem ingepakt in een plastic handschoen, en dan komt alles terug. Hij was op het wad met Lattewitz. De helikopter kwam. Het laatste wat hij zich herinnert is dat hij in zee dreef en omhoogkeek naar de sterren.

Hij gaat aan het raam staan en kijkt naar buiten. Een gazon, een bakstenen vleugel van het ziekenhuiscomplex. Hij heeft hoofdpijn en is nog steeds een beetje duizelig. Dan bevrijdt hij zijn telefoon uit de handschoen en kijkt wie er gebeld heeft. Een oproep uit Nederland, twee keer hetzelfde nummer. Hij belt terug.

‘Met Geeske Dobbenga, ben jij dat Liewe?’

Liewe kijkt naar buiten en aarzelt. ‘Ik denk het wel,’ zegt hij.

‘Ben je nog met die wadloper bezig?’

Liewe hoort dat achter hem de deur opengaat en hij draait zich om. Een verpleegster verschijnt in de deuropening.

‘Ik draag het vandaag over,’ zegt hij en hij gebaart naar de verpleegster dat hij nog even aan de telefoon is. ‘Moment, Geeske,’ zegt hij. Hij laat de telefoon zakken en vraagt: ‘Waar ben ik?’

‘De Ubbo Emmius Klinik in Norden,’ zegt de verpleegster.

Liewe knikt, zegt: ‘Even nog...’ en brengt de telefoon weer aan zijn oor.

‘Er wil iemand mij spreken hier, Geeske,’ zegt hij. ‘Wat kan ik voor je doen?’

‘Je vroeg toch om die beelden van de Poort van Groningen? Die hebben we binnen. We hebben een redelijke foto van de enige witte auto die in die tien minuten naar de parkeerplaatsen reed. Je kan de bestuurder redelijk onderscheiden. Het is een vrouw.’

‘Juist,’ zegt Liewe.

‘Het is een Engelse huurauto, gehuurd in Rochester, op naam van een mevrouw Ziegler.’

‘Juist,’ zegt Liewe. ‘Kan je me een screenshot mailen?’

‘Ja, dat zal ik doen.’

‘Ik eh...’ Liewe draait zich om en staat voor een spiegel. Hij ziet nu dat hij een operatiehemd aanheeft. ‘Ik bel zo terug als er nog iets is.’

‘Hoeft niet, maar even heel snel voor je ophangt,’ zegt Geeske, ‘ik denk dat ik weet hoe die wadloper op De Hond terecht is gekomen. De ochtend van het ongeluk is de RV180 vanaf zee vlak langs die bank gevaren, ze hadden haast om op tijd te komen. De stootwillen hingen nog overboord. Gus heeft ze ter hoogte van de bank binnengehaald, maar een van die stootwillen was verstrengeld met een touw. Hij heeft er een harde ruk aan gegeven, dat touw kwam los en toen heeft hij hem binnengehaald.’

'Juist,' zegt Liewe.

'Waarschijnlijk was dat de lijn van Smyrna, en heeft de boeggolf hem op het zand gelegd.'

'Goed, dat is goed,' zegt Liewe. 'Dank je voor alles.'

Hij wil zijn telefoon in zijn zak stoppen, maar hij heeft geen zak. Hij kijkt even hulpeloos naar de verpleegster. Ze heeft zijn kleren op het bed gelegd, ziet hij nu, gewassen en gestreken.

'Wilt u uw ontbijt niet meer?' vraagt ze.

Liewe kijkt naar het nachtkastje en schudt zijn hoofd. 'Wat is er gebeurd?' vraagt hij.

'Ze hebben u opgepikt uit zee en gereanimeerd. U was bezig te verdrinken. We hebben u hier op een rustige kamer gelegd om bij te komen. Hoe voelt u zich?'

Liewe wijst op zijn hemd. 'Hebben jullie iets met me gedaan?'

De verpleegster pakt het ontbijt op. 'U had niets bij u om aan te trekken, dus hebben we u dat maar aangetrokken. We hebben niets met u gedaan, verder.'

Liewe knikt. 'Ik moet dringend weg,' zegt hij.

'Dat mag,' zegt de verpleegster. 'Er is vanmorgen nog een politieman op bezoek geweest voor u, een meneer Henry. Hij heeft me gezegd u te vragen contact op te nemen met het bureau in Aurich, zodra u daartoe in staat bent. Uw auto staat hier op de parkeerplaats, dat moest ik ook nog zeggen. Neemt u even de tijd voor een douche, meneer Cupido, de arts komt zo langs om u te ontslaan.'

Liewe zucht. 'Ik heb weinig tijd.' Hij kijkt om zich heen. 'Mijn schoenen...' zegt hij.

'Die zijn op het wad achtergebleven, ben ik bang,' zegt de verpleegkundige.

Een klein uur later, onderweg naar Aurich, belt hij Lothar.

'Ik kom zo naar Cuxhaven,' zegt hij. 'Eerst nog m'n rapportje afleveren in Aurich.'

'Je was me bijna ontglipt,' zegt Lothar. 'We hebben je weer tot leven moeten wekken. Je lag daar maar te glimlachen.'

Liewe zwijgt.

'Je wilde die peilstok niet loslaten, die hebben we echt uit je handen moeten trekken. Maar hij ligt nu hier, in Aurich.'

'Ben jij in Aurich?'

'Ja, we wachten op je, ik probeer de boel een beetje glad te strijken. Het scheelt nogal dat je die man gered hebt.'

'Waar is hij?'

'In Norden, in het Zentrum für Psychiatrie.'

Liewe kijkt naar opzij. Hij rijdt langs de Warnfriedkerk van Osteel. Kraaien vliegen om de toren. 'Ik kom eraan,' zegt hij.

'Rademacher weet nu ook waar je de afgelopen vijf dagen mee bezig bent geweest.'

'Juist... en?'

'Hij zegt dat je voor die week maar vijf vakantiedagen moet opnemen.'

Liewe zegt er niets op terug, maar hangt niet op.

'Liewe?'

'Heb jij mijn ID?'

Lothar lacht. 'Wat je niet bij je hebt, kunnen ze je ook niet afnemen,' zegt hij. En dan: 'Maak je geen zorgen. We verwachten je. Hier zullen ze het niet zeggen, maar je hebt het goed gedaan.'

68

Liewe heeft haast zijn rapport over te dragen. Hij tikt er, terwijl Lothar, de commissaris en een rechercheur toekijken, in twee postscriptums de bevindingen van Geeske bij en probeert dan zo snel mogelijk bij het gezelschap vandaan te komen.

'Ik moet naar huis,' zegt hij. 'Als er dingen niet duidelijk zijn, dan eh...' Hij wendt zich naar Lothar. 'Je had die peilstok voor me?'

Lothar staat op, waarop de anderen ook opstaan. 'Mijn collega heeft in zee gelegen,' zegt hij en hij maakt een handgebaar van iemand die om begrip vraagt.

'We gaan ermee aan de slag,' zegt de rechercheur met een blik op de commissaris.

Liewe trekt zijn schouders op. Hij ziet eruit als iemand die het koud heeft. Lothar legt een hand op zijn schouder en duwt hem zachtjes naar de deur.

Buiten op de parkeerplaats geeft hij hem zijn ID en de peilstok.

'Wat wil je daarmee doen?'

'Terugbrengen,' zegt Liewe. 'Daarna kom ik naar huis.'

'Gaat het wel?'

Liewe knikt, mompelt: 'Dank je.' Hij opent de achterklep en tilt de twee rugzakken eruit. 'Wil je deze nog naar binnen brengen? Deze is van Klaus, deze van Aron. Het gaat om de energierepen... afijn, staat allemaal in het rapport. Ze begrijpen het wel.'

Lothar neemt de rugzakken over. 'Ga jij nou maar naar huis,' zegt hij. 'En rij rustig aan, gewoon voor deze keer.'

Liewe knikt, legt de peilstok op de achterbank van zijn auto, stapt zonder gedag te zeggen in en rijdt weg.

Het is de vierde keer dat hij naar de slaperige wijk rijdt waar Lattewitz' huis staat. Hij weet de weg. Hij stopt voor de voortuin en kijkt een tijdje vanuit de auto door het raam naar binnen. Hij ziet en herkent de lamp boven de tafel, de schoorsteenmantel, de leuning van de stoel bij het raam. Dan stapt hij uit, opent het achterportier, haalt de peilstok tevoorschijn en loopt over het tuinpad achterom. Daar, bij de achterdeur, onder een overkapping, zet hij de peilstok tegen de muur. Hij kijkt door het raam naar binnen en ziet de uitgespreide zeekaart nog op de eettafel liggen. Op de schoorsteenmantel ontbreekt het beeldje.

Terug bij de auto ziet hij dat hij het achterportier open heeft laten staan. Hij gooit het in het voorbijgaan dicht, stapt in en rijdt weg.

Pas in Cuxhaven, als hij zijn straat in rijdt en het geluid van asfalt onder de banden plaatsmaakt voor dat van klinkers, en hij moet afremmen voor een verkeersdrempel, ziet hij in zijn achteruitkijkspiegel dat de zwerfhond op de achterbank zit. Ze heeft van Aurich tot aan Cuxhaven liggen slapen, maar ze is nu overeind gekomen. Ze gaapt en kijkt met gespitste oren naar buiten. Dan ziet ze Liewes blik in de achteruitkijkspiegel en begint te kwispelen. Ze steekt haar snuit naar voren, snuffelt even verkennend in zijn nek en geeft een lik langs zijn oor.

69

Borkumer Zeitung. 03/10/15. 16:04
Wadloper Peter Lattewitz in nacht van donderdag op vrijdag door reddingshelikopter van het wad gered en opgenomen in het Zentrum für Psychiatrie. Wadloopcompagnon Aron Reinhard en echtgenote Maria Ziegler vanmiddag overgebracht naar politiebureau Oldenburg voor verhoor vanwege dood Klaus Smyrna. Misdrijf wordt toch niet uitgesloten. #wadlopen #Borkum #Smyrna @Wattewitz @WattAron @StA_Aurich

70

Het is maandagochtend en de Kriminalpolizei van Aurich heeft Liewe uitgenodigd naar Oldenburg te komen, om bij het verhoor van Aron en Maria te zijn.

'Ik zit met een hond...' zei hij.

'Dan neemt u die mee.'

Zodoende zit Liewe Cupido in de verhoorkamer die door het bureau van Oldenburg ter beschikking is gesteld tegenover Maria Ziegler, met de hond onder tafel opgerold op zijn voeten. Naast hem zit Linda Reck, de rechercheur uit Aurich, een generatiegenoot die is opgegroeid op Norderney. Zij voert het woord en hij zit er zwijgend bij.

Maria zegt ook niet veel. Ze luistert onbewogen naar rechercheur Reck, die de procedure uiteenzet en dan begint een aantal bevindingen van Cupido aan haar voor te leggen. Ze houdt haar ogen onderwijl op Liewe gericht, die haar blik rustig beantwoordt. Haar jasje, als een lappendeken samengesteld uit vierkanten en rechthoeken van verschillende patronen, kleuren, is haar te klein, valt hem op. Ze geeft korte, meest bevestigende antwoorden, maar ze lijkt er met haar gedachten maar half bij en ze kijkt Liewe aan alsof ze ergens op wacht.

Ja, ze heeft de auto gehuurd en ja, ze is ermee naar Duitsland gereden terwijl Aron in Engeland voor haar kamerdeur de wacht hield en ja, ze heeft de rugzak van Klaus in de container gegooid.

'U had die auto al op vrijdag gehuurd. Waarom? U had de Volvo toch?'

Maria wendt haar blik van Liewe af en kijkt rechercheur Reck aan. 'Hebt u een man?' vraagt ze en als ze geen antwoord krijgt: 'Ik wil kunnen gaan en staan waar ik wil. U niet?'

'U wendde een migraineaanval voor en reed naar Nederland.'

Maria haalt haar schouders op en kijkt weer naar Liewe.

'En u was met de heer Föhrmann op het wad die nacht?'

Maria schudt haar hoofd. 'Vroeger nam Lode ons nog wel eens mee, op die boot van hem. Mijn moeder wilde niet dat er gekletst werd, ze verbood het. Maar Lode heeft altijd zijn handen thuisgehouden.' Ze glimlacht. 'Lode is een schat,' zegt ze.

'En u ging bij hem aan boord zondag in de namiddag,' houdt Reck aan.

'Ik ga al jaren niet meer de zee op.'

Reck slaat een map open, maar Liewe onderbreekt haar. 'Uw vest, of uw, eh jasje...' zegt hij en hij wacht even terwijl hij zijn blik over de stof laat gaan, 'dat was van Helen?'

Maria's ogen sperren even. Onwillekeurig pakt ze met beide handen de revers en trekt het wat steviger om haar schouders.

'Het is u te klein,' zegt Liewe. 'Daarom dacht ik dat.'

'Ja,' zegt Maria.

'Jullie zitten hier eigenlijk samen, Helen en u. Of u zit hier ook namens Helen.'

'Helen en ik zijn altijd samen,' zegt ze.

'Daarom wilt u ook niet meer naar zee.'

Maria kijkt weer op. 'Ik kan Aron niet tegenhouden,' zegt ze. 'Dat wil ik ook niet.'

'Hoe hoorde u van het ongeluk van Helen?'

Maria schudt haar hoofd. 'Ik wil daar niet over praten. Ik zit hier niet vanwege dat ongeluk.'

Liewe knikt en kijkt naar Linda Reck. Die haalt de foto van de dode zeehond tevoorschijn en legt hem voor Maria op tafel. 'Van de website van uw man,' zegt ze. 'Weet u wanneer die foto is gemaakt?'

Maria kijkt met weerzin naar de foto. 'Daar kwam hij vorig jaar mee aan, geloof ik,' zegt ze.

Dan haalt Linda een volgende foto tevoorschijn. Het is de vergroting van de ogen. 'Ik wil dat u nog eens kijkt naar deze uitvergroting,' zegt ze. 'In het rechteroog weerspiegeld is te zien hoe uw man de foto neemt, en hoe u zelf achter hem staat. Die foto is genomen op het wantij van Borkum, vorig najaar.'

Maria kijkt een tijdje zonder iets te zeggen, dan hikt ze een keer.

'Toch nog even dat ongeluk met uw zus,' zegt Liewe. 'Hoe kan het dat ze alleen het wad op ging? Deed ze wel vaker onverantwoorde dingen?'

'Die foto,' zegt Maria, 'die foto zegt helemaal niets.'

'Die foto zegt dat u niet alleen gelogen hebt over uw migraine,' zegt Linda, 'maar ook over dat u het wad nooit op zou gaan. U staat hier met een peilstok als een volleerd wadloper.'

'Ik lieg niet over mijn afschuw van het wad,' valt Maria uit. 'Ik veracht het.'

'Had de heer Lattewitz niet met uw zus mee moeten gaan, die dag?' zegt Liewe.

'Hij is gaan wadlopen, de schoft,' zegt Maria.

'Alleen?'

'Met Klaus.' Ze wendt haar hoofd af.

'De waardin van Nienhof herinnert zich dat u regelmatig met Aron meekwam naar het café,' zegt Linda Reck, 'als hij bij Manslagt ging wadlopen. U controleerde dan de rugzakken, at een stukje taart en vertrok dan een half uur na Aron. Ging u dan achter hem aan het wad op?'

'Die foto bewijst helemaal niets,' zegt Maria nog een keer.

'U wist natuurlijk dat uw zus in verwachting was,' zegt Liewe. 'De heer Lattewitz liet dus niet alleen uw zus, maar ook zijn kind aan haar lot over. Als hij was meegegaan de zee op, had het allemaal niet hoeven gebeuren.'

Maria haalt diep adem, kijkt Liewe aan, en valt dan uit: 'Peter is een ellendig egoïstisch stuk vreten. Ze hadden een afspraak. Hij zou ophouden met dat verdomde wadlopen als ze kinderen zouden krijgen. En wat gebeurt er: bij de eerste de beste gelegenheid liet hij haar zitten. Met die Smyrna, die miezerige astmatische waterrat.'

'We hebben de energierepen in de rugzak van de heer Smyrna bekeken,' gaat Linda Reck door. 'De verpakking was opengemaakt en weer verzegeld, en de repen waren verwisseld. Hij had dezelfde reep als Peter en Aron, met pinda's en noten.'

'Als hij dat gegeten heeft, heeft hij het zichzelf aangedaan,' zegt Maria.

'Waarom moest u die rugzak hebben?' vraagt Linda.

Maria schudt haar hoofd.

'U werkt als systeembeheerder bij een provider,' gaat Linda door. 'De apotheek in Aurich meldde ons dat er ingebroken was in het patiëntendossier van de heer Lattewitz. Het netwerk van die apotheek wordt verzorgd door uw bedrijf, is het niet?'

Op dat moment komt de hond overeind en schudt zich uit. Ze snuffelt aan Liewes handen en begint zich te krabben. Liewe aait haar over haar kop. 'Ga nog maar even liggen,' zegt hij zachtjes. 'Het duurt niet zo lang meer.' Hij richt zich tot Maria. 'U achtervolgde de mannen in de nacht over het wad. Ik weet nu dat dat niet eenvoudig is. U hebt getraind, u bent een uiterst bedreven wadloper, dat kan niet anders. Ik heb me afgevraagd waarom u het risico nam om erbij te zijn op het wad die nacht. Natuurlijk, u wilde de rugzak veiligstellen, en daarmee het bewijs van de repen vernietigen. En dat Smyrna niet meteen dood was, en weer uit de geul kroop en u hem met een stoot van uw peilstok weer in het water moest terugduwen, dat had u niet kunnen voorzien. Maar dat u uw zwager, de man van uw zus, met die paar woorden tot wanhoop kon drijven, dat duidt erop dat u meer met elkaar verbonden bent in uw gedeelde verdriet dan u misschien lief is. Ik heb zelfs gedacht dat hij, zonder dat dat tot zijn bewustzijn doordrong, ook wel begreep dat u het was, daar in de nacht op het wad, als een soort wraakengel. Of dat u namens Helen sprak. Hij voelt zich schuldig, hij begreep uw boodschap, en hij ging het wad op om er een eind aan te maken. U was bijna in uw opzet geslaagd. Misschien zou u hem eens kunnen opzoeken, en kijken of u het op een andere manier kan oplossen.'

Maria's ogen hebben zich nu met tranen gevuld. 'Waarom heb je het niet laten gebeuren?' zegt ze. 'Waarom moest je zo nodig de held uithangen?'

Liewe geeft geen antwoord. Zijn hand zoekt onder tafel de kop van de hond. Hij aait haar kort. 'Ze moet zo uit,' zegt hij, bijna als een verontschuldiging. 'Maar nog even dit: u hebt het beeldje uit het huis van de heer Lattewitz gestolen, toen Aron hem aan de praat hield aan de voordeur, en nu staan ze weer bij elkaar. Die twee herenigde beeldjes, heeft dat u veel beziggehouden?'

'Het is het enige wat ons nog verbindt,' zegt Maria. 'Begrijp je dat dan niet? Begrijp je dan helemaal niets?'

71

Het verhoor van Aron verloopt grimmiger dan dat van Maria. Als Liewe, nadat hij de hond heeft uitgelaten, weer de verhoorkamer binnen komt maakt de wadloper een opgejaagde indruk. Dat hij niet zijn profetenhemd met riem en laarzen draagt, maar een licht gekreukt gestreept overhemd en jeans, zorgt ervoor dat hij er vooral heel gewoon uitziet. Een betrapte buurman op een zaterdagochtend op weg naar zijn schuur.

'Ik wil die hond hier niet,' zegt hij. 'Of die hond eruit, of ik.'

'Ik zal uw verzoek doorgeven,' zegt rechercheur Reck. 'Ondertussen beginnen we alvast met ons gesprek, en die hond ligt lekker onder tafel.'

'Ik zeg niks zolang die hond er is.'

'Ga maar lekker liggen,' zegt Liewe. En hij glimlacht naar Aron. 'Ik praat tegen de hond hoor, niet tegen u.'

'Ik moet beginnen, of ik nu wil of niet, met u te complimenteren,' zegt Linda Reck. 'Ik heb uw boek over wadlopen verslonden en aan vrienden cadeau gedaan. Eindelijk een boek dat alle eilanden van Nederland tot Denemarken samenbalt. Ik ben aan het wad opgegroeid. Ik dacht het te kennen. U hebt me opnieuw leren kijken.'

Aron trekt even met zijn schouders, gaat verzitten. 'Het is een bijzonder boek,' geeft hij toe.

'En u bent een bijzondere leraar,' gaat Linda door.

'U hebt zelf ook wadgelopen?' vraagt Aron.

'Nee, ik bedoel dat u uw vrouw met zoveel toewijding hebt begeleid en getraind dat ze die nacht alleen het wad op kon en uw vrienden kon achterhalen. Een tovenaarsleerling.'

Arons blik verhardt.

'Of vindt u dat vervelend, dat een leerling u voorbij streeft? Uw vrouw nog wel, die zo'n hekel heeft aan het wad.'

Liewe glimlacht. Hij kan het niet laten.

'Wat zit je te lachen?' valt Aron uit.

'Het is allemaal bewondering,' zegt Liewe. 'Maar niet voor u, hoor.'

'We hebben u verder niet zoveel te vragen, meneer Reinhard,' zegt Linda Reck. 'Het komt er bij u toch vooral op aan in hoeverre u op de hoogte was, in hoeverre u uw vrouw hebt bijgestaan, kortom: in welke mate u medeplichtig bent. U hebt geprobeerd schone handen te houden, maar een misdrijf faciliteren en helpen voorbereiden is ook strafbaar. Maar dat hoef ik u natuurlijk niet uit te leggen.'

'Ik hoef hier niet te zijn,' zegt Aron.

'Dat klopt,' zegt Linda, 'uw vrouw heeft alles al verteld. Door in de Bed&Breakfast voor haar deur te posten hebt u eigenlijk uw schuld al bekend.'

'Ik heb niemand iets aangedaan, ik heb niemand aangeraakt, ik was in Engeland.'

'Ik zag ooit een reportage over een boer,' zegt Liewe. 'Een biologische boer, die varkens had.'

'Wat klets je nou?' zegt Aron. 'Is die hond er nog steeds? Die hond moet weg.'

'En die boer, die was heel goed voor zijn varkens. Hij liet ze vrij rondlopen, hij had een stuk bos bij zijn land getrokken waar ze in rond konden banjeren. Ze knorden tevreden, ze waren weldoorvoed. Alleen, hij moest wel leven, dus van tijd tot tijd moest er een varken naar de slacht. Dan parkeerde hij een paardenwagen midden in het veld, zo'n aanhanger met twee raampjes voorin, een ruif en een lichtje. En die deed hij dan open, en dan legde hij een paar appels in die wagen en dan wachtte hij af. En als er dan een varken langs kwam dat die appel rook en het wagentje in klom, dan deed hij de klep achter haar dicht en bracht haar naar de slacht. De interviewer vroeg hem waarom hij dat zo deed en die man zei dat het varken zichzelf uitkoos om naar de slager te gaan. Hij was erg tevreden over zichzelf.'

Aron kijkt Liewe aan, weet niet wat hij zeggen moet.

'Jij bent die boer,' zegt Liewe.

'Wat is dit voor onzin?' zegt Aron.

Liewe kijkt hem aan, zwijgt. Hij laat het duren tot Aron het woord weer neemt.

'Hij hoefde niet te gaan. Hij koos er zelf voor. Ik zei tegen hem aan de telefoon: Het is aan jou, je beslist het zelf.'

'En Klaus Smyrna hoefde zeker ook die reep niet te nemen die je in zijn rugzak hebt gestopt.'

'Dat heeft Maria gedaan,' zegt Aron. 'Ik niet.'

Er valt een stilte in het vertrek die alleen doorbroken wordt door het zachte gesnurk van de hond onder tafel.

'Wat?' zegt Aron dan. Hij kijkt naar Liewe, dan naar Linda, dan weer naar Liewe. 'Wat kijken jullie? Wat is er aan de hand?'

Liewe zucht en staat op. 'Rechercheur,' zegt hij tegen Linda Reck, 'aan u de eer.' Hij draait zich om, zoekt oogcontact met de hond en zegt: 'Kom, we gaan.'

72

Ostfriesen-Zeitung

Klaus Smyrna's uitvaart
door: Pauline Islander

De uitvaartdienst van de wadloper Klaus Smyrna afgelopen woensdag in de St. Jakobi Kirche in Lübeck is door honderden mensen bezocht. Smyrna, die in de nacht van 27 op 28 september samen met zijn wadloopcompagnon Peter Lattewitz een poging deed om van Krummhörn naar Borkum te lopen, kwam bij het doorwaden van een geul om het leven. Smyrna werd door de Nederlandse kustwacht gevonden en geborgen. Zijn stoffelijk overschot is door het schip de Bayreuth van de Bundespolizei naar Cuxhaven gevaren en vandaar over land naar huis gebracht, in Lübeck. Het onderzoek naar de omstandigheden van Smyrna's dood heeft geleid tot de arrestatie van wadlooppionier Aron Reinhard en zijn vrouw Maria Ziegler.

Reddingsboei
Tijdens de dienst was er van deze schaduw over het einde van Smyrna niets te merken, of het zou de aanwezigheid moeten zijn van enkele Nederlandse en Duitse politieambtenaren. Onder hen was de Leiter van de Bundespolizei See, de heer Rademacher, die zich door de afwikkeling van de zaak naar eigen zeggen, 'op een speciale manier verbonden voelde met het lot van de heer Smyrna'.

Op de kist van Smyrna, die van beroep badmeester was,

lagen de twee belangrijkste symbolen van zijn leven: een reddingsboei en de peilstok die hem op zijn vele wadlooptochten vergezeld heeft. Ook de Duitse en Deense medailles die hij met zijn dubbele Beltquerung had veroverd, waren op zijn kist gelegd.

Het was een emotionele maar waardige bijeenkomst, waarbij vooral de toespraak van zijn vrouw Hedda Lutz velen tot tranen toe roerde. 'We nemen afscheid van mijn man, mijn vriend en de vader van mijn kinderen,' zei Hedda, staande naast de kist met haar kinderen aan weerszijden, 'die niet alleen geleefd, maar ook gevochten heeft met de zee. Hij was een doorzetter, die won tot hij verloor. Hij stierf op de plek die hij het meest liefhad en tegelijk het meest vreesde.'

Grensgeschil

De dood van Smyrna en vooral de plek waarop zijn lichaam is gevonden, hebben de aandacht voor het eerst in ruim een halve eeuw gevestigd op de Eems-Dollardkwestie, een grensgeschil tussen Duitsland en Nederland dat was weggezakt in de herinnering. De verwarring over de verantwoordelijkheden van de overheden in dit schemergebied tussen ons land en onze buren had makkelijk tot diplomatieke problemen kunnen leiden, maar, zoals de Leiter van de Bundespolizei See, de heer Rademacher, na afloop van de dienst desgevraagd verklaarde: 'De samenwerking met onze gewaardeerde Nederlandse collega's is zoals altijd voorbeeldig geweest.'

Klaus Smyrna is na de dienst gecremeerd. Zijn as zal tijdens een besloten ceremonie door zijn weduwe en kinderen worden uitgestrooid over de Fehmarnbelt.